U0164069

世紀
新詩選讀

仇小屏⊙編著

目錄

第一編（六行以下）

第二編（六行以上）

自　序

　　從事新詩的賞析與教學已有多年，並先後出版過幾本專著。此次動念撰寫本書，是希望能以深入淺出的方式，破除新詩難懂的疑慮，為新詩愛好者提供一優質的讀本，並期望能吸引更多讀者走入新詩的殿堂；而且有鑒於目前各大學在大一國文以及通識課程的教學裏，現代文學愈來愈受到重視，因此也迫切需要適用之教本，所以為了因應此種需求，本書便應運而生。

　　為了達成上述的目的，本書在內容的安排上，特別分作三大部分：導論、新詩選讀第一編（六行以下）、新詩選讀第二編（六行以上）。之所以作如此安排，那是因為新詩為一藝術性極高的文類，語言既精練、美感亦豐富，卻也因而此較難掌握，所以在「導論」中介紹賞析新詩的途徑，期望能將通往詩境的路途一一打通；在新詩選讀的部分，雖然篇幅短小的詩並不就表示內容單純，但是畢竟所需要掌握、解讀者較少，篇幅較長的詩則處理上通常需要較為費心，所以在「由淺入深」的考量下，先就六行以下（含六行）的詩篇開始，編為第一編，然後再進展到第二編（六行以上）。

　　在「導論」的部分，乃就兩個大方向來深入：基本的、加強的，然後其下再分細目作詳細的探討。在基本的部分，

涵蓋了新詩的主題、意象、修辭（含煉詞）、語法、章法（結構）、風格；加強的部分，則討論了新詩的題目、知覺（含通感）、色彩、聲律、句子長短、分行、圖像、標點符號。在總共十四個項目之下，都有簡要清晰的介紹，並舉詩例加以說明，盡力達成深入淺出的要求。

在「新詩選讀」的部分，收九十八位作者共九十八首詩。第一編（六行以下）收三十九位作者共三十九首詩（組詩算一首），其中最短者為林亨泰的〈黃昏〉，只有一行，而兩行者有三篇：楊華〈小詩〉之一和之三、嚴陣〈凡是能開的花，全在開放〉（外二首），其餘均在三至六行間；第二編（六行以上）收五十九位作者共五十九首詩（組詩算一首），其中三十行以上者，有艾青〈雪落在中國的土地上〉、陳大為〈再鴻門〉、戴望舒〈雨巷〉、羅門〈麥堅利堡〉、梁小斌〈雪白的牆〉，分別為八十五、五十一、四十二、三十三、三十一行，另收有徐志摩長篇散文詩——〈常州天寧寺聞禮懺聲〉，其他詩作則多在十至二十行間。此二編之詩作，均按作者出生年代排列，由五四迄於當代，並有簡單的作者介紹，而且目前一般而言對賞析詩篇感到困難、無從入手，因此針對每首詩作從章法、語法、修辭、意象、主旨……等方面切入，加以精要的賞析，並且均附有結構分析表來幫助瞭解。

此外，需要鄭重說明的是，在賞析詩篇的過程中，獲得陳滿銘老師諸多指導，因此本書中有許多意見是得之於陳老

師，其中羅門〈麥堅利堡〉和楊牧〈孤獨〉的結構分析表為陳老師所繪製，不敢掠美，並在此向陳老師致上最高的謝意。還有，要感謝南京大學中文系博導王希杰教授，承蒙王教授熱心寄贈許多詩選，本書的賞析工作才能順利進行。另外，在作者介紹的部分，許多資料是參考張默《小詩選讀》、上海辭書出版社編著《新詩鑑賞辭典》、沈奇編《鮮紅的歌唱——大陸當代女詩人小集》、張默、蕭蕭《新詩三百首》（上、下）、蕭蕭、白靈《新詩讀本》等書，特此致謝。此外須要一提的是，本書原本想收足一百位詩人共一百首詩作，而且賞析都已經寫好了，可是卻因為種種原因未能如願，其中且抽換了多首詩篇，不能以本書原貌呈獻給讀者，這是令人感到遺憾的。

　　若是就本書各首詩篇作者的出生年代而論，最早者為劉大白，生於一八八〇年，最晚者為張柏瑜，生於一九八三年，其間差距達一百零三年，因為文學無時代之分，所以為了標誌百年間新詩創作的承繼與發展，以及鑑賞者以最新的學術研究成果投入實際批評，因此本書定名為《世紀新詩選讀》。另外順帶一提的是，如果想進一步由欣賞而創作，則另有《下在我眼眸裡的雪——新詩教學》、《詩從何處來——新詩習作教學指引》二書供參考，其中頗多對於如何開啟創作大門的指引，亦可視情況融入，如此一來，或可作到「讀」、「寫」結合，以更深入新詩的領域，享受到更大的樂趣。

在萬卷樓股份圖書有限公司總經理梁錦興先生，和編輯李冀燕、余月霞兩位小姐的幫助下，本書始能順利完成、出版，因此要向他們致上誠摯的謝意。不過，由於筆者識見有限，疏漏之處在所難免，盼望　博雅君子不吝指正。

仇小屏　民國九十二年四月，序於花蓮

導　論

　　詩是最為精練的文字藝術，也正因為詩的語言豐富而多義，比較難掌握，因此向來都有「詩無達詁」、「只可意會，不可言傳」的說法，而且與古典詩比較起來，這種「難解」的情況在新詩的鑑賞中似乎更是普遍。但是，創作者和欣賞者能夠藉著作品達成相互的交流，那麼其中必然有一脈相通之處，所謂「人同此心，心同此理」說的就是這個道理；因此將新詩之「理」發掘出來，讓通往詩境的路一一打通，使欣賞者能夠有所依循，就是我們在此所欲致力達成的目標。

　　鑑賞新詩的角度到底有哪些呢？我們可以先區分為「基本的」和「加強的」兩大類，然後再分項細論。

一、基本的

　　辭章是結合「形象思維」與「邏輯思維」而形成的，這兩種思維各有所司。形象思維最基本的特徵就是思維活動始終伴隨著具體生動的形象，邏輯思維則是人們在認識過程中借助於概念、判斷、推理以反映現實的過程；所以前者是運用典型的藝術形象來揭示事物的本質，後者則是用抽象概念

來揭示事物的本質。

　　一般說來，如果是將一篇辭章所要表達之「情」或「理」，訴諸各種主觀聯想，和所選取之「景（物）」或「事」接合在一起，或者是專就個別之「情」、「理」、「景（物）」、「事」等材料本身設計其表現技巧的，皆屬「形象思維」；這涉及了「立意」、「取材」與「措詞」等問題，而主要以此為研究對象的，就是主題學、意象學與修辭學。如果是專就「景（物）」或「事」等各種材料，對應於自然規律，結合「情」與「理」，訴諸客觀聯想，按秩序、變化、聯貫與統一之原則，前後加以安排、佈置，以成條理的，皆屬「邏輯思維」；這涉及了「構詞與組句」、「運材與佈局」等問題，而主要以此為研究對象的，就字句言，即文（語）法學；就篇章言，就是章法學。至於合「形象思維」與「邏輯思維」而為一，探討其整個體性的，則為風格學（參見陳滿銘《章法學論粹》）。關於這個辭章學體系，我們可以用一個簡單的表來幫助了解：

文　學　作　品				
以形象思維為主			以邏輯思維為主	
立意 （主題學）	取材 （意象學）	措辭 （修辭學）	構詞與組句 （文、語法學）	運材與佈局 （章法學）
風格（風格學）				

　　從前面的論述中，我們可以得知主題學、意象學、修辭

學、文（語）法學、章法學、風格學在鑑賞辭章作品時的重要性，也就是說，所有的作品都可以就這幾個面向來加以賞析，新詩當然也不例外。關於這些，我們都將在其後加以說明，並舉一、二詩例來分析，讓理論與實際批評能夠互為印證。

㈠主題

　　針對主題而言，最應該掌握的就是「綱領」與「主旨」，此二者關係極為密切，但是又不盡相同，所以有時是重疊的，但是有時又是不重疊的，因此必須鑑別清楚，方能對詩篇主題作良好的掌握。至於綱領與主旨的不同，簡單說來綱領是貫串起材料的那線意脈，而主旨則是作者所欲表達的中心思想或情意；因此若以珠鍊為譬，則大大小小的珍珠是材料，將之串聯起來的絲線如同綱領，但是珠鍊的最終目的是作為裝飾，這最終目的就有如文章中的主旨。

　　關於綱領與主旨如何共同彰顯出詩篇的主題，我們可以略舉數例來說明。一般說來主旨只有一個，不過依據意脈數目的多寡，綱領卻可分為單軌、雙軌乃至於多軌，牛漢〈生與死〉就是一篇雙軌式的詩篇，我們可以用結構分析表來幫助了解：

　　　年輕時信奉莎士比亞的一句箴言：
　　　懦弱的人一生死一千次，

勇敢的人一生只死一回。

可有人一生豈止死過一千次，
一次次地死去，又一次次復活，
生命像一首詩越寫越純粹。

勇敢的人死一千次仍勇敢地活著，
懦弱的人僅僅死一回就懦弱地死去了。

哦，莎翁的這句箴言是不是應當修改？
死過一千次仍莊嚴神奇地活著的人，我見過，
懦弱的人經不住一次死亡的威脅，我見得更多

結構分析表

```
┌立┬點：「年輕時信奉莎士比亞的一句箴言」
│  └染┬反（懦弱）：「懦弱的人一生死一千次」
│     └正（勇敢）：「勇敢的人一生只死一回」
├破┬正（勇敢）┬具：「可有人一生豈止」三行
│  │          └泛：「勇敢的人死一千次」行
│  └反（懦弱）：「懦弱的人僅僅死一回」行
└立┬果：「哦，莎翁的這句箴言是不是應當修改」
   └因┬正（勇敢）：「死過一千次仍莊嚴神奇地」行
      └反（懦弱）：「懦弱的人經不住一次死亡」行
```

從結構表中，我們可以清楚地看到此詩全篇是以「反（懦弱）」、「正（勇敢）」兩軌綱領貫串起來的，而作者正是以反面的懦弱襯出正面的勇敢，從而凸顯出主旨——對真正的勇敢的歌頌。所以，從這個詩例中，還可以清楚地看出綱領與主旨畢竟是不同的，但是彼此的關係又極為密切。

不過主旨雖然只有一個，可是為了追求不盡的言外之意，主旨並不一定會讓人一目了然，有時會將深一層的主旨隱藏起來，等待慧心的讀者去挖掘。如此一來，可能會造成以下三種情況：第一種是主旨就在篇內出現，而且明確清楚；第二種是主旨並未在篇內出現，讀者須自篇外領略那絃外之音；第三種是主旨仍然在篇內出現，但是在篇內出現的主旨只是淺層的，在篇外還有更深一層的深意等待挖掘（參考陳滿銘《章法學新裁》）。

以第一種情形而言，可以舉艾青〈我愛這土地〉作為例證：

> 假如我是一隻鳥，
> 我也應該用嘶啞的喉嚨歌唱：
> 這被暴風雨所打擊著的土地，
> 這永遠洶湧著我們的悲憤的河流，
> 這無止息地吹刮著的激怒的風，
> 和那來自林間的無比溫柔的黎明……
> ——然後我死了，

連羽毛也腐爛在土地裡面。

為什麼我的眼裡常含淚水？
因為我對這土地愛得深沉……

　　作者以含情的筆觸，敘寫鳥為土地、河流、風、黎明而歌唱，歌唱至死時，連羽毛也腐爛在土地裡面；然後作者回溯過去，詢問鳥歌唱時為什麼眼裡常含著淚水？答案是：「因為我對這土地愛得深沉」。此篇通篇以鳥喻己，所以寫鳥就是寫人，鳥在歌唱，就是喻示著我在寫詩，而我寫詩的動力來自於哪裡呢？一樣是「我對這土地愛得深沉」，可見得這就是全篇的主旨所在，在篇末明明點出。

　　第二種情形是主旨並未在篇內出現，這樣的處理方式可以引起讀者的思索，有時還可營造優美蘊藉的韻味，效果甚佳，所以例子不少，鄒靜之〈一個故事〉就是一例：

　　　給女兒讀著那只靈犬的故事
　　　冬夜的風從爐火邊吹過
　　　她寧靜，被那只狗帶走
　　　像將行的旅人，迷戀遠方

　　　她開始飛翔，在我的聲音之上
　　　和那只懷鄉的狗一起

這使我在讀書時感到孤獨
讀過的文字被風送遠

這是真的，它帶給女兒眼淚
她聽著那只努力走回親人的狗
而不能自持，她流淚時看著我
在她流淚時我們相互看著

此詩描述作者為女兒朗讀故事，當故事被聲音緩緩帶出的時候，小女兒彷彿神遊到了另一個世界，並且感動得流淚，小女兒含著淚的眼睛看著作者，作者也看著她。非常家常的一幕景象，通篇未著一情語、理語，但是那種親子相親的情感、溫暖的情味，在篇外不斷的擴散著，是多麼迷人呀！

至於第三種情形──主旨有淺、深二層，可以舉聞一多〈死水〉為例：

這是一溝絕望的死水，
清風吹不起半點漣漪。
不如多扔些破銅爛鐵，
爽性潑你的剩菜殘羹。

也許銅的要綠成翡翠，

鐵罐上繡出幾瓣桃花；
再讓油膩織一層羅綺，
霉菌給它蒸出些雲霞。

讓死水酵成一溝綠酒，
飄滿了珍珠似的白沫；
小珠笑一聲變成大珠，
又被偷酒的花蚊咬破。

這是一溝絕望的死水，
這裡斷不是美的所在，
不如讓給醜惡來開墾，
看他造出個什麼世界。

　　在這首詩篇中，這溝死水裡的銅鏽被比成翡翠（帶出綠
色），鐵銹被比成桃花（帶出紅色），油膩被比成羅綺，黴菌
被比成雲霞（均帶出燦爛的色彩感），髒水被比成綠酒（出
現綠色），泡沫比被成珍珠（帶出白色），就連蚊子都是「花
蚊」，可說是五色斑斕、鮮豔奪目，但是讀者只要想到這些
美麗的色彩，其實指的都是骯髒醜惡的一溝死水，馬上就會
湧起荒謬憎惡的感情，因此就會了解作者為何會在最後一個
小節中發出憤激言語，而這也正是本首詩歌的主旨。然而我
們若考察此詩的寫作背景，會發現這是作者一九二五年自美

學成歸國所作，作者看到滿目瘡痍的國家和充滿黑暗的社會，那麼就會了解作者的激憤之下，所埋藏的熱烈情感與深刻憂慮。因此明顯表露出來的憤激還是淺層的，真正最核心的情感，是那真摯澎湃的憂國之情。

(二)意象

在運用形象思維時，是將抽象的「意」，藉著具體的「象」傳達出來，使欣賞者得以領略，因此這個「象」就非普通的物象、事象，而是承載著作者的「意」（即思想、情感等），所以我們特稱為「意象」。王國維《人間詞話》中說：「一切景語皆情語也」，就是指作者常藉著描繪具體的景物，以寄託抽象的情感，所以在篇中出現的一切景物都含藏著作者的情意。這就是以「果（物）」為象；另外值得注意的是，「象」的範圍不僅限於客觀景物而已，人間萬事也可以寄託情理，成為「意象」，所以《人間詞話》中的這一段話，可以補足成這樣：「一切景（事）語皆情（理）語也」，如此方為完備。

其中以「景」為象者，如張洪波〈秋收〉（外一首）：

莊稼倒了的時候
秋天也就站不穩了

季節老了

皮膚有許多雜亂的紋路
眼看著搖搖晃晃的馬車遠去
心情難以描述

　　此詩所要傳達的情感在最後一句點出：「心情難以描述」，但是這種難以描述的心情又是如何為讀者所領略呢？作者選取了三個「景」作為媒介：「莊稼倒了的時候／秋天也就站不穩了／季節老了」、「皮膚有許多雜亂的紋路」、「搖搖晃晃的馬車遠去」，細細品味這三個蕭瑟的景象，一種蕭瑟之感油然而生，這不就是作者所欲言宣、但是卻又難以描述的心情嗎？

　　此外以「事」為象者，有臧克家〈三代〉：

孩子
在土裡洗澡；
爸爸
在土裡流汗；
爺爺
在土裡葬埋。

　　作者分別抽出「洗澡」、「流汗」、「葬埋」三事，簡潔而又深刻地刻畫了孩子、爸爸、爺爺三代與土地異常親厚的關係，土地可說是生命的根源；而且雖說是「三代」，但是

也可看作是人生由生而死的三個階段，這三個階段都是在泥土中完成的；更進一層來說，我們甚至可以想到此詩演繹的是「變」與「不變」的關係，而且寫「變」是為了凸顯出「不變」。作者在篇中未著一情語、理語，但是整首詩篇平白非常、雋永非常。

(三)修辭（含煉詞）

針對意象加以美化的方法很多、範圍很廣，目前成果最為豐碩的，當推「修辭格」的研究，而且修辭格的運用也確實會為新詩帶來豐富的美感，因此在欣賞新詩時，就不宜忽略修辭格的探究。下面的這些例子，都是一些修辭佳例，首如侯吉諒〈細雪〉（節選）：

> 我離去時，心事凌亂如多縐的被褥
> 冰冷的感覺，恰似夜霧飄過碎石小徑的
> 竹林。晨露在葉尖凝聚，滴落
> 在妳臉頰，從微顫的長睫
> 在深秋的子夜過後許久，將近黎明

這節詩句中出現了兩處譬喻格，均屬明喻：「心事凌亂如多縐的被褥」、「冰冷的感覺，恰似夜霧飄過碎石小徑的竹林」，而這兩個譬喻的微妙之處，在於「喻依」（多縐的被褥、夜霧飄過碎石小徑的竹林）除了可以說明「喻體」（心

事、冰冷的感覺）之外，還同時兼有寫景的功能；換個方式來說，就是作者以「眼前景」為喻，使得這個譬喻格的使用可說是「一兼二顧」，親切自然且涵義豐富。

次如古馬〈恢復〉：

讓一座石棺裡的死者感到口渴
讓東方的天空
有一顆懷抱水罐的小星，在下一刻出現

啊啊
在沉寂的邊沿
復活的土地
扶著一株渾身散發香氣的紫丁香
站了起來

作者意欲傳達「恢復」，因此擷取了三個意象來說明：死者復甦、小星復現、土地復活。在第三個土地復活的意象中，作者運用了擬人法來將土地譬擬為人，而且描寫它是「扶著一株渾身散發香氣的紫丁香／站了起來」；說穿了，這只是藉著散發香氣的紫丁香顯示出土地富含生機，可是採用這種修辭格來修飾，就讓這個意象更形鮮明、突出。

除此之外，「煉詞」也是相當需要講究的。所謂錘鍊詞語，就是對詞語進行琢磨、選擇、更換，以便挑選出最能恰

到好處地表情達意的那一個詞語，而且不管是哪一類詞語的選用，都會為詩篇帶來莫大的影響。就以數詞來說，如果詩篇中出現的數字不符合實際（擴大或縮小），其目的往往是要造成誇張的效果（參考胡性初《中文實用修辭學教程》）。這種情況非常常見，例如李修炎〈鏡子〉：

> 歷史的鏡子最公平，
> 如果你害怕它，
> 將它一摔，碎了——
> 它也要變成千百雙眼睛……

　　歷史如鏡，鑑照是非，而且就算被摔碎了，也會變成千百雙眼睛，更讓為惡的人們無所遁逃。所以此處出現的數詞——千百，很有力地傳達出作者的意念，如果執著於實際情況，而將「千百雙眼睛」改為「數十雙眼睛」，那麼力量就大為減弱了。
　　一般說來，在字的錘鍊之中，最被重視的是煉動詞，因為「動感」是創造出美的最重要的因素，由動勢所表達出的生命力，是最原始、最勃發、最令人感動的，而這種「動感」當然要藉由動詞帶出（參考古遠清、孫光萱《詩歌修辭學》）。譬如臧克家〈難民〉（節選）：

> 日頭墜在鳥巢裡，

黃昏還沒溶盡歸鴉的翅膀。

　　這是描寫暮色的著名詩句，主要通過煉詞創造出獨特的意象。金聲對此曾作過詳盡的賞析：作者心中的原型物象是「黃昏裡飛動著一群烏鴉」，因此最初所寫的詩句是「黃昏裡扇動著烏鴉的翅膀」，烏鴉用翅膀來借代，焦點集中，但是並未體現出主觀感受；所以作者又改寫成「黃昏裡還辨得出烏鴉的翅膀」，可是這樣注意力只集中於翅膀的有無，而淡忘了黃昏的狀態；作者對此並不滿意，終於把握住黃昏朦朧、歸鴉滿天的狀態，黃昏一霎霎地加濃，烏鴉翅膀一霎霎地變淡，最後兩者密不可分，好似烏鴉的黑色被黃昏溶化了，於是「黃昏還沒溶盡歸鴉的翅膀」拍板定案（參見《中國新詩詩藝品鑑》），「溶盡」這個動詞下得極準，移易不得。

四語法

　　《語法初階》中說：「語法就是組詞成句的規律。」因為組詞成句之後，方能積句成段、聯段成篇，所以對於鑑賞任何文學作品來說，熟悉語法都是很基礎而重要的工作。至於如何以語法知識來輔助欣賞新詩，可以從「倒裝句」、「省略句」和「以句構篇」三個方向切入，來略作說明。

　　倒裝，指的是變化語言的常態性的秩序，這麼作會使詩句化平直為曲折、化平板為勁健，也可以突出某些作者所欲

強調的語詞（參考李元洛《詩美學》）。在新詩中，倒裝的例子是很常見的，譬如昌耀〈詩的禮讚〉（節選）：

> 聽說古代獵人將自己退役的老馬
>
> 總是放還大自然。而這樣的老馬
>
> 也定然不再還家
>
> 也定然不再回頭
>
> 也定然不讓人看到自己
>
> 奄奄一息時的醜陋。
>
> 向荒原走去的這樣的老馬的背影
>
> 我難於忘懷。

　　劉忠陽說：詩人擷取了遠古遊獵生活的一個撼人心魄的鏡頭，所展現的畫面和畫面下的深刻內涵真的令人「難於忘懷」。詩的語言形式看似平樸甚至略嫌幾分囉唆，但詩篇卻具有一種內在凝鍊的深刻，富於一種史詩般的感人力量（見《中國新詩詩藝品鑑》）。不過細究起來，作者的語言平樸而不平淡，在開始和最後都運用了倒裝的手法：「聽說古代獵人將自己退役的老馬／總是放還大自然」，依照正規的說法應該是「聽說古代獵人總是將自己退役的老馬／放還大自然」，「總是」一詞回到它原有的位置，可是這樣第一行就會顯得冗長拗口，倒裝之後較佳；另外「向荒原走去的這樣的老馬的背影／我難於忘懷」，原本應該是「我難於忘懷／

向荒原走去的這樣的老馬的背影」，作者倒裝的目的是為了凸顯出那種難於忘懷的心情，對詩篇情味的影響甚大。

　　省略是指句法成分的省略。因為新詩是最求精練的文體，所以省略非必要的詞語是很常見的手段，裴恆敏只有短短兩行的〈落葉〉就是一個例子：

　　　　一旦從高枝上落下
　　　　神色就變了

　　一般說來，一個完整的句子必有主語和謂語兩部分。這首詩只有短短二句，可是第一句省略了主語，因此如果將主語補上，那麼就變成是「葉子一旦從高枝上落下」，第二句雖有主語「神色」，但是並不完全，補上定語之後應該是「葉子的神色就變了」。可是一一補足之後，整首詩反而太過顯露而無詩味，所以還是省略為佳，讓讀者在閱讀時自行補上，從而心領神會出此詩所敘述的其實就是──落葉，更可以因此而想及人生百態，那就更深刻了。

　　另外，在新詩創作中不乏「以句構篇」的情形（特別是篇幅短小的「小詩」），也就是不管分行與否，整首詩篇其實就只是一個句子而已，在這種情況下，當然就要從語法的角度來分析，才能抉發出詩篇在結構上的特點，並從而深入到作品的內蘊。就以王正春〈孵雞〉為例：

全憑自身的銳氣

啄開生命的窗口

結構分析表

```
┌述語┬狀語：「全憑自身的銳氣」
│    └動詞：「啄開」
└賓語┬定語：「生命的」
     └名詞：「窗口」
```

　　此詩實則是一個省略句，省略了主語：「小雞」，若是補上則為：「小雞全憑自身的銳氣啄開生命的窗口」，但是因為有題目在提示，所以主語的省略並不妨礙閱讀，反而會造成一種含蓄之美。因此詩篇中出現的只是一個句子當中謂語的部分，而且這個謂語若是還原到最簡單的狀貌，應該是「啄開窗口」，所形成的是最為常見的「述語－賓語」的結構，就像是「吃飯」、「喝水」一樣；但是此詩在動詞「啄開」之前，用一個介賓結構：「全憑自身的銳氣」作狀語來修飾，並且在名詞之前，也用一個形容詞「生命的」作定語來修飾，如此一來，詩篇擺脫了單調的外貌，傳神地描繪出小雞生氣勃然的情態，栩栩如生、鮮活可愛。

㈤章法（結構）

　　章法就文章學來說，是謀篇布局的技巧，就邏輯學來

說，是內容材料的內在條理；也就是因為章法所掌握的是組織整個篇章的邏輯關係，所以了解這首詩篇運用何種章法？形成何種結構？就能夠非常有助於我們進行全面而深入的賞析。同時我們也可以了解「章法」和「結構」是一而二、二而一的，也就是說就規律而言，是章法，但是當它落實在作品中來組織材料時，就會形成結構，所以章法與結構是一「虛」一「實」的關係；就以「今昔」法為例來說明：今昔法是一種章法，可能形成的結構有四：「由昔而今」、「由今而昔」、「今昔今」、「昔今昔」，這就是章法與結構的區別。目前可以清楚掌握的章法約有四十種，並形成近兩百種結構（可參見書末所附的「常見章法簡介」）。

我們可以舉阿信〈雪地〉為例，來說明章法分析在賞析詩篇時的價值：

> 雪地上已有踐踏的痕跡。是誰
> 比我更早來到了高地？比我更盲目
> 在一片茫茫中，把自己交給荒原
> 而沒有準備返回的路

結構分析表

```
┌ 景：「雪地上已有踐踏的痕跡」
└ 情 ┌ 淺：「是誰……高地」
     └ 深：「比我……返回的路」
```

此詩是從一個清冷異常的景象開始的：「雪地上已有踐踏的痕跡」，「雪」是高潔的，然而「雪」也是冰冷的，因此由這個景象，引起了作者的感觸：「是誰／比我更早來到了高地？」高地酷冷，誰如同我一般來到高地，追求的又是什麼呢？接著作者深深地感嘆道：「比我更盲目／在一片茫茫中，把自己交給荒原／而沒有準備返回的路」，感慨良多啊！「雪」的高潔與冰冷，引人嚮往然而又嚴酷異常，對「雪」的追求，注定是沒有「返回的路」呀！所謂「觸景生情」，此詩可說是最佳注腳，因此此詩的邏輯結構就是「先景後情」，在寫「情」的部分，是「由淺而深」推衍開來的。

　　另外還可以用周夢蝶〈樹〉作為例子：

等光與影都成為果子時，
你便怦然憶起昨日了。

那時你底顏貌比元夜還典麗
雨雪不來，啄木鳥不來
甚至連一絲無聊時可以折磨折磨自己的
觸鬚般的煩惱也沒有。

是火？還是什麼驅使你

衝破這地層？冷而硬的。

你聽見不，你血管中循環著的吶喊？

「讓我是一片葉吧！

讓霜染紅，讓流水輕輕行過……」

於是一覺醒來便蒼翠一片了！

雪飛之夜，你便聽見冷冷

青鳥之鼓翼聲。

結構分析表

```
┌ 虛（未來）：「等光與影都成為果子時」二行
│         ┌ 昔 ┬ 先：「那時你底顏貌比元夜還典麗」四行
└ 實 ─────┤    └ 後：「是火？還是什麼驅使你」五行
          └ 今：「於是一覺醒來便蒼翠一片了」三行
```


　　作者催動詩思、騰挪巧腕，藉著敘寫一棵樹成長的過程，來鎔鑄時間的三相──過去、現在、未來，意圖在短短的篇幅中，印證永恆。

　　一開始，是從對未來的設想寫起，「等光與影都成為果子時」中的那個「等」字，將時間縱向未來樹結實為果的時刻，而作者說「你便怦然憶起昨日了」，這彷彿是一則預言，宣告了一段回憶的開始。

　　藉著「憶起昨日」一語來開展，時間回溯到過往（第二

節、第三節）。第二節中敘寫樹仍是一顆種子的時候，當時的顏貌「比元夜還典麗」，「元夜」暗示的是一片如夜般的漆黑混沌，因此「雨雪」的滋潤、「啄木鳥」的啄食，都沒有打擾到它，而且作者還說道：「甚至連一絲無聊時可以折磨折磨自己的／觸鬚般的煩惱也沒有。」此時種子仍然在沉睡的狀態。但是種子畢竟還是蠢動了，因此在第三節中，作者問道：「是火？還是什麼驅使你／衝破這地層？冷而硬的。」其實，真正的火來自種子自身蘊藏的生機，那是「血管中循環著的吶喊」，它吶喊著，渴望成為一片葉，可以經歷霜雪、可以隨水漂流，可以體驗地層外的廣闊天地。因此第二、三節的時間雖然都設定在「過去」，不過第二節寫種子，第三節寫發芽，兩節之間還形成了「先後」的時間關係。

接著，時間發展到現在（第四節）。作者用「於是一覺醒來便蒼翠一片了！」的句子，很詩意的刻畫出種子茁長成樹的景象；不止如此，大雪紛飛的夜晚，原本是冰冷死寂的，但是此時卻傳來了「冷冷／青鳥之鼓翼聲」，象徵希望的青鳥啊，帶來了多少幸福的期盼……。

此詩以「先虛後實」的結構統攝起時間的三相，彷彿是一篇對生命的優美讚歌，我們頌讀，但覺得有一種微笑自心底升起。

㈥風格

黎運漢《漢語風格探索》中說：「文章風格是文章的思想內容和表現形式上各種特點的綜合表現，是作者的思想、性格、興趣、愛好以及語言修辭等在文章中的凝聚反映。」中國對風格的探討中最具代表性的，就是「陽剛」與「陰柔」的分法。陽剛與陰柔在中國美學裡是一對非常重要的範疇，姚鼐〈覆魯絜非書〉中對此有段非常著名的描寫：「其得於陽與剛之美者，則其文如霆，如電，如長風之出谷，如崇山峻崖，如決大川，如奔騏驥；其光也，如杲日，如火，如金鏐鐵；其於人也，如馮高視遠，如君而朝萬眾，如鼓萬勇士而戰之。其得於陰與柔之美者，則其文如升初日，如清風，如雲，如霞，如煙，如幽林曲澗，如淪，如漾，如珠玉之輝，如鴻鵠之鳴而入廖廓；其於人也，漻乎其如嘆，邈乎其如有思，暖乎其如喜，愀乎其如悲。」姚鼐用了許多形象化的譬喻，相當有助於我們領略「陽剛」與「陰柔」的特質，我們可以就此來對詩篇的風格作一掌握。

詩篇中表現出陽剛之美的，可以用顧城〈一代人〉為例：

> 黑夜給了我黑色的眼睛，
> 我卻用它尋找光明。

首句將眼睛的黑色，說成是來自黑夜。不過此處的「黑色」，若與第二句的「光明」對照起來看，那麼我們會發現：「黑色」之中還隱藏著「黑暗」之意；因此我們也就可以想像得到：「黑夜」並不只是指夜晚，應該還暗示著黑暗、恐怖的經歷（或年代），而這些，都深深地烙印在作者心上，所以造成了「黑色的眼睛」。短短的一句，不過十個字，卻傳達了很深的感觸。

　　不過，第二句（也就是末句）卻神來之筆地大力扭轉：我用它來尋找光明。眼睛可以接收光波以辨識物體，這是一個太普通的常識，但是作者在此處提出「尋找光明」，其意義遠遠地超過了這些；作者彷彿藉此告訴我們：人不僅可以不被痛苦擊倒，甚至還能在痛苦中凝聚出智慧與毅力，幫助我們找到光明。這對人性中堅忍不拔、正向提升的那一面，是多大的肯定與讚美啊！

　　「黑」與「光」原本就是一組極強烈的對比，更何況作者又以動作強化，因此「帶來黑暗」對照於「尋求光明」，留給讀者的印象，實在是太深刻了。而且我們又想到：作者，以及與作者同年代的人，在動盪不安中出生、成長，經歷許多磨難，因此都有著「黑色的眼睛」，但是同樣的也都執著於「尋求光明」；那麼作者將此詩題名為「一代人」，實在具有為「一代人」發聲，而且也撫慰「一代人」的深刻寓意啊！因此此詩所造成的風格，是鮮明強烈的陽剛之美。

　　富於陰柔之美者，則可以用徐志摩〈偶然〉作為代表：

我是天空裡的一片雲，

偶爾投影在你的波心——

你不必訝異，

更無須歡喜——

在轉瞬間消滅了蹤影。

你我相逢在黑夜的海上，

你有你的，我有我的方向，

你記得也好，

最好你忘掉，

在這交會時互放的光亮。

　　詩篇一開始，作者高唱出「我是天空裡的一片雲」，繾
綣風流的情韻悠然而生；接著描繪雲朵投影於波心，這是自
然界中一個美麗的、偶然的「聚首」。但作者隨即說道：不
必訝異、無須歡喜，因為「轉瞬間消滅了蹤影」；瀟灑曠達
中，似乎又有著一抹淡淡的惆悵。

　　然後從自然景物過渡到人事現象上。「你我相逢在黑夜
的海上」，也是一個美麗的、偶然的「聚首」。但是彼此固然
是在「海上」相逢的，可是因為「海上」本來就是個流離
的、動盪的所在，所以這個場景同樣也暗示了分離，因此作
者遂說道「你有你的，我有我的方向」。而且，更進一步

地，作者推想到：因為各有方向，所以這「交會時互放的光亮」注定是短暫的，因此有感而發地寫下這兩句：「你記得也好，最好你忘掉」，言下之意，極繫戀，又極曠達。

此詩以自然界中的「偶然」，來陪襯人事聚合中的「偶然」，形成了「先賓後主」的結構，極為優美地訴說了「偶然」的短暫及珍貴。不過，面對這種「偶然」，依依不捨、欲留不住，作者索性瀟灑地放開：「你記得也好／最好你忘掉」；然而，作者將「交會時互放的光亮」置於詩末，畢竟使這黑夜中因相聚而綻放的光芒，永遠地刻繪在讀者的心版上。從這首詩的取材、章法等方面看來，毫無疑問的，所形成的是偏於陰柔的美感。

二、加強的

除了前述的六項基本而重要的項目之外，能為新詩增添美感、應該予以賞鑑的，尚有其他因素：

㈠題目

題目是詩篇的眉目，所謂「名不正則言不順」，作者深思熟慮、反覆推敲後定下的題目，通常是從表現主題的需要出發，有的概括內容，有的提示全篇重點，更有的是直接揭示主旨，因此充分掌握題目，是深入詩篇的一個好方法（參考陳惠齡《現代文學鑑賞與教學》）。

題目中概括內容者，如劉大白〈秋晚的江上〉：

歸巢的鳥兒，

儘管是倦了，

還馱著斜陽回去。

雙翅一翻，

把斜陽掉在江上；

頭白的蘆葦，

也妝成一瞬的紅顏了。

作者藉由「歸巢鳥兒」的飛翔，由高而低地串起一個秋
陽映照下的江景。首先出現的是「高空間」，其中「歸巢的
鳥兒」以及「斜陽」呼應題目中的「晚」字；而「馱著斜陽
回去」的「馱」字，則不僅賦寫出鳥兒飛翔的動景，而且還
為全詩添上了黃昏時疲憊的感覺。不過，接著鳥兒「雙翅一
翻」，使得天空的高空間與江上的低空間連結起來，並且翻
轉出一個全然不同的鮮活詩境。在這個江上的低空間中，斜
陽映照著，因此「頭白的蘆葦／也妝成一瞬的紅顏了」。很
顯然地，本詩所描寫的內容在題目中已然明示：那就是「秋
晚的江上」。

提示全篇重點者，如陳東東〈雨中的馬〉：

黑暗裡順手拿起一件樂器。黑暗裡穩坐
馬的聲音自盡頭而來

雨中的馬。

這樂器閃亮，點點閃亮
像馬鼻子上的紅色雀斑，閃亮
像樹的盡頭
木芙蓉初放，驚起了幾只灰知更鳥

雨中的馬也注定要奔出我的記憶
像樂器在手
像木芙蓉開放在溫馨的夜晚
走廊盡頭
我穩坐有如雨下了一天

我穩坐有如花開了一夜
雨中的馬。雨中的馬也注定要奔出我的記憶
我拿過樂器
順手奏出了想唱的歌

　　劉忠陽說道：「雨中的馬」是什麼？是指夜裡詩人順手
拿起一件樂器隨意撥出的騎兵進行曲，便有答答的馬蹄聲自

寂寞盡頭而來？還是指詩人手中的樂器是馬頭琴，彈起它的時候便有如枯木逢春，上面有知更鳥撲騰和啼鳴？也許都是也許都不是，只是詩人雨夜時的一種心情、一縷如雨中奔馬的情緒，因此才有末節的「雨中的馬也注定要奔出我的記憶」。詩人用「雨中的馬」這個充滿急促意味的意象來指稱急管繁弦的彈奏，又用這種貌似紊亂的彈奏來刻畫自己的心情，於是讀者便從這生動的文字裡讀到了詩人的意緒與心境（參見《中國新詩詩藝品鑑》）。「雨中的馬」極具聲勢，在詩篇中一再出現，可說是貫穿全詩的最為重要的意象，這個意象在題目中就已點出了。

　　直接揭示主旨者，如臧克家〈生命的叫喊〉：

　　　　高上去又跌下來，
　　　　這叫賣的呼聲——
　　　　一支音標，浮沉著，
　　　　在測量這無底的五更。

　　　　深閨無眠的心，將把這
　　　　做成詩意的幽韻？
　　　　不，這是生命的叫喊，
　　　　一聲一口血，喊碎了這夜心。

　　詩篇一開始，就描述了一個為生活而艱辛奮鬥的慘苦畫

面：在深深的五更夜裡，叫賣者仍不得休息，繼續叫賣著，因此這「高上去又跌下來」的呼聲，像一支浮沉著的音標，「在測量這無底的五更」。第二節則是就此展開論述，作者先說：「深閨無眠的心，將把這／做成詩意的幽韻？」，句末綴上問號，顯然這並非作者的想法，作者真正的想法在末二行展現：「不，這是生命的叫喊，／一聲一口血，喊碎了這夜心」，所以「生命的叫喊」才是本詩意旨所在，而這點在題目中就已經標明了。

(二)知覺（含通感）

人有五種感覺器官，即視覺、聽覺、膚覺（觸壓覺、溫度覺）、味覺和嗅覺，人類藉助於這些感覺，才感知了大千世界中形形色色的事物，以及各種事物迥然不同的屬性，如顏色、氣味、音響、形狀、冷暖等等。作者努力使自己的語言富於色彩、聲音和味道，以便於更翔實、豐富、生動的表現這個大千世界，而且這種種知覺會在內在融合、提升為「心覺」，因此而更深刻的體現出主、客觀交融的美感。此外，值得一提的是，視覺和聽覺在五種知覺中，獲取的信息量最大，與美的關係也最緊密，因此地位也最為重要，所以特稱為「高等感覺」或「美的感覺」（參考曹常青、謝文利《詩的技巧》、邱明正《審美心理學》）。

張柏瑜〈花〉在短短四行裡，就運用了聽覺與視覺兩種知覺：

噗哧一聲
臉龐
陡地成
春

　　詩篇一開始，是從聽覺寫起：「噗哧一聲」，好動聽的
脆生生的笑聲，馬上令人興起美好的期待；果然，接著就是
從視覺來加以描摹：「臉龐／陡地成／春」，所謂「笑逐顏
開」，大概也不過如此吧！尤其「春」獨立成一行，更讓人
感覺到花朵的容顏，是說不盡的嬌媚旖旎。看著這麼燦爛的
一朵花，讓讀詩的人，也彷彿沾染了春日噴湧的喜悅。
　　更進一步地說，知覺是與心覺相聯繫的，所以敘寫知覺
以帶出心覺，是極為自然的，譬如聞一多〈紅豆〉（節選）
就是如此：

比方有一屑月光，
偷來匍匐在你枕上，
刺著你的倦眼，
撩得鎮夜不著，
你討厭他不？
那麼這樣便是相思了？

相思是不作聲的蚊子，

偷偷地咬了一口，

陡然痛了一下，

以後便是一陣底奇癢。

　　前一節從視覺來寫，藉著月光的扎眼，來描摹愛情的撩人；次一節則是從觸覺來寫，很巧妙地用「一陣奇癢」，說明了愛情帶來的苦惱。在描寫知覺的同時，也帶出了心裡的感受——相思，這樣的寫法是十分巧妙的。

　　除此之外，心理學研究發現：人的知覺能夠互相轉化、移借、溝通，這種現象就是「通感」，我們在日常生活中常用的語彙，如「目擊」就是將原本視覺所見，改用觸覺加以摹寫，「熱鬧」、「冷靜」就是將聽覺所得，用觸覺中的溫度覺來加強……等，這些都體現了通感的道理。而且在詩篇中，通感更有特別的意義，因為心理學的發現證實：感官只能單一的感受事物較低的功能，而通感則具有昇華性的精神意義，能在刺激人的多種感官時體現藝術的更大力量。所以對於新詩的通感現象，是絕對不宜忽視的（參考曹常青、謝文利《詩的技巧》）。

　　洛夫〈舞者〉（節選）就是以聽覺所聞來加強視覺所見：

　　鏘然

鈸聲中飛出一只紅蜻蜓

貼著水面而過的

柔柔腹肌

靜止住

全部眼睛的狂嘯

「全部眼睛的狂嘯」一語，就用了通感的手法，因為「狂嘯」屬聽覺所聞，但是這其實是在敘寫觀眾的眼神（視覺）。我們可以從中很深刻地感受到觀眾的驚奇與專注，這就是通感的強大力量。

李綱〈聲音〉（節選）則相反的是用視覺所見來加強聽覺所聞：

那天我看見一個少婦

雕像般站在十字路口

她把笑聲斜插在髮間

作者把聽得的「笑聲」化成視覺意象，因此可以「斜插在髮間」。這種寫法真是新鮮而活潑啊！

㈢色彩

嚴格說來，色彩應該歸到知覺中的視覺來討論，不過因為色彩的運用在詩歌中佔著極重要的地位，因此將它獨立出

來加以探討。我們知道一切視覺現象都是物體的色彩和形狀的反映，由此可見色彩在呈現自然物象上的重要性；不只如此，色彩能有力的表達情感，因此色彩常常是在不知不覺間，就反映了作者的情緒和精神世界。因此掌握住作者摹繪色彩的技巧，就能更深入的欣賞作品（參考黃永武《詩與美》、劉雨《寫作心理學》）。

色彩有明白點出的，也有暗藏起來的。楊智安〈顏色〉中所含蘊的色彩，都是明明白白出現在篇中的：

綠色是山
白色是雲
藍色是天
黃色是太陽公公的光芒

紅色是奶奶家的屋頂
灰色是年老的牆
褐色是門板
黑色是兩扇窗的框

我拿起調色盤
從遠到近
再由大到小
悄悄仔細的畫上

此詩的最後一節說：「從遠到近／再由大到小／悄悄仔細的畫上」，因此我們可以看到，前兩節中所敘述的每一個物體，都是按照這樣的空間順序而安排的；不只如此，詩中又說：「我拿起調色盤」，所以不論是自然界中的山、雲、天、太陽，還是人事界的奶奶家的屋頂、牆、門板、窗框，作者都為它們敷上色彩，整個世界的色調又柔和又開朗。因此我們可以想見，作者在寫作這首詩時，心情必然是溫柔的，所以他妥妥貼貼的安排了每個景物，並為它們塗上色彩，就像兒時記憶中的模樣。

　　與謝野晶子的〈亂髮：短歌選〉（選一）雖然只有短短五行，但是其中既有明白出現的色彩，也有暗藏起來的色彩：

　　　我不要茶花
　　　不要梅花
　　　不要白色的花
　　　桃花的顏色
　　　不會問我的罪

　　詩篇中出現了三種花，其中作者明白道出茶花和梅花是白色的，但是桃花呢？哦，那嫵媚紅灩的色彩立刻跳入我們的腦海，那不就是愛情的顏色嗎？而且桃花向來是屬於風流

類的（古語有言：「輕薄桃花逐水流」），因此「桃花的顏色／不會問我的罪」，這兩句實在是太誘人、力量太強大了！

㈣聲律

　　詩歌是最追求聲音美的文體，作者會自覺或不自覺地對語音進行適當的調配，使之產生抑揚頓挫、節奏分明、韻律和諧、鏗鏘悅耳的表達效果。在古典詩歌中，行數、字數、韻腳、平仄都規定得好好的，只要按照格律來作詩填詞，自然就會具有聲音上的美感；但是新詩則不然，所有的規則都沒有了，但是音響之美仍是美感的重要來源，因此作者就必須經過巧心靈活的設計，來追求聲音上的美感。造成聲音美的手法，大致上是以押韻、節奏、音調三者，為最常見、最重要的，以下將分別略加說明。

　　押韻就是在句子的同一個位置上使用韻母相同或相近的字，通過這樣的關連，關上連下，把跳躍式的單獨的詩行構成一個審美整體，而且新詩的押韻不必規定太嚴，相近的音可以通押（如：ㄧ與ㄩ、ㄧㄢ與ㄩㄢ，ㄤ與ㄥ），而且隨著詩意的轉變可以換韻。在古典詩歌中，押韻是極為重要的修飾聲音的手段，就算是講求自由的新詩，押韻仍然頗受重視，那麼，到底押韻可以營造出什麼樣的效果呢？一般說來，押韻可以造成強烈的呼應再三、回環往復的音樂美，而且這種影響力及於全篇，並且可因此而使詩歌易記、易懂。此外押韻的方式甚多，句中、句末皆可押韻，而且可以連

續、也可以不連續（參考胡性初《中文實用修辭學教程》）。
艾青〈礁石〉是屬於句末隔句押韻式：

　　　一個浪，一個浪
　　　無休止地撲過來
　　　每一個浪都在它腳下
　　　被打成碎沫，散開……

　　　它的臉上和身上
　　　像刀砍過的一樣
　　　但它依然站在那裡
　　　含著微笑，看著海洋……

　　此詩共八節兩行，隔行句末押韻，但不是一韻到底，而
是每節換韻，這兩節的韻腳分別是「來」、「開」和「樣」、
「洋」，在詩篇中造成了呼應的聲音美感。
　　節奏則是某種語音形式的反覆，由此造成整齊均勻，或
是富有變化的聲音效果，用以加強詩意的表出。我們可以用
袁水拍讚美舞者依娟紅的詩歌——〈依娟紅〉為例加以說
明：

　　　柔波一樣／的／手臂，
　　　絲帶一樣／的／腰身，

流星一樣／的／眼睛，

將要說話／的／嘴唇。

浴於／瀾滄江／的／孔雀，

尋找著／人間／的／愛情；

潑水節／趕擺／的／少女，

歌頌／邊疆／歲熟／年豐。

竹笛／悠揚／，鉦鑼／嗡嗡，

筒裙／如水／，雲鬢／蓬鬆，

榕樹下／各族觀眾／爭著，

妖嬈起舞／依娟紅。

（標明節奏的／為本書作者所加）

　　此詩分作三節，節奏最整齊的是第一節，描寫舞者依娟紅的姿態、面貌，頗有款款道來的味道，第二節四行在字數上雖然都相同，但是節奏則不一，因此避免了太過整齊、陷於呆板的危險，第三節則是前二行相同、後二行相異，因此既能造成整齊的美感，又可以藉著節奏的變化凸顯出最後面的「妖嬈起舞依娟紅」。

　　音調則是由平仄協調、雙聲疊韻等方面構成的，在平仄部分要注意的是相互配合、交錯出現，以造成抑揚頓挫、聲韻鏗鏘的聲音美；而雙聲疊韻則有相映相和、聲韻悠揚的效

果（參考李元洛《詩美學》、陳本益《漢語詩歌的節奏》、蕭蕭《中學生現代詩手冊》、胡性初《中文實用修辭學教程》）。平仄協調者可以用杜潘芳格〈笠娘〉（節選）為例：

> 頂著笠
> 那女人走過去
> 向無盡頭且寬闊而遙遠的藍染原野走過去，
> 翻過一山，再翻過一山，進而跨向大海那邊。
>
> 再過去，再過去，
> 再過去的高山，過去的高山。

若稍微注意一下，當會發現這些詩句中，沒有一平到底、或是一仄到底的，因此就會有抑揚頓挫的美感。

雙聲疊韻者，則可以蘇紹連〈那匹月光一般的馬〉（節選）為例：

> 我側臥的身體翻轉向另一邊
> 好像發覺，那匹月光一般的馬
> 正緩緩回頭，涉水走來
> 從蓆子的另一端上岸

在這節詩句中出現的「翻轉」一詞屬疊韻，而且於此詩

其後的部份一再出現，為此詩帶來了聲音上的應和之美。

㈤句子長短

因為漢語不像英語用實詞的型態變化來表示語法關係，所以在漢語中，一個句子的語法關係往往靠詞的排列次序和虛詞來表示，如果一個句子裡用了過多的詞，它們的詞序往往難於安排得好，因而它們之間的關係勢必不容易表明，所以，一般說來漢語是比較適宜用短句的（參考張志公《修辭概要》）。而且以詩的語言來講，因為作詩貴在以一當十，以少總多，所以自應多用短句。全詩選用短句者如吳岸〈無題〉：

> 心
> 容不下一粒沙塵
> 總誇言
> 要包含
> 一個宇宙

全詩總共十八個字，由兩個句子組合而成：「心容不下一粒沙塵」、「總誇言要包含一個宇宙」（此句承前省略主語「心」），兩個句子都不長，更何況又分作五行，感覺起來其短小精悍比起五言絕句更甚，因此而能乾淨俐落、言簡意賅地傳達出深刻的意念。

雖說漢語常用短句，但是話也不能說死，長句也有長句的好。因為句子之所以會變長，往往是因為修飾語多，這樣一來意思可以表達得更嚴密細緻；更何況詩人若是真有充沛的激情或綿長的愁緒，那麼用較長的句子恰好能收相得益彰之效（參見張志公《修辭概要》、古遠清、孫光萱《詩歌修辭學》）。詩篇選用長句者如夏宇〈秋天的哀愁〉：

　　　完全不愛了的那人坐在對面看我
　　　像空的寶特瓶不易回收消滅困難

　　詩只有短短兩行，但是每行都有十四個字（比起七言句整整多了一倍），而且兩行就是兩句：「完全不愛了的那人坐在對面看我」、「像空的寶特瓶不易回收消滅困難」（此句承前省略主語「完全不愛了的那人」）。就以第一個句子來說，如果將修飾語摘下，只保留句子必不可缺的成分，那麼就會成為這樣的句子：「人看我」，不僅沒有詩味，而且不能完整表達作者的意念；第二個句子若是同樣處置，就會變成如下的樣子：「（人）像寶特瓶」，沒有詩味、意思不明的情況又出現了，所以由這樣的比較中，我們可以得知修飾語的重要了。而且作者作者意欲以此長句音節之漫長，來渲染無奈、無聊的心緒，所以刻意不割裂句子來分行，這就是「秋天的哀愁」。

　　一首詩同時雜用長句和短句的例子，有伊路〈春天的茶

花〉：

　　　茶花的蕾像小小的堅硬的乳房似的
　　　　　像欲爆的小炸彈似的
　　　滿樹的嘟著鮮紅嘴唇的茶花的蕾
　　　一看就知道很任性

　　　確實已經繃得快裂開了
　　　那綠色的夾襖一開始就該做大一點
　　　春天的布料總是不夠用的

　　　花樹已顯出透支的倦容
　　　很早我就擔心她會管不動那麼多花的
　　　它的決心那麼大
　　　好像還有周密的計畫

　　　但春天裡一切都無法按部就班
　　　南風來的時候萬物都會昏厥一陣
　　　那本來比金盞菊遲開的蛺蝶花
　　　昨夜不知怎的就憋不住了
　　　比婚禮的百褶裙還要繁複的茶花
　　　　　是很重的
　　　並不強壯的花樹快跪下來了

大地知不知道呢

車水馬龍　　氣喘吁吁的大地啊

茶花旁邊的還有三棵喳喳叫嚷著

　開放的梔子花

　　此詩多用長句，春天的熱鬧與富麗就藉著這些繁複多變的音節而渲染開來；不過此詩並非短篇（共三節、二十二行），因此若是全詩都用長句組成，那麼就容易產生冗贅繁累的感覺，因此作者在其中雜用了一些短句，如「它的決心那麼大」、「大地知不知道呢」，有些是從一個長句中割截出來的，如：「是很重的」、「開放的梔子花」，從中可以很明顯地看出作者機動地調節詩行長短，讓全詩的音節繁複卻又不失靈動。

(六)分行

　　因為新詩是「詩無定節、節無定行、行無定字」，所以如何分行、斷句全憑作者決定，也就是說沒有「定格」可言，作者可以按照句子的原貌，在結束時另起一行；也可以在必要時提行，將原本完整的句子分行割裂，以達到強調的效果、音節的美感、感嘆或懸疑的張力。但是不管如何的變化，最高的考量仍是全篇內容的暢達和節奏的和諧（參考向明《新詩50問》）。

　　以一個完整的句子為單位來分行者，如焦桐〈茉莉花遺

事〉（節選）：

> 外婆的肩上常挑著水桶
> 髮髻盛開茉莉花
> 從背後也看得到笑容
> 彷彿又是一個薄霧如夢的清晨
> 我的童年跟蹤花香
> 花香尾隨她走到菜園

　　此節詩句每行都是一個完整的句子，因此不會有如倒
裝、跳接般的突兀感受，讀起來大致上是平順的，這正是作
者在此節中所欲營造的漫衍悠長之感。

　　不過作者有時也會將新詩詩句分行割裂，一方面為的是
突破欣賞者的慣性、吸引欣賞者的注意，一方面也是讓詩句
的音節更美。譬如陳婉寧〈我〉就是如此：

> 據說
> 媽媽不小心喝到爸爸的口水
> 以後
> 就
> 生出了我

　　這首詩說起來就是用兩個句子構成的：「據說媽媽不小

心喝到爸爸的口水」和「以後就生出了我」，作者將它割截
成五行，讓詩行錯落有致，而且也成功地凸顯出最後一行：
「生出了我」。

(七)圖像

關於新詩的圖像，如果從寬認定，應該包含著兩部分內
容：安排詩句位置和堆疊文字圖案，前者藉文字排列來進行
視覺暗示，後者則藉堆疊圖案來圖形寫貌（參考丁旭輝《台
灣現代詩圖象技巧研究》）。

在安排詩句的位置方面，最明顯的是新詩詩句並非每行
都是頂格書寫，參差錯落的情況是相當常見的，有時甚至是
採用下緣齊平的排列方式，這種變化多端的安排，目的都在
增強詩作的美感。譬如范若丁〈野草〉：

　　——在沒有冬天的地方，野草
　　　　你會枯亡嗎？
　　——我將枯亡
　　　　為了肥沃那生我養我的土壤

　　——在被火燒過的地方，野草
　　　　你會復生嗎？
　　——我定復生
　　　　為了撫慰那眷我念我的母親

我們可以看到詩句的安排變化中有齊整：它以每兩行為一個單位，形成一問一答，而且都是第一行較高、第二行低下去。這種安排一方面可以顯示出此詩為問答體，但是更重要的是可以凸出第二行，因為那是意義較重的部分。

　　另外圖像詩就是嘗試以圖象的形式來創作一首詩，通常的手法是把文字堆砌成所要表現的圖式，例如用文字堆成一座山形，或是用直立的一行字象形孤瘦的人等等，目的是混合讀與看的經驗，一方面用腦筋，再方面也用眼睛。不過因為要造成圖象，所以文字必須配合造型，因此意義的部分有時會受到損傷和限制，這是圖像詩可能會有的缺陷（參考向明《新詩50問》）。圖像詩的例子如蔡欣翰〈孤獨〉：

　　右邊用好多「人」字，堆成一個大大的「人」字，我們可以想到，作者意欲以此來表達：好多好多的人啊！可是，等一等，最左邊的地方，還有一個小小的「人」，為什麼呢？隔得遠遠的，孤零零的，真是「孤獨」啊！

(八)標點符號

正確使用標點符號，可以幫助文字精密紀錄語言，擺正詞與詞之間的關係，使句子易懂、聲調準確。在新詩中，標點符號可以分成兩種：具形標點符號和隱形標點符號，前者是指一般應用性的、有形體可見的標點符號，後者則指利用詩行中的空格留白，取代標點符號，也就是說在應該有標點符號的地方並未使用標點符號，而是空出一格留白作為標示。這兩種符號都具有幫助理解詩意的功能，甚至有時候還可以取代語言文字，以表達複雜的內容，像省略號「……」，就常常用來表示絃外之音或是不盡的餘味，破折號「——」則似別有深意，引號「」『』則可標示出對話或重要詞語等等（參考古遠清、孫光萱《詩歌修辭學》、丁旭輝〈標點符號在現代詩中的意義與節奏功能〉）。不過，考察過當代新詩後，我們發覺作者往往是視情況決定是否採用標點符號，因此也許全詩多行，但是只在其中必要的數行中採用，其他則不出現標點符號，這是目前較為常見的情況。

使用具形標點符號者，如冰心〈相思〉：

躲開相思，

披上裘兒，

　走出燈明人靜的屋子。

小徑裡明月相窺，

枯枝——

在雪地上

　又縱橫的寫遍了相思。

　　此詩每一句末都綴上具形標點符號，而且其中出現了破折號「——」，因此而引出全詩最重要的情思——相思之情。

　　沈浩波〈心沉下去〉（外一首）（節選）則是以引號凸顯出重要字句：

「心沉下去」

到底是種

什麼感覺

和書上說的

全然不同

不是因為痛苦

也不是因為失望

當那個

深陷於沙發的老人

將埋在胸前的頭

抬起來

露出面孔

我的心

「啪」的一下

沉了下去

　　「『心沉下去』」和「『啪』」在詩中都特別以引號括出，確實起了強調的作用，對於加強詩篇情味而言力量頗大。

　　使用隱形標點符號者，如桓夫〈不眠的眼〉（節選）：

夜幕低垂在　橢圓形的世界

張開了橢圓形的　不眠的眼

　向上　向下　凝望著

　向左　向右　睨視著

迷失了方向　在混濁的四海

理智的輪舵不靈了　不靈了

　　此處出現了多處隱形的標點符號，完全取代了具形標點符號（後四行的空格中原應為頓號、逗號），甚至在首兩行不應有標點符號的地方，也空出一格來，讓語氣的停頓更明顯。不管如何，這些隱形標點符號都具有讓句子易懂、聲調準確的功能，卻不會干擾到欣賞者，所以也是一種相當好的方式。

　　有時作者也會採用具形、隱形標點符號並行的方式，如

大荒〈第一張犁──登安平古堡懷開山聖王鄭成功〉（節選）：

掌燈人上吊之後
一盞掛了兩百七十五年的風燈
溘然滅了
「痛哭六軍皆縞素」
動人的消息猶眾口嘖嘖
江南已相繼　順治
愛新覺羅　這把新發於硎的刀
所向無敵　獨你仗劍而起
焚儒服以為誓
──「不信中原不姓朱」

　　此詩緬懷鄭成功，在引用吳梅村〈圓圓曲〉和鄭成功〈出詩討滿夷自瓜洲至金陵〉的詩句時，都用引號括出，一方面作為標示，一方面也有強調的作用，尤其是後一句，還使用了破折號：「──」，更引起讀者的注意。至於其他部分，或是採用隱形標點符號，或是乾脆省略，詩意也相當清晰。

第一編

◎劉大白 (1880-1932)

　　原姓金，名慶棪，字柏貞；後改姓劉，名靖裔，字清齋，別號大白，浙江紹興人。清貢生，後留學日本，並加入同盟會。一九一九年在浙江省立第一師範執教時，參加五四新文化運動，並寫作新詩。其詩作語言明白清晰，音節整齊，韻律和諧，受古典文學影響頗深。一九二一年任復旦大學校長。一九二七年以後，歷任浙江大學秘書長、教育部常務次長及代部長等職。一九三二年一月十三日逝世，葬於西湖靈隱附近。

淚痕之群 (七十三)

　　趁相思微微地睡去的時候，
　　把她絞死了，
　　深深地埋在九幽之下；
　　但當春信重來的夜裡，
　　她又從紅豆枝頭復活了。

結構分析表

　　┌因（反）：「趁相思微微地睡去的時候」三行
　　└果（正）：「但當春信重來的夜裡」二行

賞析

　　此詩一開始將相思予以「擬人化」的描寫，所以說「趁相思微微地睡去的時候／把她絞死了／深深地埋在九幽之下」。所謂「微微地睡去」暗喻思念之情稍稍平靜，「絞死」則意味著刻意排除思念的情緒，不只如此，還要「深深地埋在九幽之下」，可見得作者倍受思念所苦，所以必欲去之而後快的心情了（參考《中國新詩詩藝品鑑》，余海章賞析）。

　　可是，微妙的是，最後收結的兩句：「但當春信重來的夜裡／她又從紅豆枝頭復活了」，這樣的結果是與作者的初衷完全相反的。所謂的「春信重來」一語，令人想及春情的萌動，更何況又是深謐而適於醞釀幽情的「夜裡」，因此在這種氛圍下，相思「又從紅豆枝頭復活了」；這是將相思「物性化」，意思是在不覺中，相思已茁長為晶瑩艷麗的紅豆，而且這也不禁令人想及王維著名的〈相思〉：「紅豆生南國，春來發幾枝。願君多採擷，此物最相思。」作者化用典故入詩，手法渾成。由此可見得愛情不死，愛情自有其勃勃然的生命力，就算當事人（作者）的主觀意志，也是無能操控的。

　　反面的「因」，卻造成了正面的「果」，欲去不能去、欲絕不能絕，這就是愛情啊！

◎沈尹默 (1883-1971)

　　原名沈實，生於浙江吳興。幼年入私塾啟蒙，並勤習書
法，遍讀唐詩，二十二歲自費赴日留學。回國後任五四時期
《新青年》編委，一九一七年與胡適、劉半農等最早發表白話
新詩。曾任教於浙江高等學校、杭州第一中學、北京大學中文
系、北京女子師範大學，並曾擔任國立北平大學校長、國立北
平研究院史學研究會研究員、上海市人民政府委員、中央文史
館副館長、上海市文聯副主席。一九七一年六月一日在上海含
冤與世長辭。著有多本詩集。

月夜

霜風呼呼的吹著，
　　月光明明的照著。
我和一株頂高的樹並排立著，
　　卻沒有靠著。

結構分析表

```
┌底┬聽：「霜風呼呼的吹著」
│  └視：「月光明明的照著」
└圖：「我和一株頂高的樹並排立著」二行
```

沈
尹
默

　　詩篇首二行從聽覺、視覺著眼，捕捉住一個霜風淒緊的
月夜，然後在末二行中，出現了兩棵「頂高」的樹——它們
並排地立著，卻沒有靠著。作者以簡練、淺白至極的筆觸，
描繪出月色風聲下的這幅樹景，然而月色風聲只是「背景」
（底）而已，並排而立的那兩棵樹才是真正的「焦點」
（圖）；我們可以體會得到：寒風淒緊、月光如霜，清冷之
感絲絲透出，很成功地加強了並排而立的那兩棵「頂高」的
樹，「沒有靠著」的孤高形象。「頂高」卻「沒有靠著」，
在默默中各有堅持、相互致意，因此自有一種「風流高格調」
油然而生，引人留連。

◎陸志葦 (1894-1970)

浙江吳興人。曾留學美國。歷任南京高等師範學校、東南大學校長、燕京大學校長。一九四九年之後,任中國科學院語言研究所研究員、中國心理學會會長等職。一生從事心理學和漢語音韻、語法的研究。

親密

口的呼吸,
心的跳。
半山裡的白雲,
白雲裡的隱笑。
待到白雲消,
我們羽化了。

結構分析表

```
先┌實:「口的呼吸」二行
  └虛┌先(有)┌淺:「半山裡的白雲」
     │       └深:「白雲裡的隱笑」
     └後(無):「待到白雲消」
後:「我們羽化了」
```

賞析

這是描寫男女親密關係的小詩。首二行先點出兩人的相會，從用口呼吸、心臟狂跳，可以想見是多麼的欣喜激動；而這樣的情態，作者用了一個譬喻來描摹：「半山裡的白雲／白雲裡的隱笑」激動中兩人感覺自己似乎已置身於虛無飄渺的境界，朦朧中只看到對方隱約的笑容，其他什麼都感覺不到了；因為這兩句有著情感上程度的差異，所以可以再分為「淺」、「深」兩層。接著延續著這個譬喻，作者寫道：「待到白雲消」，從此句中一方面可見得時間流逝，再方面也象徵兩人從狂喜激動、如癡如醉的狀態中醒了過來。「山遮白雲」這個譬喻相當優美，此形象原本即帶有縹緲的況味，而且因為它是譬喻，所以性質是「虛」的，那就更有一種靈動、不著實的美感了，而且「白雲」的瀰漫（有）與消散（無），也自然地點出了時間的流動。因此最後一句：「我們羽化了」，就順著前面的描寫作一收結，帶出那種飄飄然全身放鬆、全然解放的感覺。

同時值得一提的是，「白雲」在詩中出現了三次，等於是關鎖了三個詩句（其中還出現了一次頂真），讓全詩產生一種綿密不斷的感覺；而且「白雲」的輕飄與潔淨，也有淨化的作用，提升了全詩的意境。因此這首描摹熱烈愛情的詩篇，不用「紅」來襯，卻以「白雲」來作底，可見作者獨到的眼光。

這首寫於二〇年代初期的詩篇，雖然形式上採用的是相當常見的順敘法，用字遣詞也不標新立異，可是內容卻是用人物的感覺率真地表現愛情的親密，以當時而言，可說是相當大膽；而且最為難得的是，此詩盡情披露、絕無保留，但是卻不令人感到猥褻低俗，相反的，卻有著溫潤的質感，可說是難得一見的、至情至性的愛情詩篇。（參考《中國新詩詩藝品鑑》，余海章賞析）

◎王統照（1897-1957）

　　一名恂如，字劍三，山東諸城人。一九一八年就讀於北京中國大學，曾擔任《中國大學學報》、《曙光》半月刊編輯。一九二一年初與沈雁冰等發起成立文學研究會，曾主編《文學旬刊》。一九二二年大學畢業後留校任教。一九二七年執教於青島市立中學，不久去日本遊學。一九三一年春去吉林四平街東北第一交通中學任教。一九三四年赴英、法、德等國考察西方文學和古代藝術。次年回國，在上海主編《文學》月刊。一九三九年後歷任暨南大學、山東大學教授。一九四九年後擔任山東大學中文系主任、山東省文聯主席、省文化局局長等職。著有詩集、散文集、小說等廿餘種，為一多產作家。

　　王氏創作初始偏重在主觀寫意，鼓吹「愛」與「美」的理想世界，而後逐漸嘗到人間的苦澀，於是調整寫作心態，為揭露人生的痛苦和社會的黑暗而揮筆。

花影

　　花影瘦在架下，

　　人影瘦在墻裡，

　　是三月的末日了，

　　獨有個黃鶯在枝上鳴著。

結構分析表

```
─ 染 ┬ 天（視）：「花影瘦在架下」
     └ 人（視）：「人影瘦在墻裡」
─ 點：「是三月的末日了」
─ 染（聽、天）：「獨有個黃鶯在枝上鳴著」
```

賞析

　　三月的末日，春事正濃時，眼前有花、有人、有鶯，照理說，真是明媚動人的大好風光啊！可是又全不是那回事兒，怎麼有種寂寥之感襲上心頭呢？

　　有花，卻不寫它的花團錦簇，有人，卻不形容他的形影相貌，偏偏要描寫它們映現在架下、牆裡的瘦瘦的影子：「花影瘦在架下／人影瘦在墻裡」。影子是虛渺的，影子是不定的，影子是幽暗的，更何況又是瘦瘦的影子呢！所以原本亮麗的春光彷彿一下子暗掉，這個三月顯得沉鬱了起來。而且，既然影子是瘦的，那麼花與人是不是也是瘦的呢？可是，這是三月啊！為什麼就這麼瘦下來了？因此我們不禁想到了李清照〈醉花陰〉中那著名的三句：「莫道不銷魂，簾捲西風，人比黃花瘦。」「銷魂」難道就是瘦的原因嗎？

　　作者沒有在篇中明言，卻在最後一句又描寫了一個景：「獨有個黃鶯在枝上鳴著」，所謂「千里鶯啼綠映紅」（杜牧〈江南春〉），「千里鶯啼」原是春天的代表景色之一，可是

這卻是個孤零零的黃鶯在孤零零地啼叫著，春天的聲音好像啞了，只剩下零落的幾個音符。而且黃鶯的啼鳴又無可避免地讓人聯想到「打起黃鶯兒，莫教枝上啼。啼時驚妾夢，不得到遼西。」（金昌緒〈春怨〉）那首抒寫閨怨的詩，詩中說了：「啼時驚妾夢」啊！那麼，此時的鶯啼是否也是入耳驚心呢？作者暗用典故，從篇外帶出了思人的惆悵。

作者在第三句「點」出時間——三月的末日，一、二、四句就此來「染」，而且「染」的部分不僅包括了人事景與自然景，還涵蓋了聽覺與視覺，但是儘管如此熱鬧，全篇傳達的卻是寂寥愁鬱的氣氛，可見作者扭乾轉坤，真是錦心妙手。

另外，值得一提的是，此詩仿照《詩經》的作法，撮取篇首二字為題，而〈花影〉這個題目也確能傳達出那種纖麗而幽深的感覺，為全詩更添情味。

◎朱自清（1898-1948）

　　原名朱自華，字佩弦，號秋實，江蘇揚州人。於就讀北京大學哲學系期間開始新詩創作，並參加新潮社、文學研究會，一九二〇年畢業後在江蘇、浙江等處任中學教師。一九二二年與葉聖陶等組織中國新詩社，並創辦《詩》月刊。一九二三年與俞平伯等組織OM社。一九二五年任清華大學國文系教授，其創作轉向散文，同時研究古典文學。一九三四年和鄭振鐸等編輯《文學季刊》，和陳望道編輯《太白》雜誌。抗日戰爭爆發後隨校南遷，任西南聯大教授。

春

> 「聞著梅花香麼？——」
> 徜徉在山光水色中的我們，
> 陡然都默契著了。

結構分析表

```
┌─因（嗅）：「聞著梅花香麼」
└─果（心）：「徜徉在山光水色中的我們」二行
```

賞析

「聞著梅花香麼？——」多麼親切的一個問句。因為梅花在初春綻放，可說是「春」的報信使，所以從這個問句中，我們宛然可以想見一片初春好景；不只如此，心理學的知識告訴我們：在各種知覺中，嗅覺是最容易引發人們回憶的。因此我們就完全可以了解：此詩從嗅覺開始引動，然後深化到心覺，於是發展出這樣的詩句：「徜徉在山光水色中的我們／陡然都默契著了」。

「默契」一語所涵泳的時空是較為綿長的，由當下的一個定點開始發想，回憶在時間之流中波波湧動，剎時間心頭就騰湧著種種關於「春」的記憶與感受。那種悠然的況味，是非常吸引人的哪！

◎冰心 (1900-1999)

　　原名謝婉瑩，福建長樂人。一九一八年考入協和女子大學預科，後轉為文學，一九二三年畢業於燕京大學文科，為文學研究會重要成員。旋即赴美留學，一九二六年回國，在燕京、清華大學和北京女子文理學院任教。一九四○年到重慶，曾主編《婦女文化》半月刊，一九四一到一九四七年，擔任國民黨參政會議參政員。一九四九年應聘為東京大學第一位女教授，講授中國新文學。一九五一年回到北京，曾任中國文聯副主席、中國作協理事。

　　冰心之詩清新自然，盈滿海天之美、山河之戀和溫馨細緻的愛，是故在那個動盪的年代，其小詩輕易贏得了讀者的珍愛。

春水——六五

　　只是一顆星罷了！
　　在無邊的黑暗裡
　　已寫盡了宇宙的寂寞。

冰心

結構分析表

```
┌ 景 ┬ 圖:「只是一顆星罷了」
│    └ 底:「在無邊的黑暗裡」
└ 情:「已寫盡了宇宙的寂寞」
```

賞析

　　一顆小小的星兒，點亮了宇宙的寂寞。

　　作者一開始就圈定星兒來描寫:「只是一顆星罷了／在無邊的黑暗裡」，前一句是焦點（圖），後一句是背景（底），在無邊黑暗的烘托下，這顆星兒閃爍著微光，彷彿有著無限的寂寞。因此順勢帶出最後一句:「已寫盡了宇宙的寂寞」，在浩瀚無垠的靜寂宇宙中，微微的星光擴散著，寂寞也擴散著。

◎ 廢名 (1901-1967)

　　原名馮文炳，字蘊仲，生於湖北。一九二二年就讀於北京大學預科，後轉入本科英國文學系，並參加語絲社。一九二九年大學畢業後任北京大學中國文學系講師。抗日戰爭爆發後在故鄉任小學教師。一九四六年返回北京大學任副教授、教授。一九五二年後任東北人民大學中文系教授、主任。一九六三年起任吉林省文聯副主席。

壁

　　病中我輕輕點了我的燈，
　　彷彿輕輕我掛了我的鏡，
　　像掛畫屏似的，
　　我想我將畫一枝一葉之荷花？
　　靜靜看壁上是我的影。

結構分析表

```
┌ 實：「病中我輕輕點了我的燈」
├ 虛：「彷彿輕輕我掛了我的鏡」三行
└ 實：「靜靜看壁上是我的影」
```

賞析

　　此詩從實處寫起：「病中我輕輕點了我的燈」，一開始就營造了縹緲幽約的詩境；接著用「彷彿」二字帶出虛境：「彷彿輕輕我掛了我的鏡／像掛畫屏似的／我想我將畫一枝一葉之荷花」，此三行是針對壁上燈影來譬寫；最後再回到實境：「靜靜看壁上是我的影」，明明點出映在壁上的人影。

　　所以此詩只是寫人因燈光照射而倒影在壁，但是因為譬寫而幾經周折：「燈」被譬擬為「鏡」，接著又被譬擬為「畫屏」，因此畫屏上將被畫上的「一枝一葉之荷花」，實則指的是「我的影」。「燈」、「鏡」、「畫屏」的一再轉換，讓此詩顯得靈動幽美，不過整個說來，作者真正的重心還在後面的「影」，而且將「我的影」擬寫作「一枝一葉之荷花」，其中自有高潔的自期；不只如此，還令人聯想到李白〈月下獨酌〉：「舉杯邀明月，對影成三人」，因此作者的寂寞就昭然若揭了；而且「高潔」與「寂寞」常是有著因果關係的，就是因為「高潔」，才會造成自己的「寂寞」，更何況作者在末行中設下「靜靜」二字，讓「高潔」與「寂寞」更形深刻，如果再想到第一行所提到的「病中」，就連病中都不肯屈服、有所堅持，那就更加強了作者的「高潔」與「寂寞」。

　　此詩看似設景柔弱，實則心志極為堅定，是相當有格調的一首詩。

◎饒孟侃 (1902-1967)

　　生於江西。一九一六年入清華學校學習，畢業後赴美國芝加哥大學留學。一九二七年後歷任復旦大學、暨南大學、安徽大學、浙江大學、西北聯合大學、四川大學等校教授。《晨報》副刊詩鐫的主要撰稿人之一，參與提倡新格律詩。

走

我為你造船不惜匠工，
我為你三更天求著西北風，
只要你輕輕說一聲走，
桅杆上便立刻掛滿了帆篷。

結構分析表

```
┌實┌先：「我為你造船不惜匠工」
│  └後：「我為你三更天求著西北風」
└虛┌因：「只要你輕輕說一聲走」
   └果：「桅杆上便立刻掛滿了帆篷」
```

賞析

　　此詩先就實際情況來寫，然後才敘寫自己的期待，因此是以「先實後虛」的結構來佈局；而且前面所說的「造船」、「求著西北風」，最後都以「桅杆上便立刻掛滿了帆篷」來收束，所以雖然看起來是信筆而寫，但是呼應可謂嚴密；並且之所以有如此的轉變，全都是因為「你輕輕說一聲走」，則「你」在我心中份量之重，就可想而知了。

　　此詩最吸引人的地方，在於採用了第一人稱自敘的寫法，而且詩篇的語言明白如話，有民歌爽朗真切的風味，因此那個愛昏了頭的年輕男子，那種熱切的追求與嚮往就活現在紙上可愛得很！

◎ 施蟄存 (1905-)

原名施青萍，生於浙江。一九二二年入杭州之江大學，一九二三年轉上海大學，開始文學活動和創作，一九二五年轉大同大學，後轉震旦大學法文特別班。一九二七年後任中學教師及編輯，一九二三年在上海現代書店主編文學月刊《現代》。一九三七年起，先後在雲南大學、廈門大學、江蘇學院、上海暨南大學、大同大學、光華大學、滬江大學等校任教。一九五二年調華東師範大學中文系，參加中國作家協會。其文學活動包括短篇小說、散文、詩歌的創作，以及翻譯外國文學，並致力於古典文學與碑版文物研究。

銀魚

橫陳在菜市裡的銀魚，
土耳其風的女浴場。

銀魚，堆成了柔白的床巾，
魅人的小眼睛從四面八方投過來。

銀魚，初戀的少女，
連心都要袒露出來了。

施蟄存

　　　┌ 實（袒露）：「橫陳在菜市裡的銀魚」
　　　└ 虛（袒露）┬ 全：「土耳其風的女浴場」三行
　　　　　　　　　 └ 偏：「銀魚，初戀的少女」二行

賞 析

　　此詩只有第一行是實寫：「橫陳在菜市裡的銀魚」，說起來這實在不是一個很詩意的畫面，但是作者就是捕捉住那袒露的銀色，在其下的詩行中展開了美妙的聯想（虛）。首先，作者將這些橫陳的銀魚想像成橫陳的女人，因此原本喧鬧粗俗的菜市，就成了「土耳其風的女浴場」，所以銀魚就「堆成了柔白的床巾」，並且有「魅人的小眼睛從四面八方投過來」，如此寫來，真讓人有眼花撩亂、目不暇接之感。不止如此，作者延續著這個女人的譬喻再作發展，認為銀魚如「初戀的少女」，因為「連心都要袒露出來了」，銀魚的袒露之姿在此可說是得到了最好的發揮，魅力四射、耀人眼目。而且因為「土耳其風的女浴場」是就全部銀魚橫陳之姿來寫，而「初戀的少女」則是就個別體態來譬喻，因此這兩者之間又形成了「全」與「偏」的關係。

　　此詩寫銀魚袒露之姿，聯想出奇，形象鮮明而嫵媚，並且富於異國情調，實在是一首風味獨具、十分引人的詩篇。

◎楊華 (1906-1936)

　　原名楊顯達（一說楊建），另有筆名楊花、楊器人，原籍
台北，後移居屏東市。曾於日據時期被捕下獄，在二十天內寫
出五十多首小詩。後任私塾教師，終因貧病交迫於一九三六年
五月三十日懸樑自盡，得年三十。

　　楊氏以精練的小詩贏得後人讚嘆，生平共有三輯小詩集：
《心弦集》、《晨光集》和《黑潮集》。

小詩（組詩）

一

人們看不見葉底的花，
已被一雙蝴蝶先知道了。

二

落花飛到美人鬢上，
停一刻又隨著春風去了。
落花、美人、春風同是無意中相遇。

三

人們散了後的秋千，
閒掛著一輪明月。

四

莽原太曠闊了，

夕陽又不待人的斜下去了，

唉！走不盡的長途呵！

結構分析表

┌ 反：「人們看不見葉底的花」

└ 正：「已被一雙蝴蝶先知道了」

賞析

　　此詩是以「葉底的花」為主角，來點染出春日的明媚。但是怎麼樣才能凸顯出這「葉底的花」呢？作者採用了「先反後正」的結構，用「人們看不見」，來對照「蝴蝶先知道」，初春的新鮮甜美可說是盡在此中。

　　而且，更進一步地來說，那匆匆走過的人們「看不見」，翩翩飛舞的彩蝶卻能「先知道」，此中消息又是頗堪玩味的；什麼是「錯過」？什麼是「留連」？大概就是如此了。然而，好玩的是，「錯過」的人們與「留連」的彩蝶不也是春景的一部分嗎？因此，人們、彩蝶、花，可說是春日三部曲，這個春日小景真是再親切也不過了。

```
      ┌染─┌先:「落花飛到美人鬢上」
      │   └後:「停一刻又隨著春風去了」
      └點:「落花、美人、春風同是無意中相遇」
```

賞析

　　落花飄飄搖搖，在春風中盪著，一下子停歇在美人鬢上，一下子又飛起來，不知道要飄到哪裡去了。然而在這不可掌握的漂流裡，卻又有實實在在、可以把握的部分，那就是「落花、美人、春風」確曾在「無意中相遇」。

　　作者先根據花兒的隨風款擺，依照時間先後來「染」，然後才將時空定在相遇的一點上，這是「點」。如此寫來，短短的三句裡，既有隨風而逝的空茫無依，又有「剎那即永恆」的篤定泰然，可說是方寸之間極有轉折，筆力不可小覷。

結構分析表 三

```
      ┌天:「人們散了後的秋千」
      └人:「閒掛著一輪明月」
```

賞析

　　詩篇一開始即點出:「人們散了後的秋千」，熱鬧之後

的寂靜，真是沁人心脾，然而面對著這一架靜靜停著的秋千，心中又有多少的感觸啊！這架秋千也曾經被高高地盪起，高高盪起的秋千上面，也曾灑落串串銀鈴般的笑聲……，俱往矣！如今，這架秋千只靜靜地停在人們散盡的寂寥裡。抬起頭來，斜斜的天角上，正掛著一輪明月呢！因此作者寫道：「閒掛著一輪明月」，那皎潔的月光是多麼溫柔啊！所謂「明月最相思」，驀然間，那種不知是什麼的苦澀滋味，又在心頭蠢動著了。

此詩主要寫「懷人」，然而全詩沒有出現隻字片言的情語，作者只藉著描摹人事景、自然景，從篇外來帶出懷人之憂，含蓄深永、情韻獨具。

結構分析表 四

```
┌ 因 ┬ 靜：「莽原太曠闊了」
│     └ 動：「夕陽又不待人的斜下去了」
└ 果（靜）：「唉！走不盡的長途呵」
```

賞析

這首小詩只有三句，每句各自描繪了一個景，共同架構出一個濡染作者心靈色彩的空間，藉此來傳達歲月流逝的恐慌、人生迢遙的茫然。首先「莽原太曠闊了」一句，圖繪出遼闊如地平線的莽原，這是一個靜景；接著出現的景象是「夕陽又不待人的斜下去了」，太陽日漸西沉的動景，讓人想

及那是絕不待人的啊！所謂「夕陽無限好，只是近黃昏」，因此令人不禁起了年光將盡的聯想；最後用一個靜景來收結：「唉！走不盡的長途呵！」迢遙的長路在眼前無盡地延展，遂讓人有「走不盡」的恐慌。

作者選取的這三幅景象都是自然景，然而透過「不待人」、「走不盡」等語，作者的身影疊映其上、無所不在，而那一種深沉的慨嘆，不待明言，就從篇外透發出來了。

羅青《詩的風向球》中，談到「日據下台灣新文學」有關詩的創作時，說道：「最具有詩心的，就是楊華」、「在藝術上較有成就的，只有楊華一人」。觀諸前述的小詩四首，這樣的說法應該是可信的。

◎卞之琳 (1910-)

生於江蘇海門。幼年於私塾勤習古書,一九二九年入北京
大學英文系,畢業後到濟南、保定等地教書,並參與編輯《水
星》、《新詩》等刊物。抗日戰爭期間,先後任教於四川大
學、西南聯大,一九三八至三九年曾到延安和太行山區抗日民
主根據地訪問,並一度任教於魯迅藝術文學院。一九四六年到
南開大學任教,一九四七年應邀赴英國牛津大學從事研究,解
放後任北京大學英語系教授,一九五三年任中國社科院文學研
究所研究員,一九六四年任該院外國文學研究所終身研究員。
著有詩集、翻譯、報告文學等多種。

斷章

你站在橋上看風景,
看風景人在樓上看你。

明月裝飾了你的窗子,
你裝飾了別人的夢。

結構分析表

```
┌ 敲:「你站在橋上看風景」二行
└ 擊:「明月裝飾了你的窗子」二行
```

賞析

　　詩篇一開始就是兩行造成回文效果的詩句。所謂回文就是指上下兩個句子間的辭彙大多相同，而詞序恰好相反；在「你站在橋上看風景／看風景人在樓上看你」兩行中，「你」、「看風景」關鎖起這兩個句子，造成前後相續、回環不斷效果，相當引人注意。然而細究起來，會發現「看風景」和「看風景人」並非在同一點上，因此「你」和「看風景人」並非互相對看，反而是「你」在看風景，殊不知另有一個「看風景人」在樓上看你，頗有一點「螳螂捕蟬，黃雀在後」的味道。作者在字面上運用了回文的技巧，但是實際上卻暗藏玄機，構思精巧非常，而且更重要的是，這樣的寫法與下節詩句又是相呼應的。

　　次節是「明月裝飾了你的窗子／你裝飾了別人的夢」，寬泛一點來說，在此又出現了「頂真」格，也就是前一句的結尾，恰為下一句的開頭，即「你的窗子」與「你」在前後二行中勾連出現，而且頂真格的藝術效果也在於連續不斷，因此呼應了前一節的回文。並且最為有趣的是，此節詩句表面上雖然不構成回文，但是涵義上卻是回環不斷的，怎麼說呢？首先我們可以知道「明月」代表的是相思（自古以來就有「明月最相思」的說法），因此「明月裝飾了你的窗子」寫的就是「你」對月相思，而次句出現了「夢」，所謂「日有所思，夜有所夢」，因此「夢」也蘊含著相思之意，所以

「你裝飾了別人的夢」，就是「你」成為別人相思的對象；關於這種迴繞的現象，我們可以這樣表述：「明月（相思）裝飾了你的窗子（你）／你裝飾了別人的夢（相思）」，這不就是意義上的回文嗎？所以追根究底，這兩行所敘寫的其實就是兩人互相思念。

首節看似構成回文，其實並不構成，次節看似不構成回文，其實構成；不止如此，首節看似相應，其實不相應，次節看似不相應，其實相應，首、末二節之間，充滿了這種機智靈巧的對話，然而終究重點是放在第二節，因此可說是「先旁敲、後正擊」；而且首節是字面上的回文，次節是意義上的回文，回文所帶來的纏綿環繞之感，瀰漫在這首詩中，因此短短四行有著說不盡的纏綿況味，引人回味良久。

◎汪曾祺 (1920-1997)

生於江蘇高郵。曾在西南聯大文學系學習，大學期間即開始發表作品。主要成就在小說創作方面，出版小說集多部。

早春 (組詩)

彩旗
當風的彩旗，
像一片被縛住的波浪。

杏花
杏花翻著碎碎的辮子……
彷彿有人拿了一桶花瓣灑在樹上。

早春
（新綠是朦朧的，漂浮在樹杪，
完全不像是葉子……）

遠樹的綠色的呼吸

結構分析表 彩旗

> ┌ 主：「當風的彩旗」
> └ 謂：「像一片被縛住的波浪」

賞析

　　此詩就是一個句子而已，因此可以區分為主語和謂語兩個部分。不過還當注意的是：此句為一譬喻句，「當風的彩旗」是喻體，「像」是喻詞，「一片被縛住的波浪」是喻依，所以這個句子為什麼精采得足以成為一首詩，主要就是看它譬喻得是否佳妙；喻依當中的「一片」與「被縛住」的切彩旗，「波浪」二字主要在模擬彩旗當風時的波動，而這種微風拂過所產生的波動，正是早春印象之一。所以作者快手捕捉早春的一刻，並予以精采的描寫，詩篇的美感就產生了。

結構分析表 杏花

> ┌ 主：「杏花翻著碎碎的瓣子」
> └ 謂：「彷彿有人拿了一桶花瓣灑在樹上」

賞析

　　杏花在春天綻放，而且杏花的花瓣細細薄薄的，微風吹來翻飛成一片，因此作者將這種景象擬人化為：「杏花翻著

碎碎的瓣子」；可是還沒結束呢！作者接著又寫道：「彷彿有人拿了一桶花瓣灑在樹上」，則杏花之繁盛就可想而知了，而且早春之甜美也就可想而知了。

「杏花翻著碎碎的瓣子」、「有人拿了一桶花瓣灑在樹上」都是一個完整的句子，但是它們分別擔任主語和謂語，用「彷彿」二字組合起來，就構成了一個繁句，相當緊湊地表達了較為複雜的意思。

結構分析表 早春

```
┌ 具：「新綠是朦朧的」二行
└ 泛：「遠樹的綠色的呼吸」
```

賞析

作者意欲捕捉新芽之初綻的一抹嫩綠，所以一起筆就寫道：「新綠是朦朧的，漂浮在樹杪／完全不像是葉子……」，那種「若有似無」，寫的正是新綠，絕非盛夏時的濃綠，而且還用括號括出，更帶來一些隱約的感覺。最後點出：「遠樹的綠色的呼吸」，「呼吸」二字下得妙，因為呼吸的動作是和緩的，而且是富於生命力的，這就是新綠予人的感受。

因此詩篇的前、後幅是先具寫、後泛寫，寫活了早春的新綠。

◎林亨泰 (1924-)

　　台灣彰化縣人，台灣師範大學教育系畢業，曾任中學教師二十五年。一九四七年加入銀鈴會，滿懷社會改革的理念。一九五六年參與現代派，提出「主知的優位性」、「方法論的重要性」等主張，對於當時詩壇起了決定性的影響。一九六四年籌組「笠」詩社，致力於「時代性」與「本土化」，認為「現代」的成果必定落實於「鄉土」之上。一九六七年提出「跨越語言的一代」一語，用以指稱由日文改變為中文寫作的台籍詩人，而其內涵更指向橫渡了「世界大戰」與「白色恐怖」這兩個大事件的一代。退休後在中部各大學教授日文。

　　林亨泰早期作品極富實驗精神，歷來引述者眾。其詩集、評論集，以及相關重要評論，均收錄在《林亨泰研究資料彙編》、《林亨泰全集》（呂興昌編）中。

黃昏

蚊子們　在香蕉林中　騷擾著

結構分析表

```
┌ 主：「蚊子們」
│
└ 謂 ┬ 狀語：「在香蕉林中」
     │
     └ 述語：「騷擾著」
```

賞析

　　此詩短短一行，不過十一個字而已，從外型上來看，就毫無疑問的是一個句子。如果將此句的結構分析出來，則「蚊子們」是主語，「在香蕉林中　騷擾著」是謂語；謂語的情況較為複雜，除了用「騷擾著」這個述語，表出「主事者」（即「蚊子們」）在「做什麼」之外，還用介詞「在」，引進「在香蕉林中」這個介賓結構為狀語，以表出處所。

　　所以，這個句子最簡單的雛型應是「蚊子們騷擾著」，但是這樣的句子並無多少詩味；等到加上「在香蕉林中」這個介賓結構，那麼遮天的巨大綠葉、散發濃郁果香的成串香蕉，就彷彿躍然眼前；不只如此，作者在主語、介賓結構、述語之間分別空上一格，讓讀者在每個停頓處都能停留、思索、感受，那麼就會體察到由「蚊子們」這個主語，帶出了滿天飛舞、嗡嗡不息的視覺與聽覺印象，而且「騷擾」一詞不僅將蚊子們擬人化，同時也表現出隱在篇外未點明的、被騷擾的人們，如此一來熱帶風情呼之欲出，一幅「黃昏」即景就躍然眼前了。

◎孔孚 (1925-)

　　原名孔令桓，山東曲阜人。一九四七年畢業於山東師範學校，後任《大眾日報》文藝編輯。一九五〇年開始發表詩作。一九七九年後在山東師範大學任教。其創作年代甚長，一直徜徉在好山好水中，以精省又精省的語言寫作山水詩，具有神秘主義色彩，追求隱逸、含蓄、空靈的意境。

帕米爾 (組詩)

巨顱

三百萬年滴落
前額冷冽如故

心思漠漠
聽腳步走過

札達速寫

太陽凍僵了
臉色蒼白

一株白楊
在看風景

高原夜

1

連星星也不見
墨氣把時間也淹沒了

2

寂滅之深淵
宇宙孵卵

高原月

聖湖馬法木錯漾了
山鬼們鳥獸散了

一頭牦牛
反芻著光

結構分析表 巨顱

┌ 久:「三百萬年滴落」二行
└ 暫:「心思漠漠」二行

賞析

帕米爾高原是「巨顱」,他正在諦聽時間。
首先:「三百萬年滴落」,然而「前額冷冽如故」,「冷

列」一語可以指高原的氣溫低涼，也可以解釋作對時間流逝
的漠然，而且因為這份漠然，帕米爾高原令人感覺近乎永
恆。接著注意力凝縮到當下的一瞬間：「心思漠漠／聽腳步
走過」，「腳步走過」，誰的腳步走過？人？獸類？還是時
間？然而這些都是不重要的，因為「巨顱」的心思「漠
漠」。

　　此詩動用了視覺、觸覺與聽覺，來描摹對時間淡漠的
「巨顱」；他存在於當下，可是又如永恆般久長，那種莊嚴
的形象，堪稱時間的巨人。

結構分析表　札達速寫

```
┌─ 高 ┬ 因：「太陽凍僵了」
│     └ 果：「臉色蒼白」
└─ 低：「一株白楊」二行
```

賞析

　　〈札達速寫〉選擇了自然景觀中的兩個形象加以描寫：
一個是天上的太陽因高原冷寒空氣而呈霜白色調，另一個是
視界裡的高原邊際孤立著一株迴首向天的白楊樹。這兩個形
象主要都是藉由視覺來捕捉的，因此均屬視覺形象，不過前
者因「凍僵」一語，還帶出了觸覺上冷的感受；而且太陽凍
成霜白，白楊一株孤立（連樹名中都有個「白」字），也都
予人清冷的感覺；不只如此，這兩個形象都在作者的筆下被

「擬人」化，所以彷彿都有了人的意志與情感。凡此種種，都是它們的相似之處。然而前者位置高、後者位置低，並且前者是表態句（即謂語通常形容詞化），因而趨於靜態，後者是敘事句（即全句以動詞為中心），因而趨於動態，所以兩個形象之間又有著相異的趣味。

不過深入地來追索，會發現最值得注意的，是這兩個形象間或同或異的特色都在彼此呼應。因為凍僵的太陽與孤立的白楊都是如此清冷，所以它們所構組成的畫面是非常乾淨的，因而高原的冰冷與潔淨也就不待多言了；並且全篇都從視覺、觸覺著眼，整個高原靜寂得彷彿一點聲音都沒有，更加強了那種清淨之感；而且太陽在天、白楊在地，一高一低間，把空間撐開了，高遠透亮的空間就呈現在眼前；不只如此，太陽被定住了，而白楊翹首張看，使得這個畫面靜中含動，單純卻不單調。

該如何速寫札達呢？作者拈出兩個具有代表性的、「大同而小異」的景物來描繪，寥寥幾筆，留予人很透、很澄澈的感覺，這就是札達印象。

結構分析表 高原夜

```
┌ 反 ┬ 目 ┬ 空（寂滅一）：「連星星也不見」
│      │      └ 時（寂滅二）：「墨氣把時間也淹沒了」
│      └ 凡：「寂滅之深淵」
└ 正：「宇宙孵卵」
```

賞析

高原之夜是如此漆黑寂靜，讓作者產生了兩種想像：

其一是：「連星星也不見／墨氣把時間也淹沒了／寂滅之深淵」，第一句是說連星斗都被夜色吞沒而不見了，這是就眼前所見的空間寫「寂滅」；第二句則描寫深黑夜色讓人覺得連時間都被淹沒無跡，這是著眼於時間來寫「寂滅」之感受；第三句則以「寂滅之深淵」一筆總收，「深淵」已十分幽邃，又用「寂滅」來形容，則夜之形象已極端鮮明。

其二是：「宇宙孵卵」，這一句真是太妙了，「孵卵」既令人感到孕育中的渾沌，正好配合漆黑的高原夜，可是又讓人有孕育的希望，所以渴望黑夜之後的白晝。

同樣是描寫高原夜，前者「寂滅」、後者「孵卵」，一個是極端的死寂墨黑、另一個則是蠢動生機的一片渾沌，作者以前者反襯出後者，高原之夜被刻繪得豐富而有層次，深刻沁人。

結構分析表 高原月

```
┌─果┬─湖：「聖湖馬法木錯漾了」
│   └─精靈：「山鬼們鳥獸散了」
└─因：「一頭牦牛」二行
```

賞析

　　黃粱在賞析此詩時說道：「〈高原月〉基本構成仍然只有兩組形象，第一組形象只提到了平靜湖面蕩漾漣漪與山之精靈從湖邊四散潰逃，但為什麼產生這個現象的原因隻字未提，原因來自框景之上的高原月出，唐詩即有『月出驚山鳥』之句。因月出之朗照始見湖面錯漾，夜半休憩於湖岸之精靈倉皇遁隱。故第一節詩句雖只有兩個實景，想像中釀造的詩意空間則延伸及皓月當空與山鬼們棲居的環湖幽境，此真是境生象外的絕妙詩例。第二節另以『反趶』二字將滿佈空間的流淌月光之神秘與飄灑，描繪得淋漓盡致，深遠靜謐，餘韻不絕。」（見〈山水詩〉）

　　因此作者在首二行先寫出月光遍灑的結果：「聖湖馬法木錯漾了」和「山鬼們鳥獸散了」，次二行才點出原因：「一頭牦牛／反趶著光」。「聖湖馬法木」和「牦牛」這兩個名詞出現在詩篇中，一方面可見得月光皎潔、照徹景物，再方面也妝點出高原的特殊風貌，而「山鬼」一詞則增添許多幽魅的氣氛。所以月光籠罩下的帕米爾，真像是一個結晶的世界啊！

　　黃粱針對孔孚的〈山水詩〉曾有一段評語：「以寫意的手法追求超逸境界，表現物象神態與觀者意趣相互交融的形神統一體，以不完全的簡約構圖傳達空靈、神秘之大美。」（見〈山水詩〉）這段話可說是相當的中肯。

◎彩羽 (1928-)

　　本名張恍，湖南長沙人。早年在家鄉讀書，十六歲即有作品發表。一九四九年來台後，羈身軍旅達二十載。一九五六年加入現代派。一九六三年創世紀改組，被聘為社務委員。一九六九年師宗社成立，為會員之一。曾任《自由日報》副刊編輯，現在台中經營書報攤。

　　彩羽在軍中成長，靠自我不斷努力探索，而在詩壇自成格局。其詩文字平白，氣氛澹然，合著有詩集《濁流溪畔》，並有個人詩集《上昇的時間》。

端居在芒果樹下

今兒，突有
一枚熟透了的果子，從空中
跌落了下來
拾在手中，我知道的
這並不是它的失足，而只是
樹所投給我的──一枚熟透了的喜悅

結構分析表

```
┌─敘┌─因：「今兒，突有」三行
│   └─果：「拾在手中」
└─情┌─反：「我知道的／這並不是它的失足」
    └─正：「而只是……熟透了的喜悅」
```

賞析

　　端居在芒果樹下，所為何事？哦，剛好看到一枚果子掉落，然後將它拾起。

　　拾在手中，有點沉，這種盈握充實的手感，是不錯的。因此知道：「這並不是它的失足，而只是／樹所投給我的──一枚熟透了的喜悅」。

　　從樹下端居之事寫起，然後以反面的「失足」，烘托出正面的「喜悅」。這個「熟透了的」喜悅，讓人沉思、微笑，想到地心引力，及其他。

◎ 商禽 (1930-)

本名羅顯烆，又名羅燕、羅硯，四川琪縣人，筆名有夏
離、壬癸、羅馬、商禽等。幼年曾讀私塾，小學、中學均未畢
業。一九四五至一九五〇年，隨軍輾轉西南各省及沿海。來台
後又服役十八年，以陸軍上士一級士官退伍。之後曾任編輯、
園丁、臨時工、牛肉麵販。一九六九年應邀至美國愛荷華大學
「作家工作坊」研究兩年。一九八〇年擔任《時報週刊》編
輯，一九九二年退休。

商禽於一九五六年參與現代派，後又加入創世紀詩社，提
倡超現實主義，玄思令人驚奇，觀照的眼光也面向人間。著有
詩集《夢或者黎明》、《用腳思想》、《夢或者黎明及其他》。

眉

只有翅翼
而無身軀的鳥

在哭和笑之間
不斷飛翔

結構分析表

```
┌─ 主 ┬─ 附加語：「只有翅翼／而無身軀的」
│     └─ 端語：「鳥」
└─ 謂 ┬─ 狀語：「在哭和笑之間」
      └─ 副述：「不斷飛翔」
```

賞析

　　此詩雖有四行，但是細究起來只是一個主謂句。主語是「只有翅翼／而無身軀的鳥」，其中用「只有翅翼／而無身軀」來修飾「鳥」（分別為偏正結構中的「附加語」和「中心語」），而且「只有翅翼／而無身軀」本身又是並列結構，表示這兩個成分之間分不清孰輕孰重，也沒有主從關係可言，而是共同的表出一個事物的兩個切面。由此看來，這個主語的中心──鳥，其特質已被規範得非常清楚。

　　至於謂語的部分，則是「在哭和笑之間／不斷飛翔」。此謂語的中心成分顯然是「飛翔」，「飛翔」是述語，作者用「不斷」這個副語來修飾「飛翔」，強調的是此動作的延續性；然而更重要的是由介詞「在」引進的介賓結構──「在哭和笑之間」，副語說不清楚的，就用這個介賓結構來加以補充說明，這樣謂語部份的意思表出才告圓滿。

　　整個句子原本只是「鳥飛翔」，但是後來卻發展成「只有翅翼／而無身軀的鳥／在哭和笑之間／不斷飛翔」。其中

對於主語的規範，那是為了修飾鳥的形象，讓它更符合眉的外型，而對於謂語的兩重修飾，則是為了更加切合眉在表情變化時的動態；不只如此，作者將這個句子割截為兩節、四行的形式，讓它不會被輕易地「滑」過，而且「不斷飛翔」獨立綴後，則此四字所帶來的綿延的動感，彷彿在篇外也仍然不停地躍動著。

就是因為有這種種匠心的處理，所以這個句子才能夠成為一首詩——詠「眉」的詩。

◎ 嚴陣 (1930-)

山東萊陽人，1954年發表長詩〈老張的手〉引起注意。著有詩集《江南曲》、《琴泉》、《竹茅》、《嚴陣抒情詩選》等。曾任作協安徽分會副主席，〈詩歌報〉主編。

凡是能開的花，全在開放 (外二首)

凡是能開的花，全在開放；
凡是能唱的鳥，全在歌唱。

結構分析表

┌ 視：「凡是能開的花」行
└ 聽：「凡是能唱的鳥」行

賞析

這首詩彷彿在為「鳥語花香」作註解，不過成語著力於聽覺與嗅覺，而此詩卻是極力地開放視覺與聽覺，以營造出熱鬧歡悅的氣氛。因此作者寫出了「凡是能開的花，全在開放／凡是能唱的鳥，全在歌唱」，語言平白至極，但是意象的挑選卻又精準無比，所以能用最具有代表性的景物、最直接淺白的語言，寫出了人人心頭的所感覺到的那點歡欣。

　　「鳥語花香」的暖意蝕人肌骨，而這首詩卻更是澎湃燦爛。寫難於表現的「樂」而能有如此成果，也堪稱絕唱了。

◎童山 (1931-)

本名邱燮友，福建龍巖人。國立台灣師範大學碩士，曾任國立台灣師範大學國文系、玄奘大學、元智大學中語系教授、系主任，著有《童山詩集》、《中國文學史初稿》、《中國歷代故事詩》等多本。

悔悟

那兒是我童年住過的家，
可是消褪了像天外的晚霞。
呵！為什麼我竟會這麼傻，
不曾把逝去的年月淡淡描下？

結構分析表

┌ 空（實中虛）：「那兒是我童年住過的家」二行
└ 時（實中虛）：「呵！為什麼我竟會這麼傻」二行

賞析

這首詩分別從空間、時間來捕捉「回憶中的童年」。封存在「回憶」裡的事物雖然是確曾存在過的，是「實」，但是畢竟也已經消逝、無可捉摸，因此是「虛」，所以整個說來，「回憶」的屬性是「實中虛」的。

詩篇前二行：「那兒是我童年住過的家／可是消褪了像天外的晚霞」作者鎖定「住過的家」為描寫對象，就等於是為童年定下一個空間座標；又說像「天外的晚霞」，「天外的晚霞」有著美麗的色彩，但是卻也是易於消逝的，就有如記憶中的童年。接著作者又感嘆道：「呵！為什麼我竟會這麼傻／不曾把逝去的年月淡淡描下」，所謂「逝去的年月」，也同樣指的是童年，童年一往不返、挽留無方，於是作者不禁責備起當年自己的傻，因而扣上題目——悔悟。

回憶總是這樣的，縹縹緲緲、似實而虛。所以，作者傻嗎？是的，作者的傻是傻在於居然想要留住逝水般的時光。

◎ 張默 (1931-)

　　本名張德中，安徽無為人。一九三八至四八年間，先讀私塾，再入中學就讀。一九四九年流浪來台，次年入海軍，於軍中服役二十二年退役。一九七四年應聘至華欣文化中心任職，主編《中華文藝》月刊十餘年。

　　一九五四年與洛夫、瘂弦等人創辦《創世紀》詩季刊，自此以後詩成為其一生之志業。四十年來共出版十二本詩集，五本詩評集，更精心編輯詩選、大系近二十種，另編有《台灣現代詩編目》等工具書三種。

鴕鳥

遠遠的
靜悄悄的
閒置在地平線最陰暗的一角
一把張開的黑雨傘

結構分析表

```
┌ 謂 ┬ 副：「遠遠的」二行
│     └ 述：「閒置在地平線最陰暗的一角」
└ 主：「一把張開的黑雨傘」
```

張默

　　此詩題為〈鴕鳥〉，鴕鳥什麼時候會像「一把張開的黑雨傘」呢？鴕鳥的羽毛是黑色的，腳和脖子都細細長長，一遇到危險，就會把頭埋進沙子中，屁股聳得高高的，遠遠看來就像一把張開的黑雨傘。因此作者賦寫鴕鳥，就說道：「一把張開的黑雨傘／遠遠的／靜悄悄的／（被）閒置在地平線最陰暗的一角」，這個句子若是還原到最簡單的原型，應該是：「雨傘（被）閒置」，但是作者加了許多修飾語，因此主語變成「一把張開的黑雨傘」，謂語則變成「遠遠的／靜悄悄的／（被）閒置在地平線最陰暗的一角」；而且最堪注意的是此詩先出「謂語」、次點「主語」，這種倒裝會造成拗折懸宕的效果，以突出「主語」的形象。

　　首先檢視最先出現的「謂語」的部分，會發現用作「副語」的「遠遠的／靜悄悄的」（作用是形容「閒置」這個動作，「閒置」是述語），位置變成在篇首，並且被斷作兩行，因此渲染氣氛的功能大為增強。至於「（被）閒置在地平線最陰暗的一角」一句中，「被」字被省略掉了，這是基於精省詩句的考量，況且與前後句搭配起來，並不會造成讀者的誤讀，甚至更深一層，還可以想到作者是否意圖造成「主動」與「被動」的模糊化，令人更深思其中的因果關係；而「在地平線最陰暗的一角」則是一個表處所的「介賓結構」，明確地指出地點。李瑞騰說：「『遠』字、『悄』字

疊用，『的』字類用，『悄悄』之上多一『靜』字，聲調上一時之間便從單調中而繁富動聽起來，兩句整體上頗有『以聲摹境』的作用。……『陰暗』與『黑』色意象混融，更顯得其色調之灰暗，『地平線』意象則有把此特殊景觀普遍化的作用。」（見《小詩選讀》序）

至於主語則是最後出現、帶來震撼：「一把張開的黑雨傘」，這是一把「黑」雨傘，而且是「張開的」黑雨傘，同時與前面的謂語連結起來，我們知道這是一把「在地平線上」張開的黑雨傘，因此鴕鳥並沒有把自己藏起來，牠其實是曝露在最明顯的危機中，只是牠以為自己是在又遠、又靜、又暗的安全之中，正是因為如此，詩篇霎時間充滿了「山雨欲來風滿樓」的危機感。作者在最後方才點出，營造出最強大的戲劇性的張力。

鴕鳥在躲，可是躲得過嗎？作者所欲深深質疑與批判的，正是這一點啊！

◎周鼎 (1931-)

　　本名周去往，湖南岳陽人。抗戰期間讀完小學，一九四六年從軍，一九四九年隨軍隊來台，一九六一年退役。退役後曾轉任各業，後來在台北市中國工商專科學校服務，目前已返回大陸定居。長期參加創世紀詩社，著有詩集《一具空空的白》。

終站

寂然

解脫於最後的喘息
以一種睡姿
以一種美

以遺忘

結構分析表

```
┌ 果：「寂然」
│
└ 因 ┬ 述語：「解脫於最後的喘息」
     │
     └ 狀語 ┬ 淺：「以一種睡姿」二行
            │
            └ 深：「以遺忘」
```

此詩以「先果後因」的結構組織而成，「果」與「因」
都各包含一個句子，而且都是省略掉「主語」的句子。首
先，「寂然」一句完整說來，應該是「終站寂然」，而接下
來的三行原本應該是這樣的句子：「終站以一種睡姿／以一
種美／以遺忘／解脫於最後的喘息」，可是作者故意將主語
「終站」省略，固然是因為題目中已有「終站」，讀者自可領
略，但是也未嘗不是希望所指涉的對象能夠擴大，而不固著
在某些形象上；此外，將後一句中「述語」、「狀語」的位
置顛倒，並且割截為四行，除了可以因為倒裝的關係而引人
注目外，也巧妙地使三個作為狀語的「介賓結構」：「以一
種睡姿／以一種美／以遺忘」造成類似排比的效果，讓語氣
緩和下來，並由「淺」入「深」，成功地凸顯出最後的「遺
忘」。所以從語法的角度來分析，這三節五行詩句，其實是
一個包含兩個子句的、表示因果關係的複句；而觀察其中變
造的情形，當可深度解讀作者的巧思與用心。

　　所以我們就能夠體會詩中的意境了：「寂然」，多麼深
邃的寧靜啊！這種寧靜是因為：「解脫於最後的喘息」，
「喘息」令人想到艱難的掙扎，但是現在終於解脫了；不只
如此，這個「解脫」是什麼樣的狀態呢？「以一種睡姿／以
一種美／以遺忘」，那種四肢攤開、完全鬆懈的「睡姿」，是
一種出奇平靜的「美」，好像「遺忘」了一切、擺落了一

切，那是最極致的「解脫」。

　　這個「解脫」是死亡嗎？所謂的「終站」是人生的終站嗎？為什麼是這麼的平和悠遠呢？這是作者對人生的徹悟嗎？

　　寂然的終站啊！深刻得彷彿一個永恆。

◎ 流沙河 (1931-)

原名余勛坦，四川金堂人。一九四八年在高中讀書期間開始發表詩歌和短篇小說。一九五○年任《川西日報》編輯。一九五二年到川西文聯任編輯。一九五七年被迫輟筆。一九七八年又開始發表詩作。現為中國作協四川分會副主席。著有詩集、詩評集多種，其所編選之《台灣詩人二十家》首開介紹台灣詩人、詩作之先河，引起很大的迴響。

冬

小院的紅梅醒來，
飄飄的白雪吻她。
不要驚散了他的幽會，
窗啊，門啊，快關上吧！

結構分析表

```
┌ 因：「小院的紅梅醒來」二行
└ 果：「不要驚散了他的幽會」二行
```

賞析

好冷啊！人們都把自己鎖在家裡頭，還緊緊地把門窗關上。雪正下著，大地白茫茫的一片冷寂，只有幾枝紅梅挺立

而出，顯得多清幽、多有精神啊！

　　作者非常珍愛這個畫面，於是將它做擬人化的處理，所以「雪裡紅梅」的景象，就變成了「小院的紅梅醒來／飄飄的白雪吻她」。而且為了不要干擾他們，所以「不要驚散了他的幽會／窗啊，門啊，快關上吧」，連門窗都知覺了，全都關上了呢！

　　冬天，似乎也顯得不是那麼冷了。

◎李政乃 (1934-)

筆名白珩，新竹人。畢業於市立台北女子師範專科學校，曾於國小任教。詩齡甚長，一九五二年即有詩作，多發表於《現代詩》季刊，著有詩集《千羽是詩》、《李政乃中英短詩選》。

孔雀

小立於絢麗的歲月中，
拘束如博物院金櫃中的美孔雀。

看到落日的光輝，
我終於失聲痛哭了。
擁著薔薇夢的大地啊，
怎地渴望長對翅膀呢？

結構分析表

```
   ┌ 實：「小立於絢麗的歲月中」二行
   └ 虛 ┬ 果：「看到落日的光輝」二行
        └ 因：「擁著薔薇夢的大地啊」二行
```

賞析

　　孔雀可說是禽鳥中最美麗的一族，而且向來也都認為牠們是最酖美、最自戀的（傳說孔雀之所以不能飛，那是因為太過珍視美麗繁重的尾羽，時時要開屏展現，絕對不肯有一點毀損）。作者以牠為描寫的對象，是要傳達什麼意念呢？

　　從全篇看來，詩的第一節是就實際情況來描寫，因此是「實」，第二節則全屬幻想，因此是「虛」，此詩蘊含的深意就從「實」與「虛」的對照中呈現。第一節只有二句：「小立於絢麗的歲月中／拘束如博物院金櫃中的美孔雀」，啊！原來這隻孔雀是徒留軀殼的標本，牠依然是美麗的，因此說「小立於絢麗的歲月中」，而且是置於「博物院金櫃」裡，彷彿彰顯著牠的身價不凡；可是牠卻失去了行動的能力，所以用「拘束」一語來形容。

　　其下的內容全是虛摹：有著這樣美麗軀殼的孔雀，牠的內心深處又是怎麼想的呢？作者描寫牠：「看到落日的光輝／我終於失聲痛哭了」，「落日的光輝」一語是極堪玩味的，因為夕陽餘暉極美，可是夕陽餘暉也表示了「近黃昏」，白晝的生命力彷彿正一點一滴地快速流逝中，這對成為標本的美孔雀有著什麼樣的觸發呢？為什麼讓牠「失聲痛哭」了？原因作者在最後兩句表明：「擁著薔薇夢的大地啊／怎地渴望長對翅膀呢」，「薔薇」也是美麗的，「薔薇夢」更是美麗且令人渴想，而大地原本就是如此美麗讓人想望的

啊！然而面對如此美好的大地，「美孔雀標本」卻沒有可以揮動的翅膀，助牠飛離「博物院金櫃」，因此是永遠無法接觸的了，所以，怎能不令牠「渴望長對翅膀呢」，因此這四句是用「先果後因」的手法寫成的。

對「美麗」的思考是本詩的重點。執著於美麗的孔雀，當牠終於可以用標本的形式「永遠」保持牠的美麗時，牠卻失聲痛哭了；因為「永遠」保持美麗的代價卻是失去飛翔的能力（亦即自主的能力，也可說是展現自由意志的能力），到最後才發現，這個代價是如此慘痛，可是卻已無能挽回了。不過再往深處想，就算是「活著」的孔雀，因為拖著美麗沉重的尾羽，原本也就是不能飛的，因此對於孔雀而言，「飛翔」原本就是一個幻想。所以整個說來，為了外在的美麗，孔雀自始至終都付出了極為巨大的代價；可以說，孔雀的悲劇來自美麗，孔雀的悲劇是一個美麗的悲劇。作者之所以要挑選孔雀來造像，就是因為這個原因。

孔雀是多麼執迷、多麼悲哀呀！然而人呢？

◎韓瀚 (1935-)

山東蒼山人。一九五六年入中國人民大學學習，一九六○年畢業後任《人民中國》雜誌記者。現在在作協安徽分會工作。

重量

她把帶血的頭顱
放在生命的天平上
讓所有的苟活者
都失去了
——重量

結構分析表

```
┌─ 正：「她把帶血的頭顱」二行
└─ 反：「讓所有的苟活者」三行
```

賞析

這首短詩極為凝鍊，只有五行，共二十七個字，可是卻具有非常深刻的意涵、非常強大的力量。

一開始出現的「帶血的頭顱」，就是一個悲壯至極，令人戰慄不已的意象；不只如此，隨後又用動作加以強化：

「放在生命的天平上」。我們可以注意到：這個動作的主語是「她」，是她自己，而不是別人，做出了這個動作；可以想見要做出這麼慘烈的行為，在背後推動的精神力量該是多麼的強大！而這個「生命的天平」是衡量人的價值的天平，它將衡量出一個人的死，是有輕於鴻毛，還是有重於泰山。如今，「帶血的頭顱」一放在這個天平上，就「讓所有的苟活者／都失去了／——重量」，可見「帶血的頭顱」何等重，而「苟活者」何等輕，強烈的反差充分顯示出兩者之間生命價值的巨大差距。

　　「先正後反」結構的運用，在此詩中產生了強大的作用。「重量」的重與輕之間，留給人們多少的省思與感嘆！

（參考《新詩鑑賞辭典》，楊光治賞析）

◎ 梅新 (1937-1997)

本名章益新，浙江縉雲人。文化大學新聞系畢業。曾參加現代派、詩宗社、創世紀。歷任《聯合報》編輯、《台灣時報》副刊主編、正中書局編審組長、國文天地雜誌社社長、《中央日報》副總編輯兼副刊主編、《現代詩》季刊策劃人。於一九九七年過世，享年六十。著有詩集多種。

少女

美麗的少女
是這個世界的微笑
我望著她們
我的心
似一碗端不穩的水
搖晃著

結構分析表

```
┌ 因 ┬ 喻體：「美麗的少女」
│    └ 喻依：「是這個世界的微笑」
└ 果 ┬ 因：「我望著她們」
     └ 果 ┬ 喻體：「我的心」
          ├ 喻依：「似一碗端不穩的水」
          └ 喻解：「搖晃著」
```

賞析

　　這首詩的意思很簡單，那就是眼前美麗的少女，讓凝望著的我心跳不止。雖然如此，可是作者分別用了兩個譬喻，將「美麗的少女」和「心跳不止的我」，寫得鮮活極了。

　　「美麗的少女／是這個世界的微笑」，這個說法讓讀者也跟著微笑起來，因此我們就很能瞭解作者凝望時的心情：「我的心／似一碗端不穩的水／搖晃著」，「我的心」和「端不穩的水」，兩者之間的相似點就在於都是「搖晃著」，因此一個平平常常的景象，卻把那種「怦然心動」的感受傳達得淋漓盡致。

　　美麗的少女該有多麼的美麗呵！作者「由因及果」地敘來，讓所有的讀者都不禁心嚮神往。

◎方莘（1939-）

　　本名方新，山西五台人。一九四九年來台，淡江文理學院畢業，留學於加拿大蒙特里爾大學，獲博士學位。返台後曾任教於輔仁大學、台灣大學。現定居美國。

　　方莘開始創作於六十年代初期，從現代畫之門步入現代詩，擅於經營意象。一九八二年發表〈請進〉一詩後，擱筆至今。著有詩集《膜拜》，詩劇《坐在大風上的人》。

月升

　　黃昏的天空，龐大莫名的笑靨啊
　　在奔跑著紅髮雀斑頑童的屋頂上
　　被踢起來的月亮
　　是一隻剛吃光的鳳梨罐頭
　　鏗然作響

結構分析表

```
┌ 底（低）：「黃昏的天空，龐大莫名的笑靨啊」
└ 圖（高）┬ 喻體：「在奔跑著紅髮雀斑頑童的屋頂上」
         │                                    二行
         └ 喻依：「是一隻剛吃光的鳳梨罐頭」二行
```

賞析

　「黃昏的天空，龐大莫名的笑靨啊」，多麼溫暖親切的敘述。作者將黃昏時沉落的太陽，比喻成一張可親的笑臉，如此一來，彷彿用溫暖的色澤圖繪了整個天空，完全扭轉了落日所易帶來的淒涼之感。

　接著的二句：「在奔跑著紅髮雀斑頑童的屋頂上／被踢起來的月亮」，則是將月亮引進詩篇，而且用「被踢起來」一語，具寫「月升」的動態，而且這是奔跑著的「紅髮雀斑頑童」踢起來的，因此使得月升之景沾染上童話般的色彩，逗人喜愛。

　不只如此，這個「踢」字的力量，還貫到後面出現的一個譬喻：「是一隻剛吃光的鳳梨罐頭／鏗然作響」，鳳梨罐頭之所以會鏗然作響，那是因為它是被踢起來的；而且其中運用了「通感」的原理，用聲音的鏗鏘清脆，來譬擬月亮「騰」的升起的視覺動態，真是妙透了；同時「剛吃光的鳳梨罐頭」所帶來的童稚感受，與全詩的氣氛是極為調和的。

　此詩題為〈月升〉，因此用太陽的西沉（低空間），襯托出月亮的升起（高空間），而且前者是「底」，後者是「圖」，一低一高間，那個「升」字真是盡在此中了。

◎王希杰 (1940-)

生於江蘇，畢業於南京大學，一九六○年於《中國語文》發表論文，其後研究成果不斷，學術著作甚豐。為南京大學中文系著名教授，語言學專業博導，傑出語言學家、修辭學家。

望星空

水星上沒有水，欺騙著沙漠的行人。
沒有酒的酒星，讓酒徒深深的失望。
不必為地上的謊言而悲傷，君不見：
不紡織的織女星，高高的閃爍在天空上。

結構分析表

```
┌ 因（天）：「水星上沒有水」二行
│     ┌ 因（人）：「不必為地上的謊言而悲傷」行
└ 果 ─┤
      └ 果（天）：「不紡織的織女星」行
```

賞析

此詩題為〈望星空〉，因此作者理所當然地扣到「望」字，先從水星、酒星寫起，然而作者翻新出奇、引人入勝之處在於從星名來翻案，因此寫出了「水星上沒有水，欺騙著沙漠的行人」、「沒有酒的酒星，讓酒徒深深的失望」，其中

就含藏了對欺騙的憤怒；但是作者並未就此讓憤怒之火熊熊燃燒，反而因為此點體悟，所以一轉之下說道：「不必為地上的謊言而悲傷，君不見：／不紡織的織女星，高高的閃爍在天空上。」此二句從地面又轉回星空，從憤怒又轉成豁達，其間幾經周折，滿腔怒火為智慧所澆熄，讓這首詩篇充滿了理趣。

此詩成功地結合天象與人事來書寫作者的感懷，憤怒深、感懷亦深，風格可說是頗為鮮明強烈的。

◎桑恆昌 (1941-)

　　生於山東。少年喪母，父親桑蔭峰國學根基深厚，從小即受其薰陶，中學時代對新文學產生濃厚興趣。一九六四年入武漢空軍雷達學院，一九六七年自願去拉薩空軍部隊，一九七二年退役，一九七五年調《山東文學》任詩歌編輯，一九八五年協助孔林創辦《黃河詩報》，現為中國作家協會會員，山東省作家協會副秘書長，《黃河詩報》主編。著有詩集多種，詩作數十首已被譯成英、法、德等多種文字。

觀海有感

　網老了
　魚還年輕

　船年輕
　海卻老了

結構分析表

```
┌偏┬人：「網老了」
│  └天：「魚還年輕」
└全┬人：「船年輕」
   └天：「海卻老了」
```

賞 析

　　這首詩出現了兩組意象：「網」與「魚」、「船」與「海」，而且因為「網」是包含於「船」、「魚」是包含於「海」的，因此這兩組意象的關係是「偏」相對於「全」。不只如此，這兩組或偏或全的意象並置在一起，造成「老」與「年輕」、「年輕」與「老」的對照，詩篇的趣味就此產生了。

　　為什麼會如此呢？首先，這樣的安排形成了「老」、「年輕」、「年輕」、「老」遞回的現象，這就是廣義的「回文」，容易營造出纏綿回環的語言效果，並且讓人思索「老」與「年輕」、「年輕」與「老」的區別與關聯；其次，因為「網」與「船」、「魚」與「海」分別屬於「人事」與「自然」，所以這其間頗有天、人相映的感覺，有時候是「人」老了、「天」年輕，有時候卻是「人」年輕、「天」老了，那麼是不是兩者都是又「老」又「年輕」呢？更引申來說，是不是兩者都是存在於當下，可是同時又屬於永恆呢？這麼說來，「人」與「天」不就是都蘊含了豐沛的生命力嗎？而且兩者之間不是如此親切地互相呼應嗎？果真如此，這首詩就以少少的字數，傳達了又廣又深的意蘊，魅力當然就此產生了。

◎ 白靈 (1951-)

　　本名莊祖煌，生於台北萬華。台北工專畢業，台灣師範大學美術系肄業，美國新澤西州史蒂文斯理工學院化工碩士，現任國立台北科技大學副教授。早年參加葡萄園詩社、草根詩社，擔任過草根詩社主編、耕莘青年寫作會值年常務理事、《中華現代文學大系》詩卷編委，近年與詩友組「台灣詩學季刊社」，擔任值年主編。

　　白靈早期因長詩而得名，其後致力將新詩與多媒體結合，近年提倡小詩，與向明合編《可愛小詩選》。著有多本詩集、詩論集及散文集。

風箏

　　扶搖直上，小小的希望能懸得多高呢
　　長長一生莫非這樣一場遊戲吧
　　細細一線，卻想與整座天空拔河
　　上去再上去，都快看不見了
　　沿著河堤，我開始拉著天空奔跑

結構分析表

```
 ┌ 縱 ┬ 高：「扶搖直上，小小的希望」二行
 │    └ 更高：「細細一線，卻想與整座天空」二行
 └ 收（低）：「沿著河堤，我開始拉著天空奔跑」
```

賞析

　　風箏的宿命就是攀高。「高」似乎令人嚮往，但是事實上卻引人懼怕，因此，所謂的「扶搖直上」也不過是別人手中的「一場遊戲」，更何況只有細細一線在牽引著呢！「上去再上去」，「與整座天空拔河」的想望，卻只是讓風箏「都快看不見了」。風箏攀得越來越高，可是越來越高的風箏，心裡卻越來越慌。

　　所以詩篇的前四行藉著風箏的越來越高，而「縱」得越來越遠；可是最後一句卻以力挽狂瀾之勢，一筆總「收」。作者說道：「沿著河堤，我開始拉著天空奔跑」，此時的空間座標不再定在高空中，而是落實在地面上的河堤，因此使得力量也因而轉向了，轉向了地面上拉著風箏的「我」、轉向了細細一線、轉向了風箏；所以風箏不再落失在高空中，風箏有了力量，反過來可以「拉著天空奔跑」。

　　原來，攀高也並不是風箏的宿命呢！

◎楊澤（1954-）

本名楊憲卿，台灣嘉義人。台灣大學外文系、外文研究所畢業，美國普林斯頓大學文學博士。為台大現代詩社發起人之一。曾任教於國布朗大學比較文學系，現任《中國時報》人間副刊主編。

白靈認為：「楊澤的詩瀰漫一種浪漫而難以言說的書卷特質……卻又代筆著知識份子淑世襟懷中一種難解難分的憂國色彩……最後這些震動都不得不轉移至情愛的追索和哲學的思辨中去尋求解脫。」著有詩集《薔薇學派的誕生》、《彷彿在君父的城邦》、《人生不值得活的》。

拔劍

日暮多悲風。四顧何茫茫。
拔劍東門去。
拔劍西門去。
拔劍南門去。
拔劍北門去。

結構分析表

┌ 底（天）：「日暮多悲風」行
└ 圖（人）：「拔劍東門去」四行

賞析

　　此詩先就時間來圈定一個多悲風的日暮，再就空間加以延展，延展出一個四顧茫茫的巨大空間，作者營造出這個蒼茫悲壯的自然時空，是作為背景，以凸顯出後面的人事之景，這才是焦點。

　　因此作者順著前面的「四顧」之語，在第二節中運用了修辭格裡「鑲嵌」的技巧，將「東」、「西」、「南」、「北」嵌入四個詩句中；而且「拔劍東門去」一語典出漢樂府〈東門行〉：「出東門，不顧歸；來入門，悵欲悲。盎中無斗米儲，還視架上無懸衣。拔劍東門去，舍中兒母牽衣啼：『他家但願富貴，賤妾與君共餔糜。上用滄浪天故，下當用此黃口兒。今非！』『咄！行！吾去為遲，白髮時下難久居。』」這首古樂府的詩意相當悲憤、悲愴，因此我們可以想到：作者承繼這種詩意，所以這四個詩句表面上是寫向四個方位突圍，事實上是說不管往哪個方向前行，都是無路可去，因此這個「拔劍」的動作，是多麼蒼涼而悲壯。

　　在這首詩裡，作者用語古樸蒼涼，以此古樸蒼涼之語來寫景，則自然景是悲壯的，人事景也是悲壯的，相映相襯之下，那種蒼涼的況味，令人無語。

◎ 羅智成 (1955-)

　　生於台灣，台灣大學哲學系畢業，美國威斯康辛大學東亞語文研究所碩士，博士班肄業。曾任《中國時報》人間副刊編輯、撰述委員、《中時晚報》副總編輯、《TOGO》雜誌發行人、樺舍文化事業總經理、電台台長，執教於文化、東吳、元智等大學中文系，現任閱讀地球文化事業負責人、東華大學駐校作家。

　　羅智成於中學時即已嶄露頭角，二十歲已出版第一本詩集。早期詩中總存在一個獨白或對話的對象，類近於喃喃自語中，開展他的「玄學憧憬與幽人意識」（林燿德語），中期以長篇幅之敘事詩，史詩為重點，近期以夢想及生活思維為主力。著有多本詩集。

觀音

柔美的觀音已沉睡稀落的燭群裡
她的睡姿是夢的黑屏風；
我偷偷到她髮下垂釣，
每顆遠方的星上都大雪紛飛。

結構分析表

　　┌ 遠觀：「柔美的觀音已沉睡稀落的燭群裡」二行
　　└ 近視：「我偷偷到她髮下垂釣」二行

賞析

　　作者以「擬人」法賦寫淡水河畔的觀音山，引人玄想，觀音山似乎不只是觀音山了。

　　作者先遠遠地寫來。展眼望去：「柔美的觀音已沉睡稀落的燭群裡」，「稀落的燭群」或指向晚時分的人間燈火，而且在燈火是亮的，相形之下，觀音山就被黑夜裹了起來，因此感覺到柔美的觀音已深深沉睡。所以接著一句：「她的睡姿是夢的黑屏風」，這其實是一個隱喻的句子，用「黑屏風」來狀寫觀音山的山形、山色，而「夢」其實是意指「如夢般的」，不僅切合夜黑的氛圍，也暗暗呼應前面所提及的「柔美」。

　　接著，距離拉近了，作者得以臨之、親之心目中的觀音山。所以「我偷偷到她髮下垂釣」，觀音之髮，那是什麼呢？也許是長在觀音山上的樹吧！而且從「垂釣」一語看來，應該是指湖畔的樹林。最後一句：「每顆遠方的星上都大雪紛飛」，則令人想及湖面上倒影著「每顆遠方的星」，光影斑斕中，令人有「大雪紛飛」的錯覺。

　　作者一筆一筆地為觀音山造像，那種戀慕崇仰的筆調，

逗人想像，而作者在題目中也只含糊地寫著〈觀音〉而已，讓人聯想的空間更大了。「觀音」只是觀音山嗎？「觀音」居然讓作者戀戀若此。

◎ 林彧 (1957-)

　　本名林鈺錫，南投鹿谷人。世界新聞專科學校編採科畢業，曾任《中國時報》文化組副主任，現任《時報週刊》副社長。

　　林彧詩作從切入現實著手，余光中認為他是「受薪階級青年知識份子的代言人。」在都市詩的探索方面頗有成績。著有詩集多冊。

山鳥

守了一整個下午的

鳥，那些山

　　振

　　翼

　　　飛

　　起

結構分析表

┌ 靜（久）：「守了一整個下午的／鳥」

└ 動（暫）：「那些山／振／翼／飛／起」

賞析

　　在山中看鳥，看著看著，看了好久，結果山也像鳥一樣，拍拍翅膀，活起來了！

　　這首詩有趣的地方，就在於後面四行，用四個字排成高高低低的模樣，既像山形起伏，也像翅膀拍動，是全詩的焦點；而且這四行帶出動感，與前二行詩句的靜態對照起來，有動靜交融的意趣，令詩篇顯得分外生動了。

◎ 劉克襄 (1957-)

　　本名劉資愧，筆名李鹽冰，台中縣人。文化大學新聞系畢業。曾是陽光小集同仁，長期從事自然觀察、攝影，並有繪本、旅遊指南、自然教育等書籍創作，現任《中國時報》人間副刊編輯。

　　劉克襄的詩以生態關懷、社會批判之作為多，寫實主義為其骨幹，視野開闊、寄意深遠。著有詩集多冊。

圖畫

小時候我的魚就長滿了牙
紅紅綠綠，兇猛活潑

我長大，魚也長大
越來越溫順
牙存兩三顆
身上也剩黑白的顏色

結構分析表

```
┌─ 昔：「小時後我的魚就長滿了牙」二行
└─ 今 ┬─ 因：「我長大，魚也長大」
      └─ 果：「越來越溫順」三行
```

賞析

　　小時候，「我的魚」是「兇猛活潑」的，表現於外表上，就是「長滿了牙」，並且在身上繪著「紅紅綠綠」的鮮豔色彩。

　　等到自己長大了，魚也跟著長大，因此「越來越溫順」，表現於外在上，那就是「牙存兩三顆／身上也剩黑白的顏色」。

　　由「長滿了牙」到「牙存兩三顆」，由「紅紅綠綠」到「身上也剩黑白的顏色」，具體地描繪出「我的魚」，從「兇猛活潑」轉變為「越來越溫順」。而且，展讀至此，我們也體會到作者何止是在寫「我的魚」呢？這是作者在寫自身成長（或成熟？）的感喟啊！

　　那是一種什麼滋味呢？真是如人飲水，冷暖自知了。

◎顏艾琳 (1968-)

　　筆名墨耕，台南縣人。省立海山高工、輔仁大學歷史系畢業。曾擔任電子工廠品管檢測、雜誌社編輯，一九八八年發起成立薪火詩社，同時創辦《薪火》詩刊，一九九一年共同創辦「貓劇社」，現任聯經出版公司文學主編。

　　張默認為她的詩想像奇妙、用語脫俗，善於捕捉戲劇的效果，織成個人詩創作繽紛不凡令人嘖嘖稱奇的迷你世界。著有詩集《抽象的地圖》、《骨皮肉》、《黑暗溫泉》、《跟天空玩遊戲》、《點萬物之名》，散文集《顏艾琳的秘密口袋》、《晝月出現的時刻》、《跟你同一國》，以及漫畫評論《漫畫鼻子》。

早晨

大地的惺忪
是被樹葉中
篩下來的鳥
聲所滴醒的

顏
艾
琳

結構分析表

```
┌ 主:「大地的惺忪」
│          ┌ 繫詞:「是」
└ 謂 ┤        ┌ 狀語:「被樹葉中／篩下來的鳥／聲」
     └ 斷語 ┤
              └ 述語:「所滴醒的」
```

賞析

　　這首詩雖有四行,但是若從語法的角度來看,其實就只是一個句子而已,那就是:「大地的惺忪是被樹葉中篩下來的鳥聲所滴醒的」,因為其中出現繫詞:「是」,所以我們知道這是一個判斷句。不過,如果將這判斷的性質去掉,句子就變成這樣:「大地的惺忪被樹葉中篩下來的鳥聲滴醒了」,因為其中出現「被」字,所以這是一個被動句。倘使再將這被動的性質去掉,那麼句子是這樣的:「樹葉中篩下來的鳥聲滴醒了大地的惺忪」,這是一個陳述句,也是句子的「原型」,相比起來,前兩個都是「變型」。

　　如果將這個原型還原到比較簡單的初始形式,那就是「鳥聲滴醒了惺忪」,可是這樣的句子語意不明,所以在「鳥聲」(端語)之前加上「樹葉中篩下來的」(附加語),而且這個「篩」字下得好,使得樹葉翻飛、光影斑駁、鳥聲啁啾錯落的情景如在目前;接著在「惺忪」(端語)之前加上「大地的」(附加語),所以「滴醒」的對象(受動者)也變

得很明確；施動者（「樹葉中篩下來的鳥聲」）、受動者（「大地的惺忪」）明確之後，謂語中心──「滴」的好處才見得出來，原本「鳥聲」是耳朵所聞，但是在此處卻有了形體、有了重量，所以可以將大地「滴醒」，這是運用了「通感」的原理，以觸覺、視覺所知來傳達聽覺所聞，所以「滴」字完全能表現出鳥聲清脆錯落的特性，而且其後的補語「醒」也才有著落。

不過這樣的句子還不夠生動，因此作者進一步將陳述句改成被動句。為什麼要這麼改造呢？當然是因為有所強調、有所凸顯，而且最終目的就是求美；在此句裡是因為被動句能夠凸出「樹葉中篩下來的鳥聲」，這個詞語能夠帶出清脆的鳥聲、樹葉的飛動和光影的斑駁，可說是詩篇美感的重要來源，因此當然很有必要加以強調。

可是作者還不滿足，接著再改成判斷句。那是因為這樣不僅能夠保留被動句的優點，還可以更進一步表示出：這首詩所呈現的是作者的判斷、推想。那麼引起作者注意、進而加以推想的是什麼呢？原來就是「大地的惺忪醒了」。由「惺忪」一語得知大地原在半醒半寐之中，那麼為何會完全醒來呢？哦，那是「被樹葉中／篩下來的鳥／聲所滴醒的」。早晨的清新與活潑，就盡在此中了。

雖然只是一個短短的句子，但是在組詞構句的過程中，還是有著很多的曲折，也就是這樣精心的營造，才能創造出一首優美的詩篇。

◎唐則 (1970-)

生於花蓮，曾任中學教師。偶有作品出現，尚未結集成書。

戀 (組詩)

之一

縫隙中

幻想的指頭

逐日抽長

之二

緊握

美麗的蠍子

細微的搔抓與危險的

刺穿

之三

黝暗

身上鏤著

時隱時現的

花紋

結構分析表 之一

```
┌─ 修飾語:「縫隙中」
│
└─ 主謂句 ┬─ 主語:「幻想的指頭」
         │
         └─ 謂語:「逐日抽長」
```

賞析

　　此詩雖為三行,但實則只是一個句子:「縫隙中,幻想的指頭逐日抽長」。若是還原成原型,應為「幻想的指頭(在)縫隙中逐日抽長」;「幻想的指頭」為主語,「(在)縫隙中」原為狀語,提到句首,再用逗號分開,就成了全句修飾語,而「逐日抽長」則是謂語。

　　「幻想的指頭逐日抽長」,這個句子顯然是將不可捉摸的幻想,予以「物象化」(轉化格)成一個逐日抽長的指頭,指頭逐日抽長,那就意味著幻想逐日滋長;而且,指頭的形狀是長型的、功用是碰觸,令人想及這個幻想是否也是汲汲於碰觸呢?觀諸總詩題為〈戀〉,這個推測應該是可信的。另外「縫隙中」一語也不可忽略,是在什麼樣的縫隙中呢?黑夜與白天?意識與非意識?喜悅與疑懼?這短短的三個字,讓詩篇更是引人揣想。

結構分析表 之二

```
┌ 因：「緊握」二行
└ 果：「細微的搔抓與危險的」二行
```

賞析

　　此詩由兩個句子組成：「緊握美麗的蠍子」、「細微的搔抓與危險的刺穿」，第一句省略了主語：「我」，第二句省略了主語「我」和述語：「感到」，然而這樣的省略並不會造成誤讀，反而有一種簡約含蓄的美感。而且這兩個句子之間形成了「先因後果」的關係，也就是因為「（我）緊握美麗的蠍子」，所以「（我感到）細微的搔抓與危險的刺穿」。

　　為什麼可以形成這樣「先因後果」的關係？其中「美麗的蠍子」這個意象顯然是關鍵所在。「蠍子」有六對附肢，並且尾端呈囊狀，含一毒鉤，會分泌毒液，因此「緊握」必然導致「搔抓」與「刺穿」。可是作者所欲傳達的當然不只如此。首先「蠍子」向來予人神秘危險的感覺，但是作者以「美麗」來形容，突破了傳統的觀念，因此更增加了蠍子的神秘與危險，還帶上了一點浪漫的色彩；同時不僅未遠遠避開，反而「緊握」，更令人感到不可言喻的珍愛與影射；因此其後「細微的搔抓與危險的／刺穿」也就是其來有自了，作者敏感地體會到「細微的搔抓」，還用「危險」來形容「刺穿」，並且將「刺穿」獨立成一行，更是充分掌握了蠍子

的特點，予人強烈的感受。

結構分析表 之三

```
┌─ 底：「黝暗」
└─ 圖：「身上鏤著」三行
```

賞析

　　首行「黝暗」就為此詩打了底，在一片幽沉沉的氛圍中，凸顯出本詩的焦點──「身上鏤著／時隱時現的／花紋」。

　　「花紋」是「鏤」在身上的，可見其深刻，而「時隱時現」不僅呼應篇首的「黝暗」，並且增添了不可捉摸的幽約玄秘之感。然而這樣的「花紋」意味著什麼呢？難道是一種愛的紋身嗎？處於黝暗之中的這種愛，意欲隱去，卻又時時浮現，其不可遏抑、無法理喻無非是愛的力量的顯現；果真如此，此詩就是愛的體認與宣示了。

　　通觀此三詩所組成的組詩，隱隱然以時間的脈絡來貫串，三首詩就是「戀」的三個進程，敏銳細膩地述說了愛苗的滋長與繁盛──儘管是在「縫隙」與「黝暗」之中。

◎曾琮琇 (1981-)

生於新竹，現就讀於國立成功大學中文研究所碩士班。曾獲優秀青年詩人獎、青年文藝營詩獎、耕莘網路文學獎、全國學生文學獎、鹽分地帶文學獎、竹塹文學獎、鳳凰樹文學獎、台北公車詩文獎等獎項。作品散見各報副刊及文學雜誌，明日報個人新聞台：蟲之複數。以蟲嗅為筆名於網路上發表作品。

失蹤

沒有帶傘的那個颱風天，整個盆地承接著過飽和的雨水。我如同一尾蚯蚓潛入地底的捷運車站，被溫暖而沉默的空氣圍繞，迎接並且目送洶湧來去的潮水。直到雨停。

雨下了很久很久。那天深夜你瘋狂查詢一切我可能存在的地點；估測我的行蹤。可是媽媽，很抱歉你始終找不到我。因為我並沒有離開。

而雨一直沒有停。

結構分析表

```
┌ 賓 ┬ 底（困）：「沒有帶傘……過飽和的雨水」
│    └ 圖（急）：「我如同……直到雨停」
└ 主 ┬ 底（困）：「雨下了很久很久」
     ├ 圖（急）┬ 果：「那天深夜……找不到我」
     │         └ 因：「因為我並沒有離開」
     └ 底（困）：「而雨一直沒有停」
```

賞析

　　作者自言：「一隻無法接通的手機，一個大雨傾盆的颱風天，一個隱蔽的捷運車站……我們輕易地阻絕這個世界，這個世界也輕易地阻絕了我們。」（見《保險箱裡的星星——新世紀青年詩人十家》）然而，自有一種深情是無法被阻絕的。

　　此詩從「自己」與「媽媽」兩方面佈局，彼此之間相呼相應，形成了「先賓後主」的結構。在「自己」（賓）這方面，作者先著筆寫大雨不止的台北盆地，然後寫在捷運車站避雨的自己，此時的空氣「溫暖而沉默」。至於「媽媽」（主）這方面，前後都出現了雨：「雨下了很久很久」、「而雨一直沒有停」，中幅寫媽媽時則著重於媽媽瘋狂地搜尋「我」的蹤跡。在此詩中，「大雨」的作用非常重要，它提供了一個絕佳的背景：被大雨困住，是平凡生活中的平凡之景，可

是也正是因此而激發了平凡中的深情；所以我們可以看到「（我）迎接並且目送洶湧來去的潮水」，焦慮之情自在言外，而媽媽更是在深夜中「瘋狂查詢一切我可能存在的地點」，那種急切、急迫，令人不覺動容，這種平凡中的深情，才是本詩真正的焦點。

此詩中的「底」與「圖」是對比的，因此產生了極大的張力：大雨讓人被困住，然而自己的等待與媽媽的搜尋是如此急切，它突破了這種阻絕，暖暖地傳達著溫馨的情味。

◎張柏瑜 (1983-)

生於台北，現為國立花蓮師範學院中國語文教育學系學生。

星

一把銀鑰匙
鎖住了
億萬光年的想望

結構分析表

```
┌─ 主：「一把銀鑰匙」
└─ 謂 ┌─ 述：「鎖住了」
      └─ 賓：「億萬光年的想望」
```

賞析

　　經歷過現代科學知識的洗禮，我們知道：因為宇宙的極端遼闊，所以我們所看到的星星的光芒，很可能是億萬年前放射出來的；所以我們對星星的仰望，也可說是穿越了億萬年的時間。作者抓住這一點，將它描摹成：「一把銀鑰匙／鎖住了／億萬光年的想望」，說穿了，整首詩不過是一個最普遍不過的「主語－動詞－賓語」的句型，就像「人喝

水」、「我看書」一樣，可是作者利用這個句型，將星光轉化為「一把銀鑰匙」，而這把鑰匙「鎖住了／億萬光年的想望」，由「想望」一語帶出人，「鎖住了」這個動詞則關鎖起「人」與「星」，而那交會的一刻是多麼懾人心魂啊！剎那霎時間化作了永恆。

此詩詩思瑰麗精緻，又能傳達出時空悠悠的感受，是非常美的一首詩。

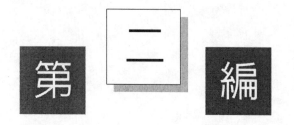

第二編

◎劉半農 (1891-1934)

名復，初字半儂，後改半農，原名壽彭，晚號曲庵，江蘇江陰人。早年積極投身於五四新文化運動，並一度參加《新青年》編輯工作。一九二○年旅歐留學，入英國倫敦大學，一九二一年轉入法國巴黎大學專攻語音學，獲法國國家文學博士學位，並被巴黎語言學會推為會員。一九二五年秋回國，任北京大學國文系教授。一九二六年夏主編《世界日報》副刊，同年秋任中法大學國文系主任。一九二九年起歷任北京大學國文系教授、北平大學女子文學院院長、輔仁大學教務長、歷史語言研究所語言主任等職。

於新文學初期，劉半農對當時詩壇最大的貢獻，是「求真」精神的發揚，自言：「作詩本意，只須將思想中最真的一點，用自然音響節奏寫將出來便算了事，便算極好。」（見〈詩與小說精神上之革新〉）

教我如何不想她

天上飄著些微雲，
地上吹著些微風。
啊！
微風吹動了我的頭髮，
教我如何不想她？

劉半農

月光戀愛著海洋，
海洋戀愛著月光。
啊！
這般蜜也似的銀夜，
教我如何不想她？

水面落花慢慢流，
水底魚兒慢慢游。
啊！
燕子你說些什麼話？
教我如何不想她？

枯樹在冷風裡搖，
野火在暮色中燒。
啊！
西天還有些兒殘霞，
教我如何不想她？

結構分析表

```
┌ 並列一：「天上飄著些微雲」五行
├ 並列二：「月光戀愛著海洋」五行
├ 並列三：「水面落花慢慢流」五行
└ 並列四：「枯樹在冷風裡搖」五行
```

賞析

　　這首詩篇共有四節，是運用並列法所組織起來的。所謂並列法，就是並列結構成分全都圍繞著主旨，從各個方面、角度來闡發主旨。而並列結構在形式上的反覆，可以產生整齊之美，但又不是全然的相同，所以又有變化的美感；而且各個並列結構成分之間，看似沒有太多關聯，但是「形散而神不散」，它們都在主旨的統攝下構成一個渾然的整體，因而帶出一種含而不露的美。

　　這首〈教我如何不想她〉所要表達的是濃郁的思慕之情，因此作者看似漫不經心的，隨手摭拾了四組景物，以飽含情意的筆墨加以描繪，而且在每一節的最後，都綴上一句：「教我如何不想她？」有效地統合起詩篇。所以一路讀來，彷彿吹拂的微風捎來了她的氣息，在月光遍灑的夜裡，不禁揣想著遠方的她在做什麼？想什麼？置身在美麗的春景中，看著落花、魚兒、燕子，為什麼都勾動起我的思念？秋天到了，又是一個傍晚，西天燃燒著絢麗的殘霞，此時又悠

悠地想起了——她。

全詩傾訴熱烈的相思，可是情調卻是徐緩而悠然。這種美好的風度，令人不覺地懷舊起來，那古典而純真的年代啊！

◎胡適 (1891-1962)

　　初名嗣穈，學名洪騂，字適之，安徽績溪人。一九一〇年留學美國康乃爾大學、哥倫比亞大學，是哲學家杜威的門生。一九一七年初在《新青年》發表〈文學改良芻議〉，提出文學改良主張。一九一七年七月回國，任北京大學教授，參加編輯《新青年》，提倡白話文，並最早嘗試新詩的寫作，其詩集《嘗試集》出版於一九二〇年三月，強調「詩體的解放」，被譽為「五四詩苑裡第一枝花」。一九二二年創辦《努力週刊》及《讀書雜誌》，並支持《國學季刊》，鼓吹「整理國故」。一九二三年與徐志摩等組織新月社。一九二四年與陳西瀅、王世杰等創辦《現代評論》週刊。一九二五年五卅慘案，提倡「讀書救國」。一九三八年任駐美大使，其後歷任行政院最高政治顧問、北京大學校長、駐聯合國代表，一九五八年返台接任中央研究院院長。一九六二年二月二十四日因心臟病猝發，逝世於台北中央研究院。一生在哲學、文學、史學、古典文學考證諸方面都有成就。

一顆星兒

我喜歡你這顆頂大的星兒。

可惜我叫不出你的名字。

平日月明時，月光遮盡了滿天星，總不能遮住

你。

今天風雨後，悶沉沉的天氣，

我望遍天邊，尋不見一點半點光明，

回轉頭來，

只有你在那楊柳高頭依舊亮晶晶地。

結構分析表

```
┌ 果：「我喜歡你這顆頂大的星兒」二行
└ 因 ┬ 晴：「平日月明時」行
     └ 雨 ┬ 收：「今天風雨後」二行
          └ 縱：「回轉頭來」二行
```

賞析

　　詩篇一開始，作者就說：「我喜歡你這顆頂大的星兒／可惜我叫不出你的名字」，一顆無名的星星，逗起了作者的注意與欣賞。可是為什麼呢？作者在後面才說明原因。

　　原因有兩個，第一個原因是：「平日月明時，月光遮盡了滿天星，總不能遮住你」，這是天晴時的景象。第二個原因是：「今天風雨後，悶沉沉的天氣／我望遍天邊／不見一點半點光明／回轉頭來／只有你在那楊柳高頭依舊亮晶晶地」，作者先一「收」，接著再「縱」一筆，則天雨後星兒獨特的光采，就盡在此中了。

　　所以我們可以知道，作者為何會獨鍾這顆星兒了！因為

不管天候如何，這顆星兒始終高懸在天邊，散發著光采。這個特色深深的吸引了作者，這種永恆的輝耀，彷彿象徵著某種永恆的東西（理想？信仰？或是其他？），令作者神往不已。所以作者雖然在題目中說明，他所歌詠的對象是「一顆星兒」，但是我們知道，絕非如此而已。

◎郭沫若 (1892-1978)

　　本名郭開貞，筆名郭鼎堂、麥克昂、易坎人等，四川樂山人。一九一四年赴日本學醫，回國後從事文藝運動。一九一八年開始新詩創作。一九二一年與郁達夫等組織創造社，並出版第一本詩集《女神》，此期詩作形式自由活潑，風格雄奇壯美，具有濃厚的浪漫色彩，表現了五四時代的革命精神，朱自清認為郭氏詩中動的、反抗的精神，是從來沒有過的。一九二四年後開始倡導革命文學，創作風格丕變，把詩當作不完整的時代紀錄而已，因而模糊了政治與藝術的界線。一九二八年後流亡日本十年，潛心研究甲骨文及中國上古文，成績卓著。一九四九年以後，為中國作家協會會員，曾任中國文聯主席。

瓶

你默默地坐在我的身旁，
我顧慮著他們不好盼望。
你目不旁瞬地埋著頭兒，
你是不是也有幾分顧慮？

我的手雖藏在衣袖之中，
我的神魂已經把你擁抱。
我相信這不是什麼犯罪，
白雲抱著月華何曾受毀？

結構分析表

```
┌ 敘 ┬ 反 ┬ 淺 ┬ 實：「你默默地坐在我的身旁」
│      │      │      └ 虛：「我顧慮著他們不好盼望」
│      │      └ 深 ┬ 實：「你目不旁瞬地埋著頭兒」
│      │             └ 虛：「你是不是也有幾分顧慮」
│      └ 正 ┬ 實：「我的手雖藏在衣袖之中」
│             └ 虛：「我的神魂已經把你擁抱」
└ 情：「我相信這不是什麼犯罪」二行
```

賞析

〈瓶〉是一輯愛情組詩，共四十三首，寫於作者三十三歲時，此處只選錄其中的一首。瓶有儲積、封藏的作用，據作者表示，他的「瓶」詩可以用「苦悶的象徵」來表示——熱情之噴薄而不得舒吐，正是異性戀最教人迴腸盪氣之處（參考陳義芝《不盡長江滾滾來》）。

此詩的前四句先敘述一個愛情中為難的場景：那就是作者愛戀的對象近在身旁，但是格於禮教的拘禁，因此女主角「默默地坐在我的身旁」、「目不旁瞬地埋著頭兒」，這兩句詩是就眼前的景況做實際的描繪，因此是「實」。而作者因此產生了許多思量：「我顧慮著他們不好盼望」、「你是不是也有幾分顧慮」，「顧慮」一語道破了作者（或者也是女主角）的無奈，兩情相悅原本是最最自然、最最美麗的情

感，奈何有著「他們」在旁監看，就有了不得舒洩、傾吐的苦惱；這兩句是著眼於作者的心理來描寫，因此是「虛」。而且因為有著情感上程度的差別，所以這首幅四句還可分作「淺」、「深」兩層。

　　前面四句所描寫的壓抑的痛苦，發展到後來，讓作者必須尋個管道加以抒發，因此作者表面上雖然仍是謹守舉止的分際：「我的手雖藏在衣袖之中」，但是他的心情則是「我的神魂已經把你擁抱」。因此可以說前面的四句是「反」，目的在於凸顯出後面的兩句（此為「正」），而且在這樣「正反相生」下，為最末的兩句抒情語醞蓄了極大的力量。

　　結尾的兩個抒情句是全詩的核心：「我相信這不是什麼犯罪／白雲抱著月華何曾受毀」，作者以一個自然界的現象為喻，替自己做了最好的辯解：白雲環抱著月兒是天底下再自然不過的了，就如同相戀的兩人相擁也絕非可羞之事；因此作者抗議地高喊出：「我相信這不是什麼犯罪」，在當時的時空環境下，作者的吶喊是反叛的、也是勇敢的。

　　這首詩裡有著深情，熱烈卻不魯莽；我們感覺到作者的眷顧與體貼，調和了這奔迸的情感。

◎宗白華（1897-1986）

原名宗之櫆，江蘇常熟人。一九一八年畢業於上海同濟德國語言學校，後主編《少年中國》月刊、《時事新報》副刊《學燈》。一九二○年赴德國留學，回國後歷任東南大學、中央大學、南京大學、北京大學教授。二十年代初出版過《流亡小詩》，此後一直從事美學研究。

夜

一時間
覺得我的微軀
是一顆小星，
瑩然萬星裡
隨著星流。
一會兒
又覺著我的心
是一張明鏡，
宇宙的萬星
在裡面燦著。

結構分析表

```
┌ 先（動）┬ 實：「一時間」二行
│         └ 虛：「是一顆小星」三行
└ 後（靜）┬ 實：「一會兒」二行
          └ 虛：「是一張明鏡」三行
```

賞析

此詩題名為「夜」，這個作者眼中的夜，真是豐美生動，而且又清明如洗啊！何寄澎指出：「全詩只分小小二段，每段短短五句，在形式上兩兩對稱，極富整齊美，也有節奏感。」（見《中國新詩賞析》㈠）不過最值得注意的，是此詩所表現的作者的內心世界。

詩篇是依照時間的順序而寫成的。一開始，作者仰觀宇宙，只見星雨奔流，這壯麗的動感讓作者悠然神往，恍然間，他「覺得我的微軀」，也變成了「一顆小星」，所以「瑩然萬星裡／隨著星流」；「微軀」是「喻體」，「一顆小星」是「喻依」，因此前者屬「實」，後者屬「虛」。

接著，心神往內收攝，只覺心境一片清明，因此作者又說了：「又覺著我的心」，像什麼呢？「是一張明鏡」，所以「宇宙的萬星／在裡面燦著」。用「明鏡」來譬喻「心」，與前一個譬喻同樣具有虛、實映顯之妙，而且說「宇宙的萬星／在裡面燦著」，可見得此心並非冰冷枯寂，相反的，是活

潑潑充滿生機的。

　　更深一層來看，前幅詩句的內容是往「外」發展的：微軀逐著星流，要流到哪裡去？流到什麼時候呢？自己還是自己的主宰嗎？而後幅詩句的內容大力迴轉，往「內」收攝：心如明鏡，映照萬星，頗有「吾心便是宇宙」的透徹安然。因此前者迷失，後者安定，觀「星」之夜變成觀「心」之夜，作者的心境在這個澄明的夜中淨化、昇華了。

　　此詩成功地營造出清明如洗的詩境，可說是一首耐人尋味的哲理詩。

◎徐志摩 (1897-1931)

　　譜名章垿，生於浙江寧海。一九一五年入上海滬江大學，次年赴天津就讀北洋大學，同年轉入北京大學。一九一八年赴美留學，兩年後獲哥倫比亞大學碩士，旋赴英倫，於劍橋大學研究政治經濟。一九二一年開始寫詩，一九二二年回國，先後在北京大學、清華大學任教，一九二三年新月社在北京成立，他是發起人之一。一九二五年赴蘇聯、歐洲遊歷。一九二六年四月，與聞一多共同主編《晨報》副刊詩鐫，一九二七年南下，先後在上海光華大學、大夏大學、南京中央大學任教。並與胡適等人創辦新月書店，主編一九二八年創刊的《新月》詩刊。一九三一年十一月十九日於濟南墜機身亡。

　　徐志摩是「新月派」的主將，才華橫溢，被譽為「浪漫主義的調情聖手」。他的詩情是在西方文化浪潮的席捲下萌發的，特別是大量閱讀歐美十九世紀詩人的作品，「頓覺性靈開放」，因而自我的世界觀與藝術觀於焉漸次形成。他非常重視詩的「音節」，也致力於「旋律」的鋪展，更重視「意境」的顯陳，創造濃郁而言有盡意無窮的情趣，直達玄幽、典雅、奧秘、朦朧的境界。著有詩集、散文集、翻譯多種。

常州天寧寺聞禮懺聲

　　有如在火一般可愛的陽光裡，偃臥在長梗的、雜
　　亂的叢草裡，聽初夏第一聲的鷓鴣，從天邊直
　　響入雲中，從雲中又回響到天邊；

　　有如在月夜的沙漠裡，月光溫柔的手指，輕輕的
　　撫摩著一顆顆熱傷了的砂礫，在鵝絨般軟滑的
　　熱帶的空氣裡，聽一個駱駝的鈴聲，輕靈的，
　　輕靈的，在遠處響著，近了，近了，又遠了
　　……

　　有如在一個荒涼的山谷裡，大膽的黃昏星，獨自
　　照臨著陽光死去了的宇宙，野草與野樹默默的
　　祈禱著，聽一個瞎子，手扶著一個幼童，鐺的
　　一響算命鑼，在這黑沉沉的世界裡回響著；

　　有如在大海裡的一塊礁石上，浪濤像猛虎般的狂
　　撲著，天空緊緊的繃著黑雲的厚幕，聽大海向
　　那威嚇著的風暴，低聲的，柔聲的，懺悔他一
　　切的罪惡；

　　有如在喜馬拉雅山的頂巔，聽天外的風，追趕著
　　天外的雲的急步聲，在無數雪亮的山壑間回響
　　著；

　　有如在生命的舞台的幕背，聽空虛的笑聲，失望

與痛苦的呼籲聲，殘殺與淫暴的狂歡聲，厭世
與自殺的高歌聲，在生命的舞台上合奏著。

我聽著了天寧寺的禮懺聲！

這是哪裡來的神明？人間再沒有這樣的境界！

這鼓一聲，鐘一聲，磬一聲，木魚一聲，佛號一
聲……樂音在大殿裡，迂緩的，漫長的迴盪
著，無數衝突的波流諧和了，無數相反的色彩
淨化了，無數現世的高低消滅了……

這一聲佛號，一聲鐘，一聲鼓，一聲木魚，一聲
磬，諧音磅礡在宇宙間——解開一小顆時間的
埃塵，收束了無量數世紀的因果；

這是哪裡來的大和諧——星海裡的光彩，大千世
界的音籟，真生命的洪流：止息了一切的動，
一切的擾攘；

在天地的盡頭，在金漆的殿椽間，在佛像的眉宇
間，在我的衣袖裡，在耳鬢邊，在官感裡，在
心靈裡，在夢裡……

在夢裡，這一瞥間的顯示，青天，白水，綠草，
慈母溫軟的胸懷，是故鄉嗎？是故鄉嗎？

光明的翅羽，在無極中飛舞！

大圓覺底裡流出的歡喜，在偉大的，莊嚴的，寂
滅的，無疆的，和諧的靜定中實現了！

頌美呀，涅槃！讚美呀，涅槃！

結構分析表

```
      ┌敘┬因┬虛┬樂:「有如在火……又遠了」
      │  │  │  └苦:「有如在大海……舞台上合奏著」
      │  │  └實:「我聽著了天寧寺的禮懺聲」
      │  └果┬實:「這是哪裡來……在夢裡」
      │      └虛:「在夢裡……是故鄉嗎」
      └情:「光明的翅羽……涅槃」
```

賞析

　　常州為一府名，相當於現在江蘇武進、江陰、無錫、宜
縣等地，而禮懺聲則是佛教僧眾為人懺罪悔過而禮拜菩薩、
誦念經文之聲，所以作者在題目中就說明了地點與事件，而

　　且此詩絕大部分的篇幅也都是用來敘寫「聽禮懺聲」之事，最後才順勢發抒「聽禮懺聲」之後所引起的情感，因此形成了「先敘後情」的結構。

　　在敘事的部分中，先引起讀者注意的，就是那鋪排而來、光華燦爛的六個譬喻，而且這六個譬喻都省略了喻體（禮懺聲），只保留喻詞（有如）和喻依，因為喻體與喻依相較起來，喻體的性質屬「實」，喻依的性質屬「虛」，所以這部分可說是著墨於虛處來揮灑：在作者筆下，禮懺聲如「初夏第一聲的鷓鴣」、「月夜的沙漠裡一個駱駝的鈴聲」、「瞎子鐺的一響算命鑼」、「大海懺悔他一切罪惡的濤聲」、「喜馬拉雅山的頂巔所聽到的天外的風」，以及「在生命舞台幕背的苦痛之聲」，這些全部都用一句話來收束：「我聽著了天寧寺的禮懺聲」（實寫）。而且我們可以很清楚地看到作者所選取的這些譬喻，並不全然是歡樂的（前兩個），反而多是痛苦的（後四個），並且都分別涵蓋了自然與人事，這樣的安排絕非偶然，因此就引起了我們的思索：為什麼聽著了天寧寺的禮懺聲，所起的聯想、所作的譬喻是如此呢？

　　其後的詩篇繼續延展著，可說是「由因及果」地敘來。作者接著描寫禮懺聲不斷地迴盪在大殿中的情景，那聲音是鐘、鼓、磬、木魚等的合奏，漸漸地，衝突和諧了、色彩淨化了、高低消滅了、擾攘止息了……，禮懺聲不斷地迴盪，「在金漆的殿樑間，在佛像的眉宇間，在我的衣袖裡，在耳鬢邊，在官感裡，在心靈裡，在夢裡」，藉著「在夢裡」一

語，詩篇向虛處開展：「在夢裡，這一瞥間的顯示，青天，白水，綠草，慈母溫軟的胸懷，是故鄉嗎？是故鄉嗎？」在這部分裡，我們可以感受到禮懺聲淨化了一切，而且彷彿中也為前面的疑問作了解答：在禮懺聲的洗禮下，自然與人間的一切憂樂，都提升了、超脫了，彷彿回到「慈母溫軟的胸懷」一般，這才是真正的「故鄉」。

最後的詩行則在前面敘事的基礎上再加以提升，充分展現出對涅盤境界的極度頌美，那不是憂、也不是樂，而是最大的解脫與自在，此幅詩篇可說是金聲玉振，華麗而且莊嚴，剎那間已臻至最高的境界了。

從「樂」與「苦」的鋪陳開始，最後進展到「樂」與「苦」的消融，作者敏銳天真的心靈在一剎那間體會到了宇宙的真諦，以才華洋溢之筆揮灑而出，那種歡喜讚嘆之情、那種自在飛舞的境界，真是令人感動而嚮往。

◎ 聞一多（1899-1946）

　　原名亦多，字友三，號友山，家族排名家驊，湖北浠水人。早年就讀於北京清華學校。一九二二年赴美留學，先後入芝加哥美術學院、科羅拉多大學美術系研究文學和戲劇。一九二五年回國，與徐志摩等人在《晨報》主辦副刊詩鐫，一九二八年三月與朱湘、陳夢家等編輯《新月》雜誌和《詩刊》。一九二九年後曾任武漢大學、青島大學文學院院長、清華大學中文系主任，抗日戰事爆發，在西南聯大任教，從事古典文學研究。一九四六年七月被刺身亡。

　　聞氏詩作聯結著我國古代詩、西洋詩和現代各詩派的技巧，同時能將音樂的美、繪畫的美、建築的美熔於一爐，一九二八年出版的第二部詩集《死水》，是他的代表作。

聞一多先生的書桌

忽然一切的靜物都講話了，
　　忽然間書桌上怨聲沸騰：
墨盒呻吟道：「我渴得要死！」
　　字典喊雨水漬濕了他的背；

信箋忙叫道彎痛了他的腰；
　　鋼筆說煙灰閉塞了他的嘴，

毛筆講火柴燒禿了他的鬚，

　　鉛筆抱怨牙刷壓了他的腿，

香爐咕嚕著：「這些野蠻的書

　　早晚定規要把你擠倒了！」

大鋼表嘆息快睡鏽了骨頭；

　　「風來了！風來了！」稿紙都叫了；

筆洗說他分明是盛水的，

　　怎麼吃得慣臭辣的雪茄灰；

桌子怨一年洗不上兩回澡，

　　墨水壺說：「我兩天給你洗一回。」

「什麼主人？誰是我們的主人？」

　　一切的靜物都同聲罵道，

「生活若果是這般的狼狽，

　　倒還不如沒有生活的好！」

主人咬著煙斗迷迷的笑，

　　「一切的眾生各安其位。

我何曾有意的糟蹋你們，

　　秩序不在我的能力之內。」

聞一多

結構分析表

```
┌ 敘 ─ 凡：「忽然一切的靜物都講話了」二行
│      目 ┬ 因：「墨盒呻吟道」十四行
│         └ 果：「什麼主人」四行
└ 論：「主人咬著煙斗迷迷的笑」四行
```

賞析

　　陳義芝說：「這是一首生動有趣的詩，乍看寫書桌上的文物，實則要表現的是聞一多的書齋生活，和他孜孜矻矻做研究的精神情態。算是一種側寫法吧。由於採用『擬人化』演出方式，故又帶著十足的戲劇味。參與經營情境的物件有墨盒、字典、信箋、鋼筆、毛筆、鉛筆、稿紙、筆洗等，全是讀書人才用得著的。至於香爐，薰香所用；煙斗，助興文思之物；大鋼錶嘆息快睡鏽了骨頭，反襯出主人的廢寢忘食。詩中選用這些『形象』，全是有意的，都經過作者一番匠心運作，絕非隨手亂抓、拿來就用。……他所關切的是研究成果，所有的文物如何供他充分利用，而非供他整齊擺設。最後一節主人咬著煙斗瞇瞇的笑著說的話，說明學者（聞一多）安撫眾生的方法是使其適得其所、物盡其用；如只是將它們當裝飾品，反而糟蹋了它們。」（見《不盡長江滾滾來──中國新詩選注》）

　　全詩共分四節。前三節中出現的物件相當繁多，因此作

者在一開始就用「一切的靜物」先來作個總括提起（凡），而且其中出現「講話」、「怨聲沸騰」，所以底下條分的部分（目），就是用對話的方式串起來的；整個說來，此三節是用「先凡後目」的方式來組織的。而「目」的部份共有十八行，又形成了「先因後果」的結構：眾物件的抱怨內容是「因」，抱怨之後乾脆開罵則是「果」。不過這些全都屬於「敘事」，最後一節則是就此而發出「論說」，強調物盡其用才是適得其所，這才是全詩的重心所在。

　　詩篇內容活潑熱鬧，文筆又簡淨如洗，令人感覺到在作者筆下，詞藻與形式的雕琢太甚是多餘的，這般明白如話的詩句，就夠讓人回味的了。

◎李金髮（1900-1976）

　　又名淑良、遇安，生於廣東。一九一九年赴法國留學，在巴黎美術大學學習雕塑，一九二五年回國，歷任南京美術學校校長、中央大學副教授、杭州西湖藝術院教授，抗戰前赴廣州，任廣州市立美術專科學校校長，一九三八年廣州淪陷，流亡越南，一九四〇年由越南返回韶關，創辦《文壇》雜誌，一九四一年到重慶，一九四二年任駐伊拉克大使館代辦等職，一九五一年後，一直寄居美國，在紐澤西開辦農場，過著退隱的生活。

　　李金髮當年被稱為「詩怪」，是中國新詩壇第一個象徵主義者，由於他最早引進法國的象徵主義，從而促進中國新詩提早現代化若干年。著有詩集、詩論多種。

律

月兒裝上面幪，
桐葉帶了愁容，
我張耳細聽，
知道來的是秋天。

樹兒這樣消瘦，
你以為是我攀折了
你的葉子麼？

結構分析表

```
┌平提┬目(視)┬月:「月兒裝上面幔」
│    │      └桐:「桐葉帶了愁容」
│    └凡(聽):「我張耳細聽」二行
└側注(桐)┬實:「樹兒這樣消瘦」
          └虛:「你以為是我攀折了」二行
```

賞析

　　此詩運用了新詩中罕見的「先平提、後側注」的結構。作者先在首節敘寫月兒的朦朧和桐葉的枯萎,然後用「我張耳細聽／知道來的是秋天」二行加以統攝,而且有趣的是前二行是以視覺來捕捉,但是後二行卻是用聽覺來收攝,其中頗有一點「通感」的味道,為此詩增添了一點趣味。第二節捨棄了月兒,只承接前面的桐葉來發展,因此首節是「平提」月與桐,次節則是「側注」在桐葉上面;從「樹兒這樣消瘦」一行,我們得知桐葉已經凋落,不過新奇的是其後的設想:「你以為是我攀折了／你的葉子麼」,真是出人意料之外的問題,引人玄想。

　　題目定名為〈律〉,所指的應是大自然的規律,就此詩而言,特別是指萬物到秋天即凋零的規律而言,既然是規律,那就是無可改變,只能全盤接受的;然而儘管非接受不可,但是人面對這種凋零也難免心有所感,這就是所謂的

「秋心」，歐陽修〈秋聲賦〉即對此有過精采的描寫，作者的
心思也是一樣的，領略秋的凋零，卻又忍不住感嘆秋的凋
零，這種感嘆就化作了最後的問句：「你以為是我攀折了／
你的葉子麼」？當然不是的，那是「律」呀！

◎戴望舒（1905-1950）

　　原名戴夢鷗，生於浙江。一九二二年開始創作詩歌，一九二三年入上海大學中文系，一九二三年到震旦大學學習法文，一九二六年至一九二七年，和戴克崇（蘇汶）編輯《瓔珞》旬刊和《無軌列車》月刊，一九三〇年加入左聯，一九三二年留法，一九三五年回國。抗日戰爭爆發後南下香港，任《星島日報》、《珠江日報》、《大眾日報》副刊主編，一九四一年日軍佔領香港後被捕入獄，毆打成殘，堅貞不屈。一九四九年三月到北平，任華北大學第三院研究室研究員。

　　戴望舒一生只發表了九十二首詩，被譽為「象徵主義的雨巷詩人」，是三十年代「現代派」的代表詩人之一。他吸取法國象徵詩派的滋養，同時也融會晚唐詩詞的精華，詩作注重意境的創造和語言的錘鍊，講究節奏和音樂性，追求一種朦朧的意象，有較強的藝術感染力。

雨巷

撐著油紙傘，獨自
彷徨在悠長，悠長
又寂寥的雨巷
我希望逢著
一個丁香一樣地

結著愁怨的姑娘。

她是有
丁香一樣的顏色，
丁香一樣的芬芳，
丁香一樣的憂愁，
在雨中哀怨，
哀怨又徬徨；

她徬徨在這寂寥的雨巷，
撐著油紙傘
像我一樣
像我一樣地
默默彳亍著
冷漠，淒清，又惆悵。

她靜默地走近
走近，又投出
太息一般的眼光，
她飄過
像夢一般地
向夢一般地淒婉迷茫。

像夢中飄過
一枝丁香地，
我身旁飄過這女郎；
她靜默地遠了，遠了，
到了頹圮的籬墙，
走盡這雨巷。

在雨的哀曲裡，
消了她的顏色，
散了她的芬芳，
消散了，甚至她的
太息般的眼光，
她丁香般的惆悵。

撐著油紙傘，獨自
徬徨在悠長，悠長
又寂寥的雨巷，
我希望飄過
一個丁香一樣地
結著愁怨的姑娘。

結構分析表

```
    ┌─擊─┬實：「撐著油紙傘，獨自」三行
    │    └虛─┬目（近）：「我希望逢著」十五行
    │         ├凡┬─近：「她靜默地走近」三行
    │         │  └─遠：「她飄過」三行
    │         └目（遠）：「像夢中飄過」十二行
    └─敲─┬實：「撐著油紙傘，獨自」三行
         └虛（遠）：「我希望飄過」三行
```

賞析

　　詩的題目是〈雨巷〉，「巷」本來就是狹長而彎曲，再冠上「雨」字，就更增添了一份淒涼與落寞，而且這與漫長而崎嶇的人生小徑不是頗為相似嗎（參考《中國新詩賞析（一）》，劉龍勳賞析）？並且詩中一再用「丁香」（花名）來譬擬在雨巷中出現的姑娘，「丁香」在古典詩詞中出現的次數很多，譬如李商隱〈代贈二首〉之一：「芭蕉不展丁香結，同向春風各自愁。」以及李璟〈攤破浣溪紗〉：「青鳥不傳雲外信，丁香空結雨中愁。」因為丁香開在仲春，期短易凋，而且丁香如結，令人有愁鬱不解的聯想，所以常用來抒寫怨情，不過丁香色白或紫，清香素潔、高雅不俗，所以又令人又美好的感覺，因此丁香的這兩種特質結合起來，剛好適切地形容了那個美好而憂傷的姑娘（參考《中國新詩詩

藝品鑑》，金聲賞析）。所以「雨巷」和「丁香」這兩個意象結合起來，在詩中訴說了什麼呢？

就此詩的佈局來看，我們可以發現「實」與「虛」的對照是一個重點，而且這種對照出現了兩次。首先「撐著油紙傘，獨自」三行是就「實」寫起，敘寫自己徬徨在雨巷，但是隨即遁入虛境，幻設雨巷中出現一個丁香般結著愁怨的姑娘，並且用了許多篇幅來敘寫這姑娘的體態飄忽，行近而又遠離，因此這個「虛」的部份，可以用「目凡目」的結構來統攝，「凡」的部分是第四節，其中以「她靜默地走近」三行回應前幅（行近），又以「她飄過」三行收束後幅（遠離）。接著是最後一節，又是一個「實」、「虛」對照的結構，而且與第一節相較起來，只更動了一個詞：「逢著」改為「飄過」，一方面造成首尾呼應的效果，一方面就好像一個裊裊的餘音，為這場相遇畫下悠悠忽忽的句點。因此全詩的兩個「實」、「虛」對照的結構，彼此之間又形成了「正擊」與「旁敲」的關係，也就是前者正面敘寫，後者在結束時旁曳一筆，更添餘味。

在「實境」中，作者敘寫的是在雨巷中徘徊的自己，為什麼這個身影如此徬徨呢？金聲曾提及：此詩寫於一九二七年，那是一個混亂恐怖的年代，許多青年深感苦悶和徬徨（參考《中國新詩詩藝品鑑》）。那麼這樣的憂愁寂寥可說是其來有自了。不過面對混亂時代中個人的人生，作者對幾乎不可避免的憂患，似乎有著更深刻的體悟，因為憂患不可

免、憂患令人愁，但是又不可自抑地希望在重重憂患中尋求人生的豐美，但是以現實的眼光看來，這種冀求又似乎不著邊際，而且暗示著困厄實多，因此讓作者不免落入更深的憂愁之中；所以這種對於人生憂患的複雜情感，就藉著雨巷中丁香般的姑娘傳達出來了，在雨巷中彳亍的姑娘，她有著丁香般的顏色與芬芳，眼光如夢般淒婉迷茫，然而她行近而又遠離，終致消散了她的行蹤，行止之飄忽不定，令人追挽無方，這不就像是作者心中不著邊際的對於美好的渴求嗎？最終還是落入了縈繞不去的憂思之中。

對人生有著宿命的認知，但是在宿命之中又要求豐富與美好，然而對命運的擺佈仍不免深深地恐懼著，這就是作者在雨巷中的獨白，這種獨白是如此憂愁而綿邈。

◎臧克家 (1905-)

生於山東諸城。早年就讀於山東第一師範，一九二七年考入中央軍事政治學校，不久改編為中央獨立師，參加過戰鬥。一九二九年考入青島大學，畢業後至中學任教。一九三六年加入中國文藝家協會，中華全國文藝界抗敵協會成員。抗日戰爭爆發，曾赴戰地和前線採訪，跋涉於戰地生活近五年。抗戰勝利後，在上海主編報刊，解放後任《詩刊》主編、中國作家協會顧問。

臧克家早期的詩抒寫中國下層民眾——特別是農民的不幸，因此博得了「農民詩人」的雅稱；抗戰期間風格更為渾雄豪放，樂觀明朗；晚近的詩作則比較澄明與恬淡。其創作生命持續六十餘載，共創作三十本詩集，為新詩的開拓做出了具體的貢獻。

老馬

總得叫大車裝個夠，
它橫豎不說一句話，
背上的壓力往肉裡扣，
它把頭沉重的垂下！

這刻不知下刻的命，

臧克家

它有淚只往心裡咽，

眼裡飄來一道鞭影，

它抬起頭來望望前面。

結構分析表

```
┌ 先（低頭）┬ 因：「總得叫大車裝個夠」四行
│          └ 果：「這刻不知下刻的命」二行
└ 後（抬頭）：「眼裡飄來一道鞭影」二行
```

賞析

　　老馬拉大車是北方農村常見的景象，作者選取這個景象入詩，傳達了深深的悲憫；而且為了配合這種淳樸的景象、深厚的情感，所以作者採用了非常淺白的言語，以白描的手法描寫出老馬沉重地低下頭去，卻又無奈地抬起頭來的景象，令人感覺到橫亙在老馬面前的是遙無止盡的艱苦長途，這種揣想，真是把讀者的心都揪緊了。而且從杜甫的〈瘦馬行〉、〈病馬〉以降，藉馬詠人是我們非常熟悉的了，因此負荷沉重的衰憊老馬，不就象徵著負荷沉重的疲憊人民嗎？老馬不得休息，只好苦苦掙命往前拖拉，而苦難的人民難道不也是如此嗎？想到這裡，真是讓人呼吸都沉重了起來。不只如此，這疲憊無奈的老馬不也像是古老苦難的中國嗎？兩者都是備受欺凌、哀哀無告的呀！果真如此，那麼詩中的「鞭影」，就可能有多種影射了，如果實就老馬而言，是指主

人的鞭子；若是就疲憊的人民而言，可以說是暴虐的苛吏，或是殘酷的命運；而若是指苦難中國來說，那麼就是把中國當作次殖民地的列強了。短短的一首詩，給予人的聯想與感嘆是非常多、非常深重的。

此外，顧國柱指出：此詩的押韻採用了隔行押韻的格律體，遵循著「ABAB CDCD」的公式，顯然接受了新月派的影響，但其題材的現實性與後期新月派可說是大異其趣（參考《中國新詩詩藝品鑑》）。這也是欣賞時值得注意的。

◎艾青 (1910-)

　　原名蔣正涵，生於浙江金華。十九歲赴法習畫，一九三二年一月回國，旋即加入中國左翼美術家聯盟，七月被捕入獄，一九三三年首次以艾青筆名在獄中發表了〈大堰河──我的褓姆〉，轟動詩壇，一九三五年出獄，從此專攻詩作。抗日戰爭爆發後，一九四一年到延安，後在魯迅文學藝術學院任教。一九五八年被劃為右派，一九七九年平反。現為中國作家協會副主席、文聯全國委員會委員、中國筆會理事會理事。

　　艾青是現實主義詩歌的代表詩人，以自由體見長，形象鮮明、意境清麗，在國際上有頗高的聲譽。他的詩不僅肩負詩的藝術使命，同時也兼顧詩的歷史使命，曾以雄渾的筆觸、火焰般的激情，傾訴對於民族、大地赤忱的熱愛。自五〇年代起沉默了二十年，稍後又重登詩壇，致力創作，寫出大量可歌可頌的詩篇。

雪落在中國的土地上

　　雪落在中國的土地上，
　　寒冷在封鎖著中國呀……

　　風，
　　像一個太悲哀了的老婦，

緊緊地跟隨著
伸出寒冷的指爪
拉扯著行人的衣襟，
用著像土地一樣古老的話
一刻也不停地絮聒著……

那從林間出現的，
趕著馬車的
你中國的農夫
戴著皮帽
冒著大雪
你要到那兒去呢？

告訴你
我也是農人的後裔——
由於你們的
刻滿了痛苦的皺紋的臉
我能如此深深地
知道了
生活在草原上的人們的
歲月的艱辛。

而我

也並不比你們快樂啊
——躺在時間的河流上
苦難的浪濤
曾經幾次把我吞沒而又捲起——
流浪與監禁
已失去了我的青春的
最可貴的日子，
我的生命
也像你們的生命
一樣的憔悴呀

雪落在中國的土地上，
寒冷在封鎖著中國呀……

沿著雪夜的河流，
一盞小油燈在徐緩地移行，
那破爛的烏篷船裡
映著燈光，垂著頭
坐著的是誰呀？

——啊，你
蓬髮垢面的少婦，
是不是

你的家
——那幸福與溫暖的巢穴——
已被暴戾的敵人
燒毀了麼？
是不是
也像這樣的夜間，
失去了男人的保護，
在死亡的恐怖裡
你已經受盡敵人刺刀的戲弄？

咳，就在如此寒冷的今夜，
無數的
我們的年老的母親，
都蜷伏在不是自己的家裡，
就像異邦人
不知明天的車輪
要滾上怎樣的路程……
——而且
中國的路
是如此的崎嶇
是如此的泥濘呀。

雪落在中國的土地上，

艾青

寒冷在封鎖著中國呀……

透過雪夜的草原

那些被烽火所囓啃著的地域，

無數的，土地的墾植者

失去了他們所飼養的家畜

失去了他們肥沃的田地

擁擠在

生活的絕望的污巷裡：

飢饉的大地

朝向陰暗的天

伸出乞援的

顫抖著的兩臂。

中國的苦痛與災難

像這雪夜一樣廣闊而又漫長呀！

雪落在中國的土地上，

寒冷在封鎖著中國呀……

中國，

我的在沒有燈光的晚上

所寫的無力的詩句

能給你些許的溫暖麼？

　　　——（一九三七年十二月二十八日夜間）

結構分析表

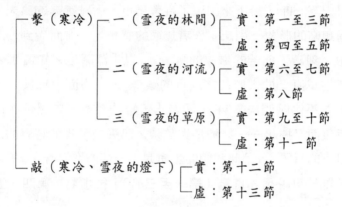

```
┌ 擊（寒冷）┬ 一（雪夜的林間）┬ 實：第一至三節
│          │                └ 虛：第四至五節
│          ├ 二（雪夜的河流）┬ 實：第六至七節
│          │                └ 虛：第八節
│          └ 三（雪夜的草原）┬ 實：第九至十節
│                           └ 虛：第十一節
└ 敲（寒冷、雪夜的燈下）┬ 實：第十二節
                      └ 虛：第十三節
```

賞析

　　此詩共有十三節，大體上可以分作四大部分，都以「雪落在中國的土地上／寒冷在封鎖著中國呀……」來領起；而且前三大部分分別描寫在雪夜的林間、河流、草原上，所遇見的趕馬車的農夫、蓬頭垢面的少婦、失去土地的墾植者，並且夾雜寫入自身的遭遇與感想，最後一部分以「寫詩無用」的感嘆作收。因此前面絕大篇幅是正寫中國的寒冷，後面結尾的兩節則是側寫無法溫暖中國，形成了「先正擊後旁敲」的結構。

　　在第一部分中，詩篇就是以「雪落在中國的土地上／寒

冷在封鎖著中國呀……」開頭，然後先鎖定雪夜中的「風」
來描述，作者將風比喻成「一個太悲哀了的老婦」，然後就
此寫風的猛烈吹拂與無休無止的聲響，這個譬喻的深刻處在
於既寫了雪夜中酷冷的風，又兼寫了含辛帶苦的老婦，因此
開展出下一節。接下來出現了趕著馬車、衝風冒雪的農夫，
那種艱辛的形象，引起了作者無窮的感想，一方面看到「你
們的／刻滿了痛苦的皺紋的臉」，所以「深深地／知道了／
生活在草原上的人們的／歲月的艱辛」，一方面也感於「我
／也並不比你們快樂啊」，因為「苦難的浪濤／曾經幾次把
我吞沒而又捲起——／流浪與監禁／已失去了我的青春的／
最可貴的日子」，因此我們的生命是「一樣的憔悴呀」。所以
這一部分可說是先實寫（第一至三節），後虛寫（第四、五
節）。

　　隨後進展到第二部分，空間定在雪夜的河流上，一艘破
爛的烏篷船裡，船裡面那一個「蓬髮垢面的少婦」，失去了
幸福溫暖的家與男人的保護，所以「在死亡的恐怖裡／你已
經受盡敵人刺刀的戲弄」，面對如此慘悽的景象，作者不禁
想起了「無數的／我們的年老的母親」，「都蜷伏在不是自
己的家裡／就像異邦人／不知明天的車輪／要滾上怎樣的路
程」，更教人恐怖的是：「中國的路／是如此的崎嶇／是如
此的泥濘呀」，未來，怎堪令人設想呢？這部分的詩行也是
先就實際的少婦來寫（第七節），然後進展到設想中的無數
的年老的母親（第八節），所以也是以「先實後虛」的手法

來佈局的。

在第三部分中，空間轉變為「雪夜的草原」，其中出現的人物是「土地的墾植者」，他們「失去了他們所飼養的家畜／失去了他們肥沃的田地／擁擠在／生活的絕望的污巷裡」，整片大地如此飢饉，好像「朝向陰暗的天／伸出乞援的／顫抖著的兩臂」。因此作者忍不住發出了長長的浩嘆：「中國的苦痛與災難／像這雪夜一樣廣闊而又漫長呀！」敘述為「實」、感嘆為「虛」，因此這部分的詩句仍是以虛實法來佈局的。

最後作者再一次地詠嘆道：「雪落在中國的土地上／寒冷在封鎖著中國呀……」，並且淒測地寫著：「中國／我的在沒有燈光的晚上／所寫的無力的詩句／能給你些許的溫暖麼？」苦難如此深重，而詩句如此無力，讓作者忍不住深深地質疑了。雪夜為「實」、質疑為「虛」，因此又形成了一個「先實後虛」的結構。

根據資料記載，此詩是寫於對日抗戰開始後半年，也就是一九三七年歲末，作者目睹烽火滔天、生靈塗炭的中國大陸，悲痛難抑，因而寫就這篇沉痛絕人的詩篇。詩中以雪夜裡浩渺的大地為總背景，氣勢極為壯闊而蒼涼，而且空間一再地轉換（林間、河流、草原、燈下），還在實空間之外營造虛空間，因而帶出許多或實或虛的人物們，他們都是如此的苦難而無助，轉徙流浪在雪夜的大地上。所以「雪」在此詩中的地位非常重要，一般說來，詩篇中出現雪意象時，常

是取其高潔美好之意，因此是就「喜」的一面來運用，可是
在此詩中，雪的寒冷透徹心扉，而且為了加強這種感覺，還
將它與「夜」連結在一起，使得「雪夜」的寒冷貫穿了整首
詩篇，所以這是就其「悲」的一面來運用，因而非常有力地
醞釀出苦難而無助的氣氛，因此「雪落在中國的土地上／寒
冷在封鎖著中國呀……」，是多麼撼動人心的句子，它彷彿
在讀者腦海不盡地迴盪著……。

◎覃子豪 (1912-1963)

　　譜名天才，學名覃基，後改名覃子豪，生於四川廣漢。一九三二年赴北平，入中法大學，受到法國象徵詩派詩歌影響，開始詩歌創作。一九三五年東渡日本，入東京中央大學，組織文海社，兩年後回國，多次擔任軍中及地方報紙編務。一九四七年來到台灣，任職於台灣省物資調節委員會、糧食局。一九五一年主編《新詩週刊》，可視為一九四九年國民黨政府播遷來台後的第一個詩刊。一九五四年創立藍星詩社，創刊《藍星新詩週刊》。十二年中出版三冊詩集：《海洋詩抄》、《向日葵》、《畫廊》，兩冊評論集：《詩的解剖》、《論現代詩》。覃氏逝世兩週年後，詩壇友人為其出版《覃子豪全集》三大冊。

　　覃子豪作風平穩、風格獨立，所創設之藍星詩社與紀弦之現代詩社，為台灣早期現代詩壇的兩大支柱，其詩風深沉、精細，充溢著親和的力量。

貝殼

> 詩人高克多說
>
> 他的耳朵是貝殼
>
> 充滿了海的音響
>
> 我說
>
> 貝殼是我的耳朵

我有無數耳朵
在聽海的秘密

結構分析表

```
    ┌賓┬點：「詩人高克多說」
    │  └染┬因：「他的耳朵是貝殼」
    │     └果：「充滿了海的音響」
    └主┬點：「我說」
       └染┬因：「貝殼是我的耳朵」
          └果：「我有無數耳朵」二行
```

賞析

　　覃子豪素有「海洋詩人」的美稱，這首詩可說是一個很好的見證。

　　我們都知道拿著一個大海螺，靠在耳朵邊傾聽，會聽到海潮的聲音，而且大海螺的形狀也像人的耳朵，因此，我們馬上可以意會「詩人高克多」為何會有此一喻：「他的耳朵是貝殼／充滿了海的音響」。從這短短的三句裡，我們就可以感受到「詩人高克多」對海洋那種親切喜愛的態度。

　　不過，這三句只是用作陪襯的「賓」而已，真正的重心在詩的後幅，那才是「主」。作者（即詩中之「我」）說道：「貝殼是我的耳朵／我有無數耳朵／在聽海的秘密」，與前面「他的耳朵是貝殼」比較起來，「貝殼是我的耳朵」的譬

喻，顯然是更勝一籌的。因為這麼一來，無數的貝殼都是作者的耳朵，作者就可以聽到更多關於海的消息了；而且前面說聽到「海的音響」，後者說聽到「海的秘密」，那種對海洋的私心眷愛，可說是盡在此中。

　　這首詩有趣的地方就在於：「耳朵」與「貝殼」在第一個譬喻裡，分別位於「喻體」和「喻依」的位置，但是在第二個譬喻中，一掉換位置，效果馬上大不相同；而且因為有第一個譬喻作陪襯，所以第二個譬喻就更引人注目，整首詩的趣味就此產生。這大概也可以作為修辭書的一個最佳範例吧！

◎紀弦 (1913-)

　　本名路逾，另有筆名路易士、清空律，陝西周至人。一九三三年於蘇州美專畢業。一九三四年在上海創辦《火山》詩刊。一九三六年留學日本，與覃子豪在東京相識，接著與徐遲、戴望舒等創辦《新詩》月刊。一九四八年來台，接任《平言日報》副刊編輯。一九四九年應聘為台北市成功高中教師，以迄退休。一九五三年二月獨資創辦《現代詩》季刊，一九五六年倡導成立「現代派」詩社。一九七六年赴美定居。著有詩集、散文集、評論集廿餘種。

　　紀弦的寫詩生涯，迄今已歷六十餘載，其生命力與創作力，一直十分強旺，令人深深感佩。他的詩風新銳、特異、有個性，富於變化，善用各種技法，時呈飛躍之姿，有其睥睨一切的獨到之處。

狼之獨步

　　我乃曠野裡獨來獨往的一匹狼。
　　不是先知，沒有半個字的嘆息。
　　而恆以數聲淒厲已極之長嚎
　　搖撼彼空無一物之天地，
　　使天地戰慄如同發了瘧疾；
　　並颺起涼風颯颯的，颯颯颯颯的：
　　這就是一種過癮。

結構分析表

```
┌─ 底（無聲）:「我乃曠野裡獨來獨往的一匹狼」二行
└─ 圖（有聲）┬─ 因:「而恆以數聲淒厲已極之長嚎」四行
            └─ 果:「這就是一種過癮」
```

賞析

　　詩篇一開始，作者就凜然宣示:「我乃曠野裡獨來獨往的一匹狼」，曠野如此遼闊，而狼獨來獨往，剽悍之姿，可說是躍然紙上。接著說狼「不是先知」，先知是要覺後知的，那種呶呶不休的神態，遠非作者所喜，而且也與狼孤傲的形象相衝突，因此需要先聲明一下:絕對不是。然後說「沒有半個字的嘆息」，嘆息？那可是弱者的專利，因此絕對不會聽到狼吐出「半個字的嘆息」。所以作者在起始的兩行，藉著狼的「無聲」，深深的描繪出狼的傲岸與孤獨。

　　然而，前面強調「無聲」，卻是為了凸顯出後面的「有聲」。作者選取了狼長嚎的姿態，痛快淋漓的摹繪出出狼的狂野與力量，那就是「而恆以數聲淒厲已極之長嚎／搖撼彼空無一物之天地」，天地如此巨大，但在狼的眼中看來，卻是空無一物，而這巨大的空無一物的天地，輕易的被狼的淒厲長嚎所搖撼了；不只如此，還「使天地戰慄如同發了瘧疾／並颳起涼風颯颯的，颯颯颯颯的」，狼無與倫比、睥睨一切的氣魄，令人心弦也為之震顫。而這些，作者只用了乾淨

俐落的一句話來收束：「這就是一種過癮」，真是酷到極
點。

　　作者選了「狼」作為自己的化身，並且深刻的為狼造
像，前面寫狼之無聲，事實上是在刻畫狼之孤傲，接著寫狼
之有聲，那是在強調狼之力量；而且狼之孤傲是作為背景
（底），目的在凸顯出狼之力量（圖），則狼之獨步，真可說
是「舉輕若重」，跥跥腳，世界就要翻兩番了。這就是狼。

◎林徽音 (1913-1955)

生於福建。一九二三年赴美國入賓夕法尼亞大學學習建
築，後入耶魯大學戲劇學院學習舞台美術，一九二八年回國。
參與創辦文藝刊物《綠》，一九三〇年後在東北大學、燕京大
學、清華大學任教。三十年代曾從事新詩、小說創作，詩作風
格委婉細緻，講究韻律，富有音樂性。

你是人間的四月天——一句愛的贊頌

我說你是人間的四月天；
笑響點亮了四面風；輕靈
在春的光艷中交舞著變。

你是四月早天裡的雲煙，
黃昏吹著風的軟，星子在
無意中閃，細雨點灑在花前。

那輕，那娉婷你是，鮮妍
百花的冠冕你戴著，你是
天真、莊嚴，你是夜夜的月圓。

雪化後那片鵝黃，你像；新鮮

初放芽的綠，你是；柔嫩喜悅
水光浮動著你夢期待中白蓮。

你是一樹一樹的花開，是燕
在梁間呢喃，──你是愛，是暖，
是希望，你是人間的四月天！

結構分析表

```
┌ 凡：「我說你是人間的四月天」
│       ┌ 因 ┌ 底：「笑響點亮了四面風；輕靈」二行
├ 目 ─┤      └ 圖：「你是四月早天……在梁間呢喃」
│       └ 果：「你是愛……是希望」
└ 凡：「你是人間的四月天」
```

賞析

　　詩篇一開始，作者用「我說你是人間的四月天」來一筆
領起，其後就是兩行「笑響點亮了四面風；輕靈／在春的光
艷中交舞著變」，這是「底」，用來烘托接著出現的許多春天
景物：「四月早天裡的雲煙」、「黃昏吹著風的軟」、「星子
在無意中閃」、「細雨點灑在花前」、「百花的冠冕」、「夜
夜的月圓」、「雪化後那片鵝黃」、「初放芽的綠」、「水光
浮動著你夢期待中白蓮」、「一樹一樹的花開」、「燕在梁間
呢喃」，這些才是真正的「圖」，新鮮亮麗，與「底」非常調

和地一起譜出了春的交響樂，而且這些都是「你」，那麼「你」的明亮光潤自不待言，所以這些都是「因」，導出後面的結果：「你是愛，是暖／是希望」，無限的喜悅與珍愛盡在此中。最後再用一筆總收：「你是人間的四月天」，並且呼應開頭，有首尾圓合的效果。

全詩寫四月天的印象，而此印象藉著一直變化的春天明艷景象帶出，真是光艷而瀏亮，而且為了避免詩句過「滑」，因此作者刻意截斷或是倒裝許多完整的句子，讓讀者不自覺地在詩篇中時時留駐；而且這些光艷瀏亮的四月天景象都是「你」，「你」是人間的四月天，如此一來，一份珍惜熱愛的心情溢於言表，因此詩的副題為───一句愛的贊頌，可以說是相當恰切的。

◎詹冰 (1921-)

本名詹益川，苗栗縣卓蘭人。中學就讀台中一中，開始習作和歌與俳句。中學畢業後，留學日本，一九四三年畢業於明治藥專，開始創作新詩，並受到日本名詩人堀口大學的賞識、推薦，刊於日文刊物《若草》。返台後結婚，台灣光復，曾以日文寫作詩歌，發表於《中華日報》日文文藝欄。一九五八年擔任中學教員，並開始嘗試將自己的日文詩譯為中文，並直接以中文寫詩。一九六四年與其他十一位發起人共同創辦《笠》詩刊。

詹冰為典型的知性詩人，其詩作洋溢著機智的喜悅，曾出版詩集《綠血球》、《實驗室》。另外並創作兒童詩歌，有童詩集《太陽、蝴蝶、花》。

五月

五月，
透明的血管中，
綠血球在游泳著──。
五月就是這樣的生物。

五月是以裸體走路。
在丘陵，以金毛呼吸。

在曠野，以銀光歌唱。

於是，五月不眠地走路。

結構分析表

```
┌─目一（生長）：「五月」三行
├─凡：「五月就是這樣的生物」
└─目二（走路）：「五月是以裸體走路」四行
```

賞析

詩的中幅出現一句：「五月就是這樣的生物」，以此來統攝起前、後的詩句，所形成的是「凡目凡」的結構。

因為已經把「五月」轉化為「生物」了，所以，「五月」是有血管的，而且在他透明的血管中，「綠血球在游泳著──」；我們可以想見，作者在此描寫的是五月份滋長的嫩芽、新葉。這是「目一」。

然後，詩的後半幅說道：「五月是以裸體走路」，五月的光潔鮮嫩可說是呼之欲出。不只如此，它還「在丘陵，以金毛呼吸／在曠野，以銀光歌唱」，「金毛」指的應是陽光，「銀光」指的應是月光，所以五月呼吸歡唱，日夜不息，在丘陵、在曠野。最後一句「於是，五月不眠地走路。」回應前面，再次強調了五月日夜不息的生命力。此為「目二」。

所以，五月是什麼樣的生物呢？那是邊走邊唱、生發不息的生物。

◎曾卓 (1922-)

原名曾慶冠，湖北武漢人。一九三九年開始發表作品，一九四一年與詩友組成詩墾地社，參與編輯出版《詩墾地叢刊》，一九四三年就讀於重慶中央大學歷史系，畢業後曾任中學教員，一九五五年受胡風案株連，一九七九年平反，復任武漢市文聯副主席。詩風沉鬱、語言精練，出版詩集《門》、《懸崖邊的樹》等。

懸崖邊的樹

不知道是什麼奇異的風
將一棵樹吹到了那邊──
平原的盡頭
臨近深谷的懸崖上

它傾聽遠處森林的喧嘩
和深谷中小溪的歌唱
它孤獨地站在那裡
顯得寂寞而又倔強

它的彎曲的身體
留下了風的形狀

它似乎即將傾跌進深谷裡

卻又像是要展翅飛翔……

結構分析表

```
┌─實─┬─因：「不知道是什麼奇異的風」四行
│    └─果─┬─因（聽）：「它傾聽遠處森林的喧嘩」二行
│         └─果（視）：「它孤獨地站在那裡」四行
└─虛：「它似乎即將傾跌進深谷裡」二行
```

賞析

　　此詩的言語淺白而精純，毫不費力地帶領讀者，深深領略那一棵懸崖邊的樹的寂寞與倔強。因此一開始就從樹的位置寫起：它被風吹拂著，無可選擇地來到了「平原的盡頭／臨近深谷的懸崖上」，在平原與深谷交界之處的懸崖，這棵樹就這樣生長著，所以作者接著以六行的篇幅描寫這棵樹生長的狀態，彼此之間形成了「先因後果」的結構。

　　在接下來的篇幅中，作者描寫懸崖邊的樹聽到了「遠處森林的喧嘩」、「深谷中小溪的歌唱」，森林與小溪是如此喧鬧而歡暢，然而懸崖邊的樹既不能加入「遠處森林的喧嘩」，也不願失去生命，跌入「深谷中小溪的歌唱」；因此樹的處境必然是「孤獨」的，它「寂寞而又倔強」，在這樣的處境下，「它的彎曲的身體／留下了風的形狀」。到此為止，都是就實際的情況來敘寫，因此是「實」，可是最後二

句延展至未來，那是「虛」。

　　懸崖邊的樹的身體是彎曲的，這樣的姿態看起來「似乎即將傾跌進深谷裡／卻又像是要展翅飛翔……」，懸崖邊的樹最終會有著什麼樣的命運呢？作者給了兩個可能的選擇，可是隱隱之中卻讓我們深深期待著它的展翅飛翔。

　　被風擺弄的樹，像不像被命運擺弄的人呢？懸崖邊的樹是如此寂寞，如果挺不住，就會跌進深深的山谷；可是它又是如此倔強，它強力地伸展它的枝與葉，彷彿即將展翅飛翔。我們不禁想到被命運擺弄的、寂寞而倔強的人呢？他又會有著什麼樣的未來呢？作者沒有直接回答，但是無語中，彷彿已經有了答案。

◎牛漢 (1923-)

　　原名史成漢，又名牛汀，山西定襄人。一九四三年入西北大學。一九四一年開始發表詩作。一九四四年後在西安從事編輯工作。一九四九年後歷任《空軍衛士》報編輯、文化學校教務主任、人民文學出版社詩歌組組長。一九五五年受胡風案株連，文化大革命後平反。任《中國作家》主編。

　　牛漢於六、七十年代，曾創作不少詩篇，那是一個沒有詩意的環境和年代，大家都以為詩已經斷了氣，這些詩作留下了一個時代痛苦而又崇高的精神面貌。

半棵樹

　　真的，我看見過半棵樹
　　在一個荒涼的山丘上

　　像一個人
　　為了避開迎面的風暴
　　側著身子挺立著

　　它被二月的一次雷電
　　從樹尖到樹根
　　齊楂楂劈掉了半邊

牛漢

春天來的時候

半棵樹仍然直直地挺立著

長滿了青青的枝葉

半棵樹

這是一整棵樹那樣高

還是一整棵樹那樣偉岸

人們說

雷電還要來劈它

因為它還是那麼直那麼高

雷電從遠遠的天邊就盯住了它

結構分析表

```
┌─實┬─點：「真的，我看見過半棵樹」二行
│   └─染┬─果：「像一個人」三行
│        ├─因┬─先：「它被二月的一次雷電」三行
│        │    └─後：「春天來的時候」三行
│        └─果：「半棵樹」三行
└─虛：「人們說」四行
```

只剩下一半的樹還能活嗎？作者明瞭我們的疑問，因此在首節就強調地說道：「真的，我看見過半棵樹／在一個荒涼的山丘上」，此二句「點」出空間定位，而且既說「荒涼」，不免令人想到整個山丘光禿禿的，唯有半棵樹挺立。所以接著的四節詩句都是來「染」出這半棵樹的樣貌。

　　那半棵樹是以什麼樣的形象出現呢？「像一個人／為了避開迎面的風暴／側著身子挺立著」，以擬人的筆法寫來，半棵樹顯得多麼堅強、多麼富於韌性啊！這節詩句敘述的是「果」。接著的兩節則敘寫半棵樹為什麼會成為半棵樹，這是「因」，總共用了兩節的詩句，而且由冬而春，形成了時間先後的關係：「它被二月的一次雷電／從樹尖到樹根／齊楂楂劈掉了半邊」，但是半棵樹並沒有死：「春天來的時候／半棵樹仍然直直地挺立著／長滿了青青的枝葉」，半棵樹撐過來了，而且直挺挺地長滿了青青的枝葉，真是令人驚異的生命力啊！接著的一節詩句，則又是就「果」來寫：「半棵樹／這是一整棵樹那樣高／還是一整棵樹那樣偉岸」，雖然樹只剩下半棵，但是「高」與「偉岸」可是一點都不少。這四節詩句形成「果因果」的結構，這樣的寫法不僅讓人明瞭事件的來龍去脈，而且「果」重複兩次，造成了呼應的效果。

　　前面的這五節詩句都是就「實」來寫，最末一節的時間則拉向未來，寫大家的揣測，因此是「虛」：「人們說／雷

電還要來劈它／因為它還是那麼直那麼高／雷電從遠遠的天邊就盯住了它」，大自然的環境是如此險惡，聳立在荒涼山丘上的半棵樹，遠遠的，就被雷電盯住了；這個「盯」字實在下得好，完全能傳達那種決不放手、必欲摧毀而後快的感覺。半棵樹撐得過再一次的打擊嗎？我們不禁擔憂了起來。

傲岸的半棵樹，「為了避開迎面的風暴」，而「側著身子挺立」的半棵樹，讓我們傾注了多少的關心與憂慮啊；然而，它還是堅持長得那麼「高」、那麼「偉岸」，難道他不懼怕雷電的擊打嗎？我們在擔憂之餘，湧起的是深深的崇敬。可是，我們又怎能缺少這種景觀呢？在荒涼山丘上挺立的半棵樹，所撐起的，豈只是自己的身軀而已。

◎ 李瑛（1926-）

生於河北。一九四五年入北京大學中文系，開始發表詩歌。北平解放後，參加中國人民解放軍，任新華社部隊總分社記者，隨軍南下。後歷任《解放軍文藝》編輯、解放軍文藝出版社社長、全國作協理事、《詩刊》編委、中國人民解放軍總政治部文化部部長、全國文聯執行副主席等職。其詩感情真摯激昂，具有剛建、豪放的韻味。

到藏北的第一頁日記

入夜，趕到藏北
傾斜在身邊的，只有
地平線上
　重巒疊嶂的
　　堅硬、貧瘠、寒冬和白雪

拂曉，當陽光從天邊
射向層層山脊
藏北站起來
在凝雲之上
在冰河雪線的條條雪嶺之上
流光耀金

李瑛

朱紅、桃紅、橘紅閃射著
映透天宇

這是打開輝煌的金礦
是盛開的紅玫瑰
抑是滿眼熊熊烈火
或是一隊隊披了紅紗的神女
在雲上馳騁
嬌嬈，更多的是莊嚴
羞澀，更多的是勇敢

我睜大眼望著這一切
才認識了壯麗的神奇的藏北
真實又聖潔的藏北
使我第一次知道了
它的每一天
都是從這驚心動魄的美
開始

————于那曲

結構分析表

```
┌ 反（先）：「入夜，趕到藏北」五行
│          ┌ 敘 ┬ 點：「拂曉，當陽光從天邊」三行
└ 正（後） ┤    └ 染 ┬ 實：「在凝雲之上」五行
          │         └ 虛：「這是打開輝煌的金礦」七行
          └ 情：「我睜大眼望著這一切」七行
```

賞析

　　詩篇是以敘事開始：「入夜，趕到藏北」，接著寫睡
眠，但是更重要的是就此寫了對藏北的印象：「傾斜在身邊
的，只有／地平線上／重巒疊嶂的／堅硬、貧瘠、寒冬和白
雪」。筆觸簡潔，為後幅詩篇留下極大的發展空間。

　　第二節的時間接著發展下去，是第二天的拂曉。作者首
先以三行的篇幅「點」出時、空：「拂曉，當陽光從天邊／
射向層層山脊／藏北站起來」，其中「藏北站起來」一句，
簡單但是非常有力，讓後面的詩行隨之開展；因此接下去就
以十二行的篇幅來描寫藏北高原拂曉時的壯麗風貌，此為
「染」。在「染」的部分中，作者先是針對凝雲雪嶺之上的陽
光來描寫，而且特別著重那輝煌燦爛的色彩：「流光耀金／
朱紅、桃紅、橘紅閃射著／映透天宇」，實寫不足，接著以
譬喻來虛寫：「這是打開輝煌的金礦」、「是盛開的紅玫
瑰」、「抑是滿眼熊熊烈火」、「或是一隊隊披了紅紗的神女

／在雲上馳騁／嬌嬈，更多的是莊嚴／羞澀，更多的是勇敢」，這些譬喻有靜態者（如金礦、紅玫瑰），主要描寫其燦爛之色彩，有動態者（如熊熊烈火、馳騁的披紅紗的神女），除捕捉色彩之絢麗外，還描寫了陽光四射之輝煌騰躍，藏北拂曉的壯美，實在令人驚嘆不止。因此作者就此來收束：「我睜大眼望著這一切／才認識了壯麗的神奇的藏北／真實又聖潔的藏北」，並發出他驚嘆不已而又心曠神怡的感想：「使我第一次知道了／它的每一天／都是從這驚心動魄的美／開始」。

　　就全詩看來，第一節之所以寫對藏北貧瘠嚴寒的印象，只是用來反託其後三節中完全翻轉的、全新的印象，因此形成的是「先反後正」的結構，而且還有點「翻案」的味道。除此之外，作者對藏北的描寫，讓藏北在貧瘠中流露出莊嚴，「貧瘠」與「莊嚴」這兩種對比元素的渾然融合，使得此詩極富震撼力，更何況又從篇末的「每一天」帶出貫穿時間的永恆感，因而更加強了這種震撼力，留給讀者的印象，實在是難以磨滅的。不只詩篇的佈局因對比而有力，作者的筆觸非常乾淨，絕不拖泥帶水，也是使這〈到藏北的第一頁日記〉令人難忘的重要原因。

◎洛夫 (1928-)

　　本名莫洛夫，湖南衡陽人。一九四六年就讀中學，即開始新詩創作。一九四八年入湖南大學外文系，未卒業，即於一九四九年來台，後於淡江大學外文系完成學業。一九五四年與張默、瘂弦創辦《創世紀》詩刊，引進西方前衛而具實驗性的精神，加速了台灣新詩的現代化。一九六九年組織詩宗社，一九七二年起任《創世紀》總編，歷時數十年，並曾任教於東吳大學外文系，近年且沉潛於書法之探索，現旅居於加拿大。

　　其早年詩作描寫戰爭、死亡、生之陰影，語言尖利，詩質稠密，較難理解。後期隨手擷取日常生活感思，作品風格趨於清晰明朗，部分作品更帶有中國水墨畫的意趣。著有詩集二十八種，詩論集五種，散文集五種，其詩集《魔歌》被評選為台灣文學經典之一，二〇〇三年獲中國文藝協會頒贈終身成就榮譽獎。

子夜讀信

　　子夜的燈
　　是一條未穿衣裳的
　　小河
　　你的信像一尾魚游來
　　讀水的溫暖

讀你額上動人的鱗片

讀江河如讀一面鏡
讀鏡中你的笑
如讀泡沫

結 構 分 析 表

```
┌ 點 ┬ 實（喻體）：「子夜的燈」
│    └ 虛（喻依）：「是一條未穿衣裳的」二行
│
└ 染 ┬ 實（喻體）：「你的信」
     └ 虛（喻依）┬ 凡：「像一尾魚游來」
                 └ 目 ┬ 虛中實：「讀水的溫暖」二行
                      └ 虛中虛：「讀江河如讀一面鏡」
```
三行

賞 析

　　此詩最醒目的特點就是譬喻法的運用，彭建明針對此點
說道：「從《詩經》開始的中國詩河中，堪稱無比不成詩
……本詩的意境的構成就是一個比喻系列。一盞檯燈的光柱
被喻作小河；信，喻為魚……這裡的喻體都與小河有關，由
此構成了一個系列，使詩具有了統一和諧的境界。」（見
《中國新詩詩藝品鑑》）

　　這一系列的譬喻，作者將它用「先點後染」的方式組織

起來。所以開始三句「點」明了時間——子夜，空間——燈下；而且因為「子夜的燈」是「喻體」，「一條未穿衣裳的／小河」是「喻依」，所以它們分別具有了「實」、「虛」的屬性。

其後「染」的部分，就是敘述讀信的過程，根據著篇首的譬喻，又發展出另一個譬喻：「你的信像一尾魚游來」，所以「你的信」是「喻體」，「像一尾魚游來」之後全部都是「喻依」，因此這部分又形成了一個「先實後虛」的結構。其中「虛」的部分佔了五句的篇幅，作者先總括地提一筆：「像一尾魚游來」，此為「凡」，隨後分「目」細說如何讀信：首先，「讀水的溫暖／讀你額上動人的鱗片」是「目一」，「水的溫暖」呼應篇首「燈光如河」的譬喻，而「讀你額上動人的鱗片」則呼應第二個譬喻：「信如游魚」，所以此二句訴說的是在燈光下展讀你的信，想見你的一顰一笑，而且因為有「溫暖」、「動人」等詞彙點綴其中，所以氣氛是溫馨喜悅的。接著最末三行詩句則是「目二」：「讀江河如讀一面鏡／讀鏡中你的笑／如讀泡沫」，此處最堪玩味的是又出現了一個譬喻：「讀江河如讀一面鏡」，「江河」當指「子夜的燈」（因為前面說了「燈光如河」），所謂「如讀一面鏡」，其實也就是指在燈下讀信，但是因為在一重譬喻上又再加上一重譬喻，此處的「光」又如「鏡」了，而且「鏡」所映照出來的原本就是虛像，所以「讀江河如讀一面鏡」一句，真可說是「虛之又虛」；因此接著說道：「讀鏡

中你的笑／如讀泡沫」，「鏡中之笑」是如此虛幻、難以捕捉，因此信也就如「泡沫」一般了，「泡沫」也具有一觸即碎、無可掌握的「虛」的特質，而且有著晶瑩的光彩，與「笑」的感覺是相調和的，因此氣氛仍然是溫馨甜美的，然而作者之所以虛上加虛，當是意欲傳達「子夜讀信」時那種想之望之，卻不能親之臨之的那麼一點點「若有憾焉」之感。所以「目一」和「目二」相較起來，前者可說是「虛中實」、後者可說是「虛中虛」。

　　如前所述：譬喻本身即具有「虛」的特質，因此容易予人靈巧、不著實的感覺；而且「光如水」、「信如魚」，這兩個譬喻彼此關聯又富有動態，讓全詩更是顯得靈動無比；並且在這基礎上更發展出「光如鏡」、「信如泡沫」的譬喻，晶瑩剔透、虛上添虛，真是變幻無方。作者可以將「子夜讀信」寫得「如魚得水」，營造騰挪之妙，令人嘆賞不置。

◎ 向明 (1928-)

本名董平，湖南長沙人。空軍通校畢業，後服役於空軍。從事現代詩創作四十餘年，為藍星詩社重要成員之一，曾任《藍星》詩刊主編、《中華日報》副刊編輯、台灣詩學季刊社長、年度詩選編委、新詩學會理事，現為自由作家。著有多種詩集、詩話集。

向明創作老而彌勁，且慣於以深入淺出的手法寫詩，是一位進而介入現實、出而批評人生，兼顧文學與社會使命的詩人。

黃昏醉了

飲盡了這一天
五味雜陳的烈酒之後

黃昏醉了

它把一張艷紅的臉
朝著
遠山那挺得高聳的胸脯
埋首
睡去

結構分析表

```
┌ 因 ┬ 因：「飲盡了這一天」二行
│    └ 果：「黃昏醉了」
└ 果：「它把一張艷紅的臉」五行
```

賞析

　　這首詩在「移情作用」的催化下，運用了「擬人」法，營造出親切有味的詩境。

　　所謂「移情作用」，就是指人在面對天地萬物時，把自身的感情移置到外在的天地萬物上去，似乎覺得天地萬物也有同樣的情感。這種經驗相當普遍，幾乎每個人都經歷過，譬如當自己心花怒放時，似乎連天空都在為我微笑，當自己苦悶悲哀時，似乎春花秋月也在悲愁；當移情作用發生時，外在的天地萬物與欣賞者之間，原本你是你、我是我的鴻溝消失了，取而代之的是彼此之間界線的消融，兩者的生命顫動融合為一。在這種情況下，很自然地會覺得天地萬物也是有意志、有情感的，表現在詩篇中，那就是「擬人」法的運用了。

　　因此，從作者有情的眼光中看來，「黃昏」是個愛喝酒的人，所以他「飲盡了這一天／五味雜陳的烈酒之後」，就「醉了」，「醉了」二字頗能帶出那種遲緩的倦態；而且黃昏的臉就是落日，好像被酒薰得紅紅的，而落日往西山沉落的

自然景象，就變成「朝著／遠山那挺得高聳的胸脯／埋首／睡去」，唉，黃昏真的醉了，要休息了。整首詩篇都是「由因及果」地鋪展出來的。

　　張默說：「這就好比一個人，經過一天的勞動，飽嚐喜怒哀樂，最後他不得不像倦鳥一樣，拖著疲憊的身子回家，安靜地休息，等待黎明，日復一日地衝刺。」（見《小詩選讀》）所以「黃昏醉了」就是「人累了」，而且黃昏醉了，明日又醒，人累了，經過養精蓄銳，又朝氣蓬勃地迎接清晨的到來。因此詩中的「埋首／睡去」，靜之中卻蘊藏著動的能量，也讓詩篇充溢著恬適的韻味。

◎余光中 (1928-)

　　生於南京，一九四七年後就讀於金陵大學、廈門大學外文系。一九五〇年來台，入台灣大學外文系。畢業後在大學教書。一九五三年與覃子豪等創立藍星詩社。一九五七年主編《藍星》週刊。一九五八年赴美進修，獲美國愛荷華大學藝術碩士，主編《現代文學》及《文星》。一九五九年任教於台灣師範大學英語系，曾兩次赴美講學。返台後相繼擔任台灣師範大學、政治大學教職。一九七四年任香港中文大學教授。一九八五年返台任中山大學外研所教授、文學院院長，是台灣第一位終身職的榮譽講座。

　　余氏詩作質量俱佳，自一九五二年來已結集十八本詩集，詩風隨時代環境、個人心境而多變，有所堅持，有所創新，兼容傳統中國與西洋現代各種文學精神及技法；此外尚兼擅其他文類，黃維樑認為余光中有璀璨的五色筆：「用紫色筆來寫詩」、「用金色筆來寫散文」、「用黑色筆來寫評論」、「用紅色筆來編輯文學作品」、「用藍色筆來翻譯」。稱其為當代文學的重鎮，可謂無愧。

聽瓶記

一直以為全世界所有的瓶
都是空的，無所用心

直到有一天俯向瓶口

驚聞全世界所有的聲音

都在瓶心裡迴盪又迴盪

聽不厭隱隱渾圓的妙響

亦如我心裡澄澈的寧靜

原是舉世滔滔

逆耳旋來的千般噪音

結構分析表

```
┌─ 實（喻體）┬─ 正（無聲）：「一直以為全世界」二行
│            └─ 反（有聲）┬─ 因：「直到有一天俯向」三行
│                         └─ 果：「聽不厭隱隱渾圓」行
└─ 虛（喻依）┬─ 正（無聲）：「亦如我心裡澄澈的寧靜」
             └─ 反（有聲）：「原是舉世滔滔」二行
```

賞析

　　所謂〈聽瓶記〉，那可真的是記聽瓶之事。作者先從尚未聽瓶開始寫起：「一直以為全世界所有的瓶／都是空的，無所用心」，與後幅對照起來看，我們知道此處的著眼點是瓶的「無聲」；接著寫聽瓶之事：因為「直到有一天俯向瓶口／驚聞全世界所有的聲音／都在瓶心裡迴盪又迴盪」，所以才驚覺此聲之美妙，直令人「聽不厭隱隱渾圓的妙響」，這個部份寫瓶之「有聲」，形成了「先因後果」的結構。而

且因為「無聲」與「有聲」之間的差異極大，因此我們用「正」、「反」來標明，以凸顯這一點（此處之「正」、「反」祇是標明差異而已，並未牽涉價值的判斷）。

可是最妙的發展還在後面，因為出現了「亦如」兩字，所以聽瓶之事一下子變成了「喻體」，「喻依」是其後的三句：「我心裡澄澈的寧靜／原是舉世滔滔／逆耳旋來的千般噪音」。「我心裡澄澈的寧靜」是「無聲」，「原是舉世滔滔／逆耳旋來的千般噪音」則是「有聲」，這兩者原是相反的，但是詩句表明經過淨化陶鍊之後，「千般噪音」遂化為「澄澈的寧靜」，於是「正反」關係就不是單純的對比而已，其中還有因果的關聯，這就讓兩者之間的關係更深化了。

此詩全首可視作一個譬喻，「喻體」和「喻依」之間的會通真是妙不可言。「喻體」趨於「實」、「喻依」趨於「虛」，所以這種會通就是一種虛實交映的妙境；不只如此，「喻體」和「喻依」又都有著「正（無聲）」、「反（有聲）」的對照與交流，這也讓詩境鮮明深刻。此外，就譬喻來看，它亦有不按牌理出牌的地方，那就是一般說來，譬喻中的「喻體」是重心所在，它是「所要說明的事物主體」，而「喻依」則是「用來比方說明此一主體的另一事物」（參考黃慶萱《修辭學》），然而此詩恰好是相反的，「喻依」才是真正的重心，「喻體」則反過來是陪襯「喻依」的，這就造成了突破閱讀慣性的趣味。而且換個角度來切入，則前幅「聽瓶之事」是作為陪襯，後幅「觀心之事」才是重點，那麼也可

說是前者「賓」、後者「主」，因此運用的是「賓主」法，所形成的是「先賓後主」的結構；這種不同的分析方式，可以從另個角度看出作者的匠心。

　　所以〈聽瓶記〉記的真是聽瓶之事，可是卻又不只是聽瓶之事而已。

◎羅門 (1928-)

　　本名韓仁存，海南人。一九七六年退休，專事創作。曾任藍星詩社社長、國家文藝獎評審委員、世界華文詩人協會會長。

　　羅門持續對文明、戰爭、都市、大自然等主題，加以透視和省思，大膽揭露現代都會人的命運，預示人類精神文明的斷傷。曾獲中國時報推薦詩獎、中山文藝獎、教育部詩教獎及菲總統金牌、大綬勳章。著作有詩集十五種、論文集六種、羅門創作大系書十種。作品選入英、法、德、瑞典、南斯拉夫、羅馬尼亞、日、韓等外文詩選，與中文版「中國當代十大詩人選集」等，超過一百種詩選集。作品接受國內外著名學人、評論家及詩人評介文章超過一百萬字，已出版六本評論羅門作品的書。

麥堅利堡

　　　　超過偉大的

　　　　是人類對偉大已感到茫然

戰爭坐在此哭誰

它的笑聲　曾使七萬個靈魂陷落在比睡眠還深的地帶

太陽已冷　星月已冷　太平洋的浪被炮火煮開也都冷了

史密斯　威廉斯　煙花節光榮伸不出手來接你們回家
你們的名字運回故鄉　比入冬的海水還冷
在死亡的喧噪裡　你們的無救　上帝的手呢

血已把偉大的紀念沖洗了出來
戰爭都哭了　偉大它為什麼不笑
七萬朵十字花　圍成園　排成林　繞成百合的村
在風中不動　在雨裡不動
沉默給馬尼拉海灣看　蒼白給遊客們的照相機看
史密斯　威廉斯　在死亡紊亂的鏡面上　我只想知道
　　　　　　那裡是你們童幼時眼睛常去玩的地方
　　　　　　那地方藏有春日的錄音帶與彩色的幻燈片

麥堅利堡　鳥都不叫了　樹葉也怕動
凡是聲音都會使這裡的靜默受擊出血
空間與空間絕緣　時間逃離鐘錶
這裡比灰暗的天地線還少說話　永恆無聲
美麗的無音房　死者的花園　活人的風景區
神來過　敬仰來過　汽車與都市也都來過
而史密斯　威廉斯　你們是不來也不去了
靜止如取下擺心的錶面　看不清歲月的臉
在日光的夜裡　星滅的晚上
你們的盲睛不分季節地睡著

睡醒了一個死不透的世界
睡熟了麥堅利堡綠得格外憂鬱的草場

死神將聖品擠滿在嘶喊的大理石上
給昇滿的星條旗看　給不朽看　給雲看
麥堅利堡是浪花已塑成碑林的陸上太平洋
一幅悲天泣地的大浮雕　掛入死亡最黑的背景
七萬個故事焚毀於白色不安的顫慄
史密斯　威廉斯　當落日燒紅滿野芒果林於昏暮
神都將急急離去　星也落盡
你們是那裡也不去了
太平洋陰森的海底是沒有門的

　　註：麥堅利堡（Fort Mckinly）紀念第二次大戰期間七
萬美軍在太平洋地區戰亡；美國人在馬尼拉城郊，以七萬座
大理石十字架，分別刻著死者的出生地與名字，非常壯觀也
非常悽慘地排列在空曠的綠坡上，展覽著太平洋悲壯的戰
況，以及人類悲慘的命運，七萬個彩色的故事，是被死亡永
遠埋住了，這個世界在都市喧囂的射程之外，這裡的空靈有
著偉大與不安的顫慄，山林的鳥被嚇住了都不叫了。靜得多
麼可怕，靜得連上帝都感到寂寞不敢留下；馬尼拉海灣在遠
處閃目，芒果林與鳳凰木連綿遍野，景色美得太過憂傷。天
藍，旗動，令人肅然起敬；天黑，旗靜，周圍便黯然無聲，

被死亡的感覺重壓著……作者本人最近因公赴菲，曾與菲華作家施穎洲、亞薇及畫家朱一雄家人往遊此地，並站在史密斯的十字架前拍照。

一九六〇年十月

（以上為作者自註）

結構分析表

```
┌─ 論（悲頌）：「超過偉大的」二行
└─ 敘 ┌─ 凡（靈、墓）：「戰爭坐在此哭誰」二行
      └─ 目 ┌─ 靈（觸）：「太陽已冷　星月已冷」四行
            └─ 墓 ┌─ 目 ┌─ 視：「血已把偉大的紀念」八行
                  │      └─ 聽：「麥堅利堡　鳥都不叫了」四行
                  ├─ 凡（視、聽）：「美麗的無音房」行
                  └─ 目（視）：「神來過」十一行
            └─ 凡（靈、墓）：「七萬個故事焚毀於白色不安」五
                                                      行
```

賞析

這首史詩般的作品，敘寫著麥堅利堡的故事，作者以無限的悲憫出之，是愴然、也是悵然，唉，麥堅利堡啊！

「超過偉大的／是人類對偉大已感到茫然」，什麼是偉大呢？又是什麼讓人類對偉大感到茫然呢？那是——麥堅利堡。作者以「議論」開篇，承接著這段議論的，是佔著全詩

絕大篇幅的「敘述」部分。

在「敘述」部分，作者採用了「凡目凡」的結構來統攝，亦即先總括述說、再條分敘寫、再總括述說。第一個「凡」是：「戰爭坐在此哭誰／它的笑聲　曾使七萬個靈魂陷落在比睡眠還深的地帶」，從中我們可以抽繹出兩個元素：「靈」（七萬個靈魂）與「墓」（比睡眠還深的地帶），作者緊抓住這兩者，在其後的篇幅中作了深刻的鋪寫，並且在最後五行中又一筆總收（第二個「凡」）。

在「目一」的部分，作者是就「靈」來寫，共有四行：「太陽已冷　星月已冷　太平洋的浪被炮火煮開也都冷了／史密斯　威廉斯　煙花節光榮伸不出手來接你們回家／你們的名字運回故鄉　比入冬的海水還冷／在死亡的喧噪裡　你們的無救　上帝的手呢」，「史密斯　威廉斯」是「七萬個靈魂」的代表，作者在此運用了「以少總多」的手法；他們的命運是如何呢？作者意欲表現出命運的慘酷，因此捕捉住觸覺的「冷」，來作放大般的描寫，「太陽」、「星月」、「太平洋的浪」、「你們的名字」，都是多麼的冷啊！並且在末尾用一個反問句收結：「你們的無救　上帝的手呢」？真真是無語問蒼天啊！

接著寫「目二」，作者環繞著「墓」（亦即眼前實景）來描繪。此處動用了視覺與聽覺，而且形成了「目凡目」的結構：整個第四節和第五節的首四行是「目一」，前者就視覺、後者就聽覺來敘寫；而「美麗的無音房　死者的花園

活人的風景區」則是「凡」，其中以「美麗的無音房」統括
起對聽覺的描寫，又以「死者的花園　活人的風景區」統括
起前、後對視覺的描寫；至於第五節中幅的十一行，則又是
就視覺來描摹墓園，這是「目二」。所以在「目一」視覺的
部分中，主要描寫墓園的蒼白停滯，一絲生命的氣息也聞嗅
不到，所謂「七萬朵十字花　圍成園　排成林　繞成百合的
村／在風中不動　在雨裡不動／沉默給馬尼拉海灣看　蒼白
給遊客們的照相機看」，其實就是死亡的具象化，而且「百
合的村」、「遊客們的照相機」等語，是頗含諷刺意味的；
而接著的三行，則是就鎖定墓園的靜寂 無聲來描寫（聽
覺），其中「麥堅利堡　鳥都不叫了　樹葉也怕動／凡是聲
音都會使這裡的靜默受擊出血」兩行，運用了「通感」的原
理，以觸覺所感來描摹聽覺所得，讓這種靜默更是深刻沁
人。接著出現的就是作為「凡」的一行：「美麗的無音房
死者的花園　活人的風景區」，「美麗的無音房」即點出了
無聲的死寂（聽覺），而這種無聲是「美麗」的，這種說法
是多麼的反諷啊！而且「死者的花園　活人的風景區」也是
同樣的諷刺，並且這種反諷是貫穿在「目一」與「目二」對
視覺的描寫中的。其後的十一行是「目二」，作者先寫：
「神來過　敬仰來過　汽車與都市也都來過」，唉！多麼空洞
啊！所謂「神」與「敬仰」，就如同「汽車與都市」，來過又
走了，就算是裝飾，也是多麼空洞而易於凋謝的裝飾啊！然
而「史密斯　威廉斯」呢？他們是「不來也不去了」，他們

是睡著，然而這是一種醒不來的睡，因此最後四行點出死亡：「死神將聖品擠滿在嘶喊的大理石上／給昇滿的星條旗看　給不朽看　給雲看／麥堅利堡是浪花已塑成碑林的陸上太平洋／一幅悲天泣地的大浮雕　掛入死亡最黑的背景」，其中「昇滿的星條旗」、「不朽」，又是一個椎心的諷刺了。

　　前面的「目一」（靈）與「目二」（墓），作者都用結尾的五行作個收束：「七萬個故事焚毀於白色不安的顫慄／史密斯　威廉斯　當落日燒紅滿野芒果林於昏暮／神都將急急離去　星也落盡／你們是那裡也不去了／太平洋陰森的海底是沒有門的」，前幅收「靈」、後幅收「墓」，可說是一筆兜攬，呼應得十分嚴密；而且時間也從「白日」發展到「昏暮」，令人揣想到一切的一切都彷彿即將墜入恆久的黑夜之中，而那種悲愴的感覺，就更深刻了。

　　令人喟嘆啊！讓人想及篇首那偈語般的句子：「超過偉大的／是人類對偉大已感到茫然」，什麼是偉大呢？又是什麼讓人類對偉大感到茫然呢？麥堅利堡當然是偉大的，可是又讓人感到多麼茫然啊！這其中顯示的，是作者對戰爭的反省與疑問，以及對死者高度的悼念與崇敬。

◎錦連 (1928-)

本名陳金連，台灣彰化市人。就讀於日據時期鐵道講習所電信科中等科，畢業後入鐵路局彰化火車站服務，退休後，在彰化地區教授日文。與林亨泰等同為銀鈴會之一員，曾參加現代詩社，為笠詩社發起人之一。著有詩集《鄉愁》、《挖掘》。

嬰兒

七原色的哄笑，
　滴落著
　閃耀……
　漩渦著
　放散……
光與影的，
有皺紋的，
有彈力且兼有磁性的，

跳動著的肉球。

結構分析表

```
┌ 聽 ┬ 泛：「七原色的哄笑」
│      └ 具：「滴落著」四行
└ 視 ┬ 具：「光與影的」三行
       └ 泛：「跳動著的肉球」
```

賞析

　　每一個嬰兒都是小小的天使。這個天使有著「七原色的哄笑」，哄笑用燦爛的紅橙黃綠藍靛紫七原色來形容，而且還「滴落著／閃耀……／漩渦著／放散……」，這麼多的色彩攪成一個繽紛的萬花筒，就像那天真歡悅的清脆笑聲，令人醒倦忘憂。所以這五行借助繽紛的視覺感受，來描摹所聽到的嬰兒哄笑，是運用了「通感」的手法。

　　接著，嬰兒的體態天真豐盈，活像「跳動著的肉球」，而且這個肉球是「光與影的／有皺紋的／有彈力且兼有磁性的」，呵呵，那圓滾滾的身軀，脖子和手腕都滾起了一圈圈肉肉的縐摺，跑動的時候，就「ㄅㄨㄞ ㄅㄨㄞ」的彈了起來。唉呀呀，這就是「天使的身材」嘛！

　　嬰兒的「笑」（聽覺）與「貌」（視覺），活現在這首詩中。果真，每一個嬰兒都是小小的天使。

◎管管 (1929-)

本名管運龍，膠縣人，台北人，寫詩，寫散文、畫畫、演戲、演詩、畫陶，得過一九六三年《香港現代文學美術協會》及一九七四年《第二屆中國現代詩》等首獎，著有詩集：《荒蕪之臉》、《管管詩選》、《管管世紀詩選》，散文集：《請坐月亮請坐》、《早安鳥聲》、《春天坐著花轎來》、《管管散文集》，並演出電影二十多部。一九八二年應邀美國愛荷華大學《國際作家工作計劃》寫作訪問。作品入選各大詩選、文學大系及被翻譯成多國文字。

管管詩語言率真，充滿新鮮的「野味」。辛鬱說他可能是一片曠野、一陣煙雲與一場驟雨的組合。

滿臉梨花詞

看著妻昨夜教春雨淋濕的那滿臉梨花，
和妻懷中那棵長滿綠芽的小女，吾就禁
不住跑出去，拼命淋著，吾滿身的
枝椏

吾等不及吾那個管管
慢吞吞的
開花！

結構分析表

```
┌─敘─┬─因：「看著妻……的小女」
│    └─果：「吾就禁……枝椏」
└─情：「吾等不及吾那個管管」三行
```

賞析

　　黃粱說：「〈滿臉梨花詞〉寫於一九七三年，是年管管長女綠冬出生，詩所描敘的正是感懷新生的狂喜心情。全詩皆梨，妻『滿臉梨花』，小女『長滿綠芽』，管管『滿身枝椏』。奇詩！唯有枝椏健壯才能花開滿樹，而後再茁出新芽當然翠美，揚溢深情之詩，賦生活以聖潔之氣息。從『懷中』生命誕生的艱難讀取妻『滿臉梨花』的苦辛，從『長滿綠芽』的小女感悟生命的莊嚴和承擔，花芽既圓滿，枝椏何當推辭，當然管管會興奮得振臂奔忙，一家之主嘛！」（見〈滿臉梨花詞〉）

　　從這段賞析中我們可以得知：在詩篇中作者全家人都轉化成為梨樹，一般說來，「將物擬人」是常見的，而「將人擬物」就少了，所以這是一奇；此外，詩中的時間設定在春天，那是植物茁長的季節，與本詩的歡快氣氛是相當切合的，所以「教春雨淋濕」的「滿臉梨花」，原本容易給人帶淚的淒傷聯想，此時也轉為孕育新生的滿足，而「長滿綠芽」和「滿身枝椏」、「開花」就更不用說了，那種載欣載奔的

歡躍氣氛，是二奇；還有此詩動詞用得多，而且還多用副詞、補語再加修飾，讓動作的幅度更大、更飽滿，譬如「淋溼」、「長滿」、「拼命淋著」、「等不及」等等都是，也因此讓本詩的動感特別強烈，感覺上喜悅之情真是噴溢在紙面上，這是三奇；另外作者在詩中的用詞造句，也承襲著向來的白描粗獷之風（尤其是詩的後半幅），十分鮮明，因此這是四奇。

　　所以此詩前幅的「敘事」奇，當然所帶出的「情感」也就更奇了。「奇詩」之譽，當無愧色。

◎ 楊喚 (1930-1954)

　　本名楊森，遼寧興城人，筆名有金馬、白語、白羽、白鬱、羊牧邊等。生母早逝，受繼母虐待。僅完成初級農職的學業。一九四七年任青島《青報》校對，後升編輯，開始發表作品。一年來台，於軍中服役。一九五四年三月七日不幸死於台北西門町火車平交道上，得年二十五歲。

　　因為童年的不幸，楊喚反而寫出許多膾炙人口的兒童詩。論者以為他的詩運用清新的思維和語言，表露真摯童心，閃現智慧光彩，是當世難得的天才。其作品由歸人編為《楊喚全集》二冊。

失眠夜

　　今夜，又一次
　　我免於被封鎖進痛苦的睡眠，
　　在沒有燈的屋子裡，
　　自己照亮自己。於是
　　紙菸乃如一枝枝的粉筆，
　　在夜的黑板上，
　　我默默地寫著
　　人生的問題與答案，
　　美麗的童話和詩句。

```
┌ 因 ┌ 因（反）：「今夜」二行
│    └ 果（正）：「在沒有燈……自己照亮自己」
└ 果 ┌ 泛：「於是／紙菸乃如一枝枝的粉筆」
     └ 具「在夜的黑板上」四行
```

賞析

　　又失眠了，沒有點燈，作者在黑暗中抽著一枝接一枝的紙菸。這樣的失眠夜，有著什麼樣的況味呢？

　　詩篇一開始，作者說：「今夜，又一次／我免於被封鎖進痛苦的睡眠」，睡眠原本是最恬靜的休息，可是作者卻無福消受，他失眠了，而且是「又一次」，可見得次數之頻繁，更何況，就算是睡著了，又怎麼樣？所謂「封鎖」、所謂「痛苦的睡眠」，令人不免想及惡夢的桎梏，而且惡夢之來，是來自日有所思、夜有所夢，難道作者白天、晚上都不能免於煎熬嗎？那真是痛苦啊！可是作者也是倔強的，因此他又說：「在沒有燈的屋子裡，／自己照亮自己」，也許全世界都沒有光，但是我仍然可以「自己照亮自己」。反面的「因」卻造成正面的「果」，揭示了作者的生命力。

　　所以作者默默地想著，默默地抽著紙菸，那些紙菸如同「一枝枝的粉筆」，作者藉此「在夜的黑板上／我默默地寫著／人生的問題與答案／美麗的童話和詩句」，多少思慮在此

得到澄清，多少詩篇在此孕育成形，而這些，都是作者對失眠夜的回報。這個部分先泛寫，後具寫，作者在失眠夜中的所思所為，都盡在此中。

全幅詩篇所形成的結構是「先因後果」。我們看到：作者痛苦，然而作者歌唱，在淚之中提煉出美麗，就是一種對生命的最大禮讚。

◎辛鬱 （1933-）

本名宓世森，浙江慈谿人。從小生長在外婆家，七歲才與
父母共處，並到上海讀書。一九五〇年來台，於陸軍服役廿一
載，一九六九年退役。早年曾參加現代派，主持十月出版社，
參與《人與社會》、《國中生》、《前衛》等雜誌編務，現為
《創世紀》詩刊同仁、《科學月刊》及科學教育基金會顧問，
其詩作風格冷冽、犀利、沉鬱，著有詩集、小說、雜文集多
種。

墓誌七行

這個，不愛碑記的男子
溺死於秋的喪婦之媚眼
屬於，叢生植物的一類
在最後的意念裡珍藏
非言語的
對於人間的歉意
此外，便什麼也未留下

結構分析表

```
┌ 點:「這個,不愛碑記的男子」二行
└ 染 ┬ 久(底):「屬於,叢生植物的一類」
     └ 暫(圖) ┬ 擊:「在最後的意念裡珍藏」三行
              └ 敲:「此外,便什麼也未留下」
```

賞析

　　題目為〈墓誌七行〉,因此首二句即點出了死亡;然而頗堪玩味的是,「性別」卻在此處產生了微妙的作用。這個「不愛碑記的男子」,卻「溺死於秋的喪婦之媚眼」;「秋」原本即帶有肅殺之感,「秋的喪婦」一語更是冷冽之極,可是居然在其後接上「媚眼」一詞,實在令人起了一種「聊齋」的感覺,而這個男子是「溺死」在這個眼神中的,這種說法將「死亡」處理得詭譎幽艷。

　　其後五句是就此而「染」。首先「屬於,叢生植物的一類」,敘寫的是人死之後就與草木同朽了,那是一段「久」時間;接著的四句則是針對瀕死時刻作描寫,因此是「暫」時間。在這一段「暫」時間裡,作者先「正面出擊」,寫道「在最後的意念裡珍藏／非言語的／對於人間的歉意」,此三句描寫了對人生作最後回顧的一瞬間,湧上心頭的是不能用言語表達的,對於人間的愛與遺憾;最後用一句來收尾:「此外,便什麼也未留下」,這一句主要的作用是在於加強那

種「對於人間的歉意」，因此可以說是「旁敲」一筆，並且還有另一個功能——呼應篇首的「不愛碑記」，以造成首尾圓合的效果。

死亡是什麼呢？如何詮釋死亡？從這個角度最能看出個人對生命的省思與觀照。作者為自己所寫的「墓誌七行」，重點顯然是放在「在最後的意念裡珍藏／非言語的／對於人間的歉意／此外，便什麼也未留下」，因此這四句是「圖」，至於前面的「屬於，叢生植物的一類」則是「底」，作者以「久」時間來襯托「暫」時間，前者意味著恆久的消亡，恰好映照出後者那一瞬間是何其珍貴。

死亡是一個巨大的「無」，面對這個「無」的時候，作者只能留下「非言語的／對於人間的歉意」。這種歉意如此渺小，可是，很奇怪的，它居然沒有被「死亡」吞噬，它彷彿有著獨立於死亡的生命，永遠不死。

◎鄭愁予 (1933-)

　　原名鄭文韜，河南人。童年遷徙於大江南北，一九四九年來台，於新竹唸中學，畢業於中興大學法商學院，曾在基隆港口工作多年。後取得美國愛荷華大學藝術碩士，大眾傳播博士班研究，現任教於耶魯大學東亞語文學系。

　　鄭氏詩齡甚長，一九四八年即有詩作發表，詩想明麗夢幻，節奏溫柔纏綿，瘂弦稱「鄭愁予的名字是寫在雲上」。一九六五年突然停筆。一九七九年復出，詩風迭有變化，嘗試多種可能性創製堅實新穎的詩聲。晚近詩作則又隱然透現禪趣。

戀

　　傳說：
　　宇宙是個透藍的瓶子，
　　則你的夢是花，
　　我的遐想是葉……
　　我們並比著出雲，
　　人間不復仰及，
　　則彩虹是垂落的菀蔓
　　銀河是遺下的枝子……

結構分析表

```
┌─ 點:「傳說」
│
├─ 染 ┬ 實(喻體):「宇宙」
│     │
│     └ 虛(喻依)┬ 因:「是個透藍的瓶子」
│                │
│                └ 果 ┬ 高(圖):「則你的夢是花」四
│                     │                          行
│                     │
│                     └ 低(底):「則彩虹是垂落的菟
│                                                絲」二行
```

賞析

　　一開始,作者先「點」一筆:所有的一切,都是從那個「傳說」開始的。接著,就針對這個「傳說」來「染」。這個傳說是什麼呢?「宇宙是個透藍的瓶子」,「宇宙」顯然是「喻體」,「是」在此充當「喻詞」,其後的詩句則全是「喻依」。因此「染」的七行詩句可說全部就只是一個「隱喻」。

　　喻依的部分是從「透藍的瓶子」開始的,「透藍」二字敷上天空水清清的色彩,而「瓶子」之喻結合了宇宙中的萬象:人們、雲彩、彩虹、銀河,由因而果地加以敘寫,貫穿起全詩。

　　接下來的詩句就自然地鋪衍而下:因為宇宙是瓶子,所以瓶中自然插著美麗的花葉,而那花是「你的夢」,葉是「我的遐想」,藉著夢與遐想的力量,我們因而高舉,連雲彩

都在我們的腳下，更何況是紅塵滾滾的人間呢？所以，說得落實一點，這四句其實是表示美麗的想望，可以帶著人們無限地攀升。

　　而且花與葉的位置是較高的，稍低一點則有「垂落的菀蔓」和「遺下的枝子」，那分別是「彩虹」和「銀河」。「彩虹」和「銀河」的出現，將宇宙粧點得更加美麗，而且相形之下，也更加托高了「人」的位置。因此我們可以知道：「則你的夢是花」四行是「圖」（焦點），「則彩虹是垂落的菀蔓」二行是用來陪襯的，是「底」。

　　此詩從「傳說」開始，所以一開篇就塗染了夢幻般的色彩，而且絕大部分的詩句都是「喻依」，因此具有「虛」的性質，更讓此詩顯得纖麗縹緲，引人憐愛。所以我們當然可以領略：題目中的「戀」，一方面可以指「戀愛」，人在戀愛時，夢與遐想齊飛，絕沒有任何一個別的時刻可以比擬得過；而且從戀人的瞳中看去，這宇宙宛然美麗得如同花朵。不過，這個「戀」也可以指對美麗宇宙的眷愛，那雲、虹、星……，都親切得如同手中把玩的花葉。

◎秀陶 (1934-)

姓鄭，湖北鄂城人。畢業於台灣大學商學系，一九五六年，現代派在台北創立，其為第一批加盟者。曾在《現代詩》、《文藝新潮》、《創世紀》、《藍星》等刊物上發表詩篇。一九六六年赴越南，越南失陷後轉往美國，由於經商，曾停止創作十餘年。一九八四年左右復出，詩風依舊，視野則更為開闊。

鵝

於它翹首覷我的一瞬
我們的世界初度疊合
於四月的晨間
榕樹枝頭
搖動著
閃著
金色的光

結構分析表

```
┌ 圖（動物）┬ 修飾語：「於它蹺首覷我的一瞬」
│          └ 主謂句：「我們的世界初度疊合」
└ 底（植物）┬ 修飾語：「於四月的晨間」
           └ 主謂句：「榕樹枝頭」三行
```

賞析

　　這首詩是很單純的，捕捉的是那心意交融的一刻；因此它的形式也是很單純的，就是由兩個句子組合而成：「於它蹺首覷我的一瞬，我們的世界初度疊合」，和「於四月的晨間，榕樹枝頭搖動著、閃著金色的光」，而且這兩個句子的結構也很像，那就是都由一個全句修飾語：「於它蹺首覷我的一瞬」、「於四月的晨間」，來修飾其後的主謂句：「我們的世界初度疊合」、「榕樹枝頭搖動著、閃著金色的光」，而且前一句的主角是動物、後一句的主角是植物。

　　配合著題目，我們可以知道第一句中的「它」指的是「鵝」，鵝「蹺首覷我」，所以「我們的世界初度疊合」，原本鵝是鵝、我是我，可是現在不一樣了，在四目交投的時刻，我們的世界有了交集。第二句則換了一個角度，但是同樣也是寫「交集」，那是什麼的交集呢？那是榕樹和陽光的交集啊！四月的晨間帶來清新沁涼的感受，而榕樹搖動著枝頭的綠，陽光閃耀著金色的光，讓這個世界富於色彩與動感，顯

得多麼可人！

　　從全篇看來，首二句是重心所在，因此是「圖」（焦點），次五句則是作為烘托之用，因此是「底」（背景）；在豐富生動的「底」的襯托下，交會的一刻（圖）才顯得益發深刻動人。

◎劉湛秋 (1935-)

生於安徽。高中時代即發表詩作，一九五五年從哈爾濱外語專科學校畢業，於工廠任翻譯，以後又擔任教師、編輯，曾任《詩刊》副主編，中國散文詩學會副會長，中國作家協會會員。

門鎖著。屋裡沒人……

門鎖著。屋裡沒人
吊籃在向蘋果獻媚
綠檯布展示著自己的溫柔
書頁中的鉛字依然散發著墨香
靜謐，卻又隱藏著歌聲

門鎖著。屋裡沒人
沒人的屋裡也有生活
一把椅子也有誕生和死亡
陽光把一切都欣賞和愛撫
便從窗戶溜走。此刻暗鎖旋動……

結構分析表

```
┬ 先 ┬ 點：「門鎖著。屋裡沒人」
│    └ 染：「吊籃在向蘋果獻媚」四行
└ 後 ┬ 點：「門鎖著。屋裡沒人」
     └ 染 ┬ 先：「沒人的屋裡……便從窗戶溜走」
          └ 後：「此刻暗鎖旋動」
```

賞析

　　詩篇的題目同時也是兩個小節的第一句：「門鎖著。屋裡沒人」，在詩篇中起了「點」出空間的作用，而這個空間是密閉無人的，所以其後的詩篇就此開展，這開展的部分就是「染」，因此兩個小節都形成了「先點後染」的結構。

　　在第一節中，「染」的部分主要是就室內景物來描寫，因此出現了「吊籃」、「蘋果」、「綠檯布」、「書頁中的鉛字」等家常的事物，可是特別的是作者是用擬人的手法將它們展現出來，因此它們彷彿有了生命，予人親切的感受，尤其是「書頁中的鉛字依然散發著墨香／靜謐，卻又隱藏著歌聲」兩行，用聽覺的無聲與有聲，來寫墨香的若有似無（嗅覺），這是運用了「通感」的手法，顯得深刻而優美。

　　到了第二節，「染」的部分依舊鎖定在室內景物，而且依然運用擬人法，並特別圈定「一把椅子」來敘寫，認為它「也有誕生和死亡」，這不就是「生活」嗎？此時「陽光」出

現了，陽光帶來溫暖明亮的色澤，因此作者說「把一切都欣賞和愛撫」，不過陽光也帶來的時間的流逝，所以陽光「從窗戶溜走」，暗示著時間已近傍晚，該是房間主人回來的時候了，因此「此刻暗鎖旋動」，室內靜物的活動到此劃上休止符。因為第二節明顯標誌出時間的流逝，所以可以得知第一節和第二節之間還形成了時間先、後的關係。

　　欣賞這首詩，就像觀賞一幅色澤溫暖的靜物畫，也像聆聽一齣優美的交響樂，其間傳達著物物有情的意念，這種意念讓詩篇有著溫潤的質感，感覺是非常舒服的。

◎非馬 (1936-)

　　本名馬為義，生於台中，就讀台北工專時即用「馬石」筆
名發表詩作，畢業後到屏東糖廠工作。一九六一年赴美留學，
獲博士學位，曾任職於美國阿岡國家研究所，現已退休，專心
從事文學與藝術（繪畫及雕塑）創作，並在中文報上撰寫專欄。

　　非馬為笠詩社同仁，早期詩作多發表於《藍星》、《現代
詩》、《現代文學》。留美後重新執筆寫詩，多發表於《笠》詩
刊。其詩慣以平實的語言、濃縮的短句和富於張力的意象，十
分機智地表現作者的關切與批判。

鳥籠

打開
鳥籠的
門
讓鳥飛
走
把自由
還給
鳥
籠

非馬

結構分析表

```
┌ 因:「打開」五行
└ 果:「把自由」四行
```

賞析

　　這首詩僅有兩小節,共十七個字;而且詩的意脈相當清晰單純:把鳥放走了(第一節),所以鳥籠自由了(第二節),兩者之間呈現的是相當常見的「先因後果」結構;不止如此,詩的語言也是平實淺白、簡單乾淨。然而,單純並不等於單調,這首詩實則蘊含著無限的深意。

　　正如劉紅林在賞析這首詩時所說的:「人們常常用『籠中鳥』比喻被剝奪了自由的人,尤其是那些衣食無虞而行動受限,不能『海闊天空任飛翔』的人。這裡,詩人卻改變了視角,不說鳥限藩籬的可悲與可憐,而說鳥籠因關鳥而相應地失去了自由,不能任意放置,開關自如。當打開鳥籠,讓鳥自由地飛走,鳥籠也就卸去了這個沉重的包袱,恢復了自己的寧靜與自由。……鳥籠化為一種特定的象徵,使讀者很自然地聯想到自己身邊的人和事,獲得某種穎悟。」(見《中國新詩詩藝品鑑》)這段分析真是精闢極了。

　　所以限制與被限制,都是一種不自由。放開吧!讓彼此自由!

◎ 昌耀 (1936-2000)

　　原名王昌耀，湖南桃源人。一九五○年參加中國人民解放軍。一九五二年開始發表詩作。一九五七年被打入右派，遭受長達二十年的監禁和苦役。後轉業到青海，於青海省文聯工作。二○○○年過世。

　　昌耀曾自言其詩觀為：「藝術的魅力在於將此種『搏擊的努力』幻化為審美的抽象，在再造的自然中人們得到的正是這種審美的愉悅。因之，最恆久的審美愉悅又總是顯示為一種悲壯的美感。」

鹿的角枝

　　在雄鹿的顱骨，生有兩株
　　被精血所滋養的小樹。霧光裡
　　這些挺拔的枝狀體明麗而珍重，
　　遁越於危崖沼澤，與獵人相周旋。

　　若干世紀以後，在我的書架，
　　在我新得的收藏品之上，才聽到
　　來自高原腹地的那一聲火槍。──
　　那樣的夕陽傾照著那樣呼喚的荒野。
　　從高岩，飛動的鹿角，猝然倒撲……
　　……是悲壯的。

結構分析表

```
┌─底（生）┬─靜：「在雄鹿……小樹」
│        └─動：「霧光裡……相周旋」
│
└─圖（死）┬─主┬─果（今）：「若干世紀以後」三行
         │   └─因（昔）：「那樣的夕陽傾照著」二行
         └─謂：「是悲壯的」
```

賞析

　　作者所選取的題材相當特別──鹿的角枝。只有雄鹿才在頂上長有角枝，雄鹿的體魄強健優美，搭配上昂然的角枝，堪稱為高原上獨標風采的健者，所以角枝是雄鹿的驕傲。

　　作者先從角枝的外型寫起：「在雄鹿的顱骨，生有兩株／被精血所滋養的小樹」，「被精血所滋養」一語，使這樹狀的角枝彷彿凝聚了雄鹿的生命精華；此部份是就「靜態」來寫。接著：「霧光裡／這些挺拔的枝狀體明麗而珍重／遁越於危崖沼澤，與獵人相周旋」，在為生存而搏鬥的頃刻，角枝是「明麗而珍重」的，那遁越、周旋的姿態，顯得多麼莊嚴；此部份是就「動態」來寫。所以整整一節詩句是依「靜」、「動」的不同來組織的。

　　次節的時、空安排頗為奇特。一開始即說道：「若干世紀以後」，時間飛躍了數百年而來到當下，空間也轉到「我

的書架」，而眼光所注視的是「新得的收藏品」，那是什麼呢？我們心中隱隱有了不祥的預感，隨後作者寫道：「才聽到／來自高原腹地的那一聲火槍」，這句話聯繫起「今」與「昔」、「書架」與「高原」，所以作者接著迴筆過去敘寫道：「那樣的夕陽傾照著那樣呼喚的荒野。／從高岩，飛動的鹿角，猝然倒撲……」，啊！我們的心揪住了，那美麗莊嚴的鹿角啊，倒下了……，關於這些，作者用了一個判斷句來收結：「是悲壯的」。所以此節前面對於「今」與「昔」的描寫，都可視作一個「主語」，而最後獨立成一行的，則是「謂語」，以「悲壯」這個形容詞表達了作者對此的評價。

全詩兩小節，都是環繞著鹿的角枝來寫，但是前一節寫「生」，後一節寫「死」，而且前者是「底」（背景），後者才是「圖」（焦點）。詩篇的氛圍有點淒厲，但是「生存」原本就不曾柔軟過，這種搏鬥向來就是如此無情的啊！

◎ 白萩 (1937-)

　　本名何錦榮，生於台中市，台中商職畢業。一九五三年開始接觸新詩，初為藍星詩社主幹，後為現代派同仁，《創世紀》詩刊編委，及笠詩社發起同仁與主編。現為亞洲國際詩刊《亞洲現代詩集》編輯委員之執行主編，台灣現代詩人協會理事長。

　　白萩之詩風常能展現多樣面貌，經常在回顧、前進的過程中，以其冷凝的觀照，不斷的超越，希冀釀製一種從未出現的美，換言之，他追求的不是「一瞬而逝」的喜悅，而是越久越散發其令人沉醉的香醇。著有多種詩集、詩論集。

雁

我們仍然活著。仍然要飛行
在無邊際的天空
地平線長久在遠處退縮地引逗著我們
活著。不斷地追逐
感覺它已接近而抬眼還是那麼遠離

天空還是我們祖先飛過的天空。
廣大虛無如一句不變的叮嚀
我們還是如祖先的翅膀。鼓在風上

繼續著一個意志陷入一個不完的魘夢

在黑色的大地與
奧藍而沒有底部的天空之間
前途衹是一條地平線
逗引著我們
我們將緩緩地在追逐中死去，死去如
夕陽不知不覺的冷去。仍然要飛行
繼續懸空在無際涯的中間孤獨如風中的一葉

而冷冷的雲翳
冷冷地注視著我們。

結構分析表

```
 ┌圖┬生┬凡：「我們仍然活著。仍然要飛行」
 │  │  └目┬追：「在無邊際的天空」四行
 │  │      └飛：「天空還是我們祖先飛過的天空」四行
 │  └死（追）：「在黑色的大地與」七行
 └底：「而冷冷的雲翳」二行
```

左側欄外：白萩

賞析

　　劉龍勳說：全詩以雁的飛行，象徵人追求理想的悲劇精神（參見《中國新詩賞析》）。作者擷取雁飛翔的神態，描寫牠從生到死、不停飛行的悲壯，很成功地傳達了上述的意念。

　　詩篇一開始，作者寫道：「我們仍然活著。仍然要飛行」，只要活著，就要飛行，這不就像是人活著，就得努力追求理想嗎？這是總提一筆（此為「凡」），因此作者接下去就雁的「追」與「飛」來描寫（此為「目」）。在大雁飛行的時候，「地平線長久在遠處退縮地引逗著我們」，可是地平線是追不到的，這不就像是高懸的理想吸引著人付出一切，但是又無法企及嗎？因此作者又寫道：「感覺它已接近而抬眼還是那麼遠離」。接著又寫大雁飛翔的狀態，作者先以「天空還是我們祖先飛過的天空」、「廣大虛無如一句不變的叮嚀」，來極寫天空的亙古與遼闊，然而大雁繼續飛行，其飛翔的神態如「鼓在風上」，然而天空太遼闊了，因此「繼續著一個意志陷入一個不完的魘夢」；在此節中，「祖先」一詞出現了兩次，除了造成「今昔疊映」的效果外，也暗示著雁族的宿命，而且，這不就像是人的宿命嗎？

　　前面三節是就雁的「生」來寫，第四節是就雁的「死」來寫。一開始的「黑色的大地」與「奧藍而沒有底部的天空」，就渲染出神秘莊嚴的氣息，而且接著出現了幾個出色

的譬喻：首先仍舊將地平線比喻成前途，由此暗示前途的不可掌握、不可期待；其次寫「我們將緩緩地在追逐中死去」，就像「夕陽不知不覺的冷去」，此譬不僅兼有寫景的功能，而且帶出了光線與溫暖的消失，讓氣氛更是低盪；最後是「繼續懸空在無際涯的中間孤獨如風中的一葉」，「懸空」的狀態是無所憑藉的，就像飄墜的落葉，這不僅描繪了雁的孤獨，並且也象徵著雁的死亡。不過雁「仍然要飛行」，仍然要追逐；這不也像是人的別無選擇嗎？只要尚存一息，就必須繼續努力。

　　前面四節詩句針對大雁來描寫，其飛翔在天空中的形象，既渺小又偉大，是全詩的焦點，因此是「圖」。除此之外，作者還在最後用「雲翳」來襯托：「而冷冷的雲翳／冷冷地注視著我們」，這是背景（底）；不過作者之所以要選用如此冷冽的景象來烘托雁的形象，當是有深意的，莫非作者是要強調此中的悲壯意味嗎？這令人想到了海明威的《老人與海》，努力搏鬥的過程就是價值所在。所以雖然環境並不友善，目的地不可預期，但是大雁仍然要飛行，而且由生到死，執著不悔，是宿命也好，是悲劇也罷，總之大雁所留下的，大概就是全力飛行時那高舉的姿態吧！

◎ 隱地 (1937-)

　　本名柯青華，浙江永嘉人。政治作戰學校第九期新聞系畢業，歷任《純文學》月刊助理編輯，《青溪》、《新文藝》月刊主編，《書評書目》月刊總編輯，現任爾雅出版社發行人。

　　早年寫小說、散文，一九九三年才開始寫詩。著有詩集、小說集、散文集、評論集多種。

十行詩

　　風在水上寫詩
　　雲在天空寫詩

　　燈在書上寫詩
　　微笑在你臉上寫詩

　　小羊在山坡寫詩
　　大地用收穫寫詩

　　花樹以展顏的笑容寫詩
　　我和你以擁抱的笑容寫詩

　　光在黑暗中寫詩
　　死亡在灰塵裡寫詩

```
      ┌─淺─┬─一─┬─天：「風在水上寫詩」二行
      │        │      └─人：「燈在書上寫詩」二行
      │        └─二─┬─天：「小羊在山坡寫詩」三行
      │               └─人：「我和你以擁抱的笑容寫詩」
      └─深─┬─天：「光在黑暗中寫詩」
             └─人：「死亡在灰塵裡寫詩」
```

賞析

　　這首詩最容易引人注目的地方，就是全部的十行詩句，都是用類似的句型寫成的；這麼做，難道不會失之呆板嗎？不會的，因為其中自有波瀾。

　　前面的六行詩，分別就自然界和人事界，各自選取了一些意象：「風在水上寫詩」、「雲在天空寫詩」、「小羊在山坡寫詩」、「大地用收穫寫詩」、「花樹以展顏的笑容寫詩」是自然好景，而「燈在書上寫詩」、「微笑在你臉上寫詩」、「我和你以擁抱的笑容寫詩」是人間美事，都是如詩般的美好。

　　可是，最末二句另闢新境：「光在黑暗中寫詩」、「死亡在灰塵裡寫詩」，雖然仍舊是從自然界與人事界取景，但是與前面甜美溫馨的情味卻是不同的。首先，「光」與「黑暗」是對比的，但是「光」卻可以在「黑暗」中「寫詩」，

裊裊光影在黑之中的舞蹈，是如此的魅惑；其次，萬物「死亡」之後，必然歸於「灰塵」，然而「死亡」卻會「在灰塵裡寫詩」，從中隱隱然傳達出生之律動。

所以，我們知道：此詩的意境是由淺入深的，「生」固然是「生」，「死」難道不是另一種「生」嗎？所謂「方生方死」，那都是「存在」的形式，因此都美得像首詩。

這首詩的取材分別來自自然界和人事界，不論這是作者有意識或無意識的安排，總之都造成了一種「天人合一」的廣闊與和諧。感覺上，人與自然是共同呼吸、同一脈動的，大化與人，都不孤獨。

◎張健 (1939-)

　　浙江嘉善人。台灣大學文學碩士，現任台大中文系暨研究所教授，是最早在大學開現代詩課程的教授。為藍星詩社同仁，是典型的中文系詩人，優游浸漬於古典與現代之間，著有詩集二十餘種，創作力旺盛，台灣詩壇無人出乎其右。

生活

　　一塊巨石
　　守在門口

　　我凝視少頃
　　撞開那石頭
　　唉，鮮血
　　淋漓如夢

　　悄悄坐下
　　舔乾每一血痕

　　（一只螞蟻仍在牆上爬行）

結構分析表

```
  ┌ 人 ┬ 因:「一塊巨石」二行
  │    └ 果 ┬ 因:「我凝視少頃」四行
  │         └ 果:「悄悄坐下」二行
  └ 天:「一只螞蟻仍在牆上爬行」
```

賞析

　　當「一塊巨石／守在門口」的時候，該怎麼辦？有個故事是這麼說的：愚公看到門前擋著一座山，於是號召了所有家人一鏟一鋤地想要以世世代代之力移開它，這種堅毅的心志感動了上天，於是上天派天神下凡移走了大山。

　　不過愚公碰到的是山，山尚有鬆軟的土石可挖；而作者碰到的是巨石，那麼作者該怎麼辦？如詩中所述，作者的做法如下：「我凝視少頃」，決定「撞開那石頭」，可是如此「以卵擊石」，結果當然是「唉，鮮血／淋漓如夢」。可是還能怎麼辦呢？作者只能「悄悄坐下／舔乾每一血痕」。此三節詩句敘述了一個事件，全是以「因果」法組織起來的。

　　耐人尋味的是，最後一節用括號的方式帶出一個景象：「一只螞蟻仍在牆上爬行」，這個景象可以解釋成詩中的「我」剛好轉頭瞥見，也可以視作與此事件並無直接的關聯，不管哪一種看法都可以接受，不過我們要思索的是：這個景象出現在這個地方，產生了什麼樣的作用？當然，我們首先會注

意到前面絕大部分篇幅是就「人」來說，而這末句的主角卻是自然界中微小不過的小小螞蟻，然而作者將這兩者並置在一起，究竟透露著什麼意味呢？劉紅林認為：「他想擺脫這樣的生活，換一種活法，不料卻弄得頭破血流。括號裡『一只螞蟻仍在牆上爬行』一句，是形容外界對『我』的痛苦、『我』的掙扎無動於衷，『我』的努力是徒勞的，不得不悶在『巨石』擋道的『門』裡自療傷痛。」（見《中國新詩詩藝品鑑》）但是也可以認為「人」與「螞蟻」的命運是一樣的，人撞傷了只好自己舔舐傷口，而螞蟻在自己的道路上碌碌奔忙，誰又料得到會發生什麼事呢？就算發生了什麼又有誰會去解救呢？然而螞蟻別無選擇（或是根本想不到可以選擇），牠只是繼續奔忙著。

　　生活的艱苦與無奈在此詩中暴露無遺。「愚公移山」的故事當然還是很有意義的，可是在這裡卻只能作為反諷了。

◎林煥彰 (1939-)

　　台灣宜蘭人。幼時清寒，曾當過牧童、學徒、檢驗工。及長，苦學成功。曾為笠詩社、龍族詩社社員，七〇年代後期起，偏重兒童詩寫作。現任聯合報系泰國、印尼《世界日報》副刊主編、中國海峽兩岸兒童文學研究會會長。

　　林煥彰主張鄉土感情的自然流露，並追求表現民族意識和關心、切入現實，使得他的詩作比較平易近人，充滿溫柔敦厚的人道主義色彩。著有詩集、詩評集多種。

十五・月蝕

八點鐘，月在我二樓
企圖穿窗而過

十五那個晚上
我捉住了她
所以，你們
就有了一次月蝕

而午夜
她將衣裳留在我床上
所以，那晚
她特別明亮

結構分析表

```
┌─ 先 ┬─ 因：「八點鐘，月在我二樓」二行
│     └─ 果 ┬─ 因：「十五那個晚上」二行
│           └─ 果：「所以，你們」二行
└─ 後 ┬─ 因：「而午夜」二行
      └─ 果：「所以，那晚」二行
```

賞析

　　此詩題為〈十五‧月蝕〉，全篇將月亮擬人化，企圖解釋天宇的自然現象。

　　一開始，作者明點出時間：「八點鐘」，此時從作者所在的二樓窗口往外看，剛好看到月亮緩升，因此作者寫道：「月在我二樓／企圖穿窗而過」。就在此刻，出現了月蝕的現象，所以作者幻想道：因為在「十五那個晚上」，「我捉住了她」，所以「你們／就有了一次月蝕」。「穿窗而過」與「我捉住了她」有著因果的關聯。

　　第三節，時間發展到午夜，月蝕的現象消失了，重新露出臉龐的月兒顯得分外明亮，作者又想到那是因為「她將衣裳留在我床上」，所以「那晚／她特別明亮」。第一、二節和第三節之間，形成的是時間先後的關係，所以作者就是這樣交代了月蝕前後的情景。

　　這種將自然現象擬人化的設想是很有趣的，就像遠古的

先人會將打雷想成是雷公、雷母在吵架，天上的彩虹是仙女要接小兄妹回家而搭起的橋……，不過此詩的幻想卻又多了一些浪漫的味道。這種浪漫的感覺是從何產生的呢？首先我們可以注意到：由首至尾，作者都是用「她」來稱代月亮，可見得在作者心目中是把月亮比擬成女性的；而且這種比擬由來已久，韋莊〈菩薩蠻〉中就有膾炙人口的兩句：「鑪邊人似月，皓腕凝霜雪」，所以月亮不僅是女性，而且還是個美麗的女性。果真如此，那麼全詩就有了另一個全新的解讀角度。

　　還須要再說下去嗎？也許這種情味適合留給讀者細細去咀嚼吧！

◎楊牧 (1940-)

　　本名王靖獻，另有筆名葉珊，台灣花蓮人。東海大學學士，美國愛荷華大學藝術碩士，柏克萊的加里福尼亞大學文學碩士及比較文學博士。曾任教於美國麻塞諸塞大學、普林斯頓大學、西雅圖華盛頓大學，以及台灣大學、東華大學，現為中央研究院文哲所所長。

　　楊牧早期詩風柔婉卓約，情理並陳。後期社會意識不斷加強與介入，卻無損詩心。著有詩集、評論集多種。

孤獨

　　孤獨是一匹衰老的獸
　　潛伏在我亂石磊磊的心裡
　　背上有一種善變的花紋
　　那是，我知道，他族類的保護色
　　他的眼神蕭索，經常凝視
　　遙遠的行雲，嚮往
　　天上的舒卷和飄流
　　低頭沉思，讓風雨隨意鞭打
　　他委棄的暴猛
　　他風化的愛

孤獨是一匹衰老的獸

潛伏在我亂石磊磊的心裡

雷鳴剎那，他緩緩挪動

費力地走進我斟酌的酒杯

且用他戀慕的眸子

憂戚地瞪著一黃昏的飲者

這時，我知道，他正懊悔著

不該貿然離開他熟悉的世界

進入這冷酒之中，我舉杯就唇

慈祥地把他送回心裡

結構分析表

```
┌─先（靜）─┬─凡：「孤獨是一匹衰老的獸」二行
│          └─目─┬─形─┬─背：「背上有一種善變的花紋」二
│                │      │                                    行
│                │      └─眼：「他的眼神蕭索，經常凝視」
│                │                                          三行
│                └─神：「低頭沉思，讓風雨隨意鞭打」三
│                                                          行
└─後（動）─┬─內：「孤獨是一匹衰老的獸」二行
           ├─外：「雷鳴剎那，他緩緩挪動」四行
           └─內：「這時，我知道，他正懊悔著」四行
```

賞析

　　此詩為「孤獨」摹狀擬態，化抽象為具象，於是我們知道孤獨有著情態行止，與獸同形。

　　詩分二節。首節一開始即說：「孤獨是一匹衰老的獸／潛伏在我亂石磊磊的心裡」，將孤獨譬擬為獸，那是一個隱喻，之所以能如此譬喻，那是因為獸跡靈敏、獸跡悄悄，如同當吾人心境不平不寧時（即「亂石磊磊的心裡」），孤獨就出現了，「潛伏」二字點出孤獨與獸的此種同質性；而且注下「衰老」二字，可見孤獨存在之久，可說是與人並生。其後即分別就此獸的「形」與「神」來描摹，「形」的部分還包括了牠的「背」與「眼」：「背上有一種善變的花紋／那是，我知道，他族類的保護色」，這種敘述令人想及種種掩飾，然而只為自我保護而已，此是就獸之「背」而言；接著，「他的眼神蕭索，經常凝視／遙遠的行雲，嚮往／天上的舒卷和飄流」，「舒卷和飄流」是多麼自在優游，然而孤獨之獸並非如此，因此牠的眼神「嚮往」，此是就獸之「眼」而言；然後「低頭沉思，讓風雨隨意鞭打／他委棄的暴猛／他風化的愛」，孤獨之獸沉思、衰頹，「暴猛」與「愛」俱無，連一絲絲的反彈力道都消解於無形，可見孤獨入骨。從首二句總括一筆，到其後分條敘寫，此節形成了「先凡後目」的結構，而且孤獨之獸從未移動腳步，因此是就「靜態」來寫。

　　接著，順著時間的延展，鋪陳出第二節詩句。「孤獨是一匹衰老的獸／潛伏在我亂石磊磊的心裡」再次出現，回應首節、造成呼應，也起了很好的強調效果；然後「雷鳴剎那，他緩緩挪動／費力地走進我斟酌的酒杯／且用他戀慕的眸子／憂戚地瞪著一黃昏的飲者」，「雷鳴」、「黃昏」營造了荒涼蕭索的氣氛，「緩緩挪動」、「費力」呼應前面的「衰老」，「走進我斟酌的酒杯」、「飲者」則帶出「酒」字，而且馬上讓人起了「借酒澆愁」的聯想；「這時，我知道，他正懊悔著／不該貿然離開他熟悉的世界／進入這冷酒之中，我舉杯就唇／慈祥地把他送回心裡」，孤獨之獸畢竟出走不成，畢竟又回到了心裡，所謂「舉杯消愁愁更愁」，幾乎是不可避免的了。此節詩句分就孤獨存在於內心、表現為行動來寫，因此可以看作是依「內－外－內」的順序，來鋪寫其「動態」。

　　孤獨之獸乃一隱喻，譬喻的性質即屬虛摹，更何況所摹繪的又是不可捉摸的深細孤獨呢？因此可說是虛之又虛了。然而孤獨活化為一匹獸，那頭獸靜定時的俯、仰，出走而又回歸，在在具現了其留連不止的體態。性質上的虛構，與情態上的變幻，皆令此詩增添虛渺多變的丰姿，而此種丰姿恰恰能狀寫孤獨，這正是本詩引人入勝之所在。

◎ 敻虹 (1940-)

　　本名胡梅子，台東人。台灣師範大學美術系學士、文化大學文學碩士、東海大學哲學研究所博士，為藍星詩社同仁。一九七四年曾赴美國愛荷華大學「國際作家工作坊」訪問，現任美國西來大學教授。

　　早期敻虹寫了許多意象輕巧、意蘊深遠的作品，瘂弦曾讚嘆為：「繆思最鍾愛的女兒」！一九七一年後的作品，內容主要是對台東的眷愛、禮佛的虔敬、對媽媽的懷念。著有詩集《金蛹》、《敻虹詩集》、《紅珊瑚》、《愛結》。

河灣

只知是在溪頭和台北之間
安靜寬廣的河流慢慢流
蘆荻自綠在兩岸
柔美的河灣哪
沒有行人也沒有建築
夕陽把天庭的安靜
用暈紅和淡黃的色調說出來
我沒有及時記下這荒僻的河岸
靠近的是那一村那一站
因此再也無法去尋找

夐
虹

結構分析表

```
┌ 景 ┬ 低:「只知是在溪頭和台北之間」五行
│    └ 高:「夕陽把天庭的安靜」二行
└ 情 ┬ 因:「我沒有及時記下這荒僻的河岸」二行
     └ 果:「因此再也無法去尋找」
```

賞析

　　此詩前七行為寫景,作者「由低而高」地圖繪出一個黃昏的河彎。張默說道:「一開頭她借溪頭、台北之間的河流為引子,穿插蘆荻、夕陽、空曠的天庭,任她一筆一筆地抒寫,把讀者帶進一個靜靜柔美的畫面。」(見《小詩選讀》)那種徐緩的調子,實在是非常吸引人哪!

　　接下來就過渡到抒情的部分。因為「我沒有及時記下這荒僻的河岸/靠近的是那一村那一站」,所以「因此再也無法去尋找」。唉!畢竟是無法尋找啊!從陶淵明的〈桃花源〉以降,這幾乎已經是一條定律了。

　　失去才能保持純粹嗎?也許是吧!對照於人生的某些片刻,我們只能默然,頂多小小的喟嘆。

◎ 羅青 (1948-)

　　本名羅青哲，湖南湘潭人。輔仁大學畢業，美國華盛頓大學比較文學碩士，歷任輔仁大學、台灣師範大學教職。兼具詩人、畫家、學者三重身分。

　　余光中曾稱譽羅青為「新現代詩的起點」，楚戈稱之謂「新文人畫的起點」，羅青詩、畫與理論同時並進，迭有創意。著有詩集多種。

臨池偶得

自墨綠墨綠的池底
佳句如紅魚

悄悄悄悄的
浮現

忽的轉身

又靜靜沉入我
幽深的心底

羅青

結構分析表

```
┌─底:「自墨綠墨綠的池底」
│
├─圖┬─先:「佳句如紅魚」三行
│   └─後:「忽的轉身」
│
└─底:「又靜靜沉入我」二行
```

賞析

　　「臨池偶得」,所得是景,也是詩。

　　眼前是一個深深的池,往池底望下去,是墨綠墨綠的顏色。這個墨綠的池,彷彿是絕佳的舞台,讓一尾紅魚優游。

　　因此接著就寫:「紅魚/悄悄悄悄的/浮現」,在墨綠的襯托下,這尾紅魚浮現的身姿極具動感,而且鮮豔奪目,然後「忽的轉身」,魚兒輕巧地迴旋,又鑽入了深深的湖底。更妙的是,這尾紅魚的浮現、隱沒,不就像是靈感乍現、佳句天成的過程嗎?因此寫紅魚就是寫佳句,紅魚是「實」、佳句是「虛」,「實」與「虛」交映疊現,帶給讀者源源不斷的驚喜,因此讀到末尾的兩句:「又靜靜沉入我/幽深的心底」,那種酣然滿足的喜悅就充滿了讀者心頭。

　　此詩善用「底圖」結構佈局,「墨綠的池/心湖」是「底(背景)」,「紅魚/佳句」是「圖(焦點)」,並且配合著對比色彩的運用,讓整個畫面富於層次與動感。所謂「詩中有畫,畫中有詩」,此詩當作如是觀。

◎ 翔翎 (1948-)

本名李慶琰，山東陽穀人。美國愛荷華大學翻譯藝術碩士。大地詩社同仁，詩作尚未結集成書。曾任教於中興大學外文系。旅美多年後，於一九九六年返台，致力於心靈成長活動，帶領讀書會及靈修團體。

春訊

驚蟄過後
突然推窗
突然把耳朵張向天井：
風　張眼
蛇　張眼
小草　張眼
索索地不再寂寞。

燕歸是春
花朝是春
偶而落雨是春
一個玩沙小孩的面頰是春。

一天晚上

寒氣盡去

那株柳在矮牆邊迅速抽芽

把自己站成一個春。

結構分析表

```
┌ 點（聽）：「驚蟄過後」三行
└ 染┬ 天（聽）：「風　張眼」七行
    ├ 人（視）：「一個玩沙小孩的面頰是春」
    └ 天（視）：「一天晚上」四行
```

賞析

「春訊」就是春天來到的訊息。「驚蟄過後」，春天來了，喜孜孜地「推窗」，喜孜孜地「把耳朵張開向天井」——我要聽一聽春天來到的訊息。首三行先「點」出時間、地點，接下來的篇幅中，就蒐羅了許多春意萌動的景象，來「渲染」春訊。

此時，「風」、「蛇」、「小草」都「張眼」了，彷彿從冬眠中復甦，發出「索索」的聲響，因此「不再寂寞」。不只如此，「燕歸」、「花朝」、「偶而落雨」，這些具有代表性的春天景象都出現了，所以春天真的來了。還有，「一個玩沙小孩的面頰是春」，河水溫暖了，小孩才可能去玩沙，而且小孩那紅撲撲的面頰，彷彿就是一個最鮮嫩的春天。可是，還沒結束呢！你看你看：「一天晚上／寒氣盡去／那株

柳在矮牆邊迅速抽芽／把自己站成一個春」，原來，這才是春天最動人心魄的壓軸演出呢！

　　雖說作者原本是打算「聽」春訊的，但是後來則是耳、目並用，總共選取了八個聽覺、視覺意象來傳達春訊，真可說是「聲色」動人。而且雖然屬於自然界的較多，但是也不忘了經營屬於人事界的春訊，那就是「一個玩沙小孩的面頰」，「天」與「人」之間的互通交感，盡在不言之中。不只如此，劉紅林還指出：這首詩用排比的方法，將意象連續不斷地推向高潮，構成一幅多層次、多光彩的畫面（參見《中國新詩詩藝品鑑》），難怪那株抽芽的柳，是那麼的搶眼呢！

◎北島 (1949-)

　　本名趙振開，生於北京知識份子家庭。文革時當了紅衛兵，一九六九年被分配到北京市第六建築公司當工人，不再參加政治活動，埋頭讀書。一九七〇年因好友遇羅克被殺，開始寫詩。一九七八年創辦《今天》文學雜誌，一九八〇年調中國報導社工作。一九八六年應杜倫大學之邀，赴英研究當代詩歌。現為中國作家協會會員，在美國發刊的《今天》文學雜誌主編。

　　北島為大陸新潮詩代表人物，在青年中頗具影響力。王乾認為：「呼喚人的尊嚴，人的價值，對殺戮和閹割人性和人道的暴行的憤懣、仇恨、沉痛，構成了北島詩歌人道主義的主調。」

雪線

忘掉我說過的話
忘掉空中被擊落的鳥
忘掉礁石
讓它們再次沉沒
甚至忘掉太陽
在那永恆的位置上
只有一盞落滿灰塵的燈

照耀著

雪線以上的峭崖
歷盡一次次崩塌後
默默地封存著什麼
雪線下
溪水從柔和的草灘上
涓涓流過

結構分析表

```
─反─因─人：「忘掉我說過的話」
        └天─高：「忘掉空中被擊落的鳥」
            ─低：「忘掉礁石」二行
            └高：「甚至忘掉太陽」四行
    └果：「雪線以上的峭崖」三行
└正：「雪線下」三行
```

賞析

　　雪線以上、雪線以下，是兩個截然不同的世界，從這種對照裡，作者想要訴說什麼呢？

　　第一節詩句的意象似乎與雪線完全無關。作者從人事界和自然界取材，書寫「遺忘」：「忘掉我說過的話」、「忘掉空中被擊落的鳥」、「忘掉礁石／讓它們再次沉沒」、「甚

至忘掉太陽／在那永恆的位置上／只有一盞落滿灰塵的燈／
照耀著」，「我說過的話」似乎讓作者懊悔，「空中被擊落
的鳥」是沉重的回憶，而「礁石」與「太陽」都要遺忘，所
以最好讓礁石沉沒、太陽晦暗。一切的一切都不值得記憶，
都必須被遺忘；可是這麼刻意地說忘掉，是不是剛好反映出
在內心的最深處，這些根本忘不掉？

　　所以其實它們並沒有被遺忘。第二節詩句敘寫道：「雪
線以上的峭崖／歷盡一次次崩塌後／默默地封存著什麼」，
「歷盡一次次崩塌」讓人想到可怕的毀傷，而且崩塌之後層
層疊疊、密密封存的是些什麼呢？也許就是前面這些亟欲遺
忘的東西吧！

　　詩篇寫到這裡，調子已經沉重到了極點，雪線的冰冷透
骨而入。可是最後三句卻翻出新境：「雪線下／溪水從柔和
的草灘上／涓涓流過」，多麼平和的畫面呀！那涓涓流過的
溪水如此輕緩，暗示了動力與希望。

　　所以此詩透過「先反後正」的佈局，讓草灘上的溪流涓
涓流過所有讀者的心頭，留下沁涼的感受。而且我們可以想
到這溪水從何而來呢？難道不是雪線上的雪漸漸鬆動、漸漸
溶化所匯聚而成的嗎？所以雪線以上不也是正在解凍中嗎？
作者試圖遺忘的一切，似乎又化作了生命的動能，啟示著我
們超越傷痛、往上提升的無限可能。

◎芒克 (1950-)

　　本名姜世偉，生於瀋陽，在北京長大。一九六九年在文革中，與同班同學岳童（根子）和多多（原名栗世征）一起到白洋淀插隊，同住一間小屋，這間小屋後來成為聞名於北京地下文壇的《白洋淀詩派》的發源地。一九七一年開始詩的創作，一九七二年與北島等人認識，參與《今天》雜誌的編務，以後成為朦朧詩派的重要詩人之一，一九九○年與唐曉渡、孟浪、默默等人創辦《現代漢詩》。著有詩集《陽光中的向日葵》、《芒克詩選》。

生死相聚

陽光靜默
聽身旁樹木發出的聲響如哀歌
四個方向是四種不同的景色
那在墳墓裡的人什麼也不說

天空漠然在上
無任何生命掠過
更無雷鳴把頭探出
渴望雨水的大地生長的是火

酷熱也難以忍受酷熱

離別其實難以離別

人死雖似煙消雲散

但情感卻從來沒有滅絕

枯萎的只是皮肉

熄滅的只不過是熱血

時間同樣也有死亡之時

星辰也會如花開花落

匆匆忙忙的人生

來來去去的歲月

我們都走了一段自己的路

只是你的曲折不同於我的曲折

生者和死者相聚

猶如天地相對而坐

沒有言語反倒談得投和

無話則意味著想說得太多

結構分析表

```
┌偏（死）┬反┬自：「陽光靜默」三行
│        │  ├人：「那在墳墓裡的人什麼也不說」
│        │  └自：「天空漠然在上」四行
│        └正┬敲：「酷熱也難以忍受酷熱」二行
│           ├擊：「人死雖似煙消雲散」二行
│           └敲：「枯萎的只是皮肉」四行
└全（生死）┬因：「匆匆忙忙的人生」四行
           └果：「生者和死者相聚」四行
```

賞析

　　此詩題為〈生死相聚〉，作者佈局的方式是先就「死亡」一面來鋪陳（前四節），然後再全面針對「生死相聚」來敘寫（後二節），因此前幅是就「偏」（局部）而言，後幅是就「全」（全體）而言，作者就是這樣「由偏而全」地針對主題來作深刻地闡述。

　　在「偏」的部分中，作者先以兩節的篇幅，擷拾了許多死寂焦渴的自然景（如「陽光靜默／聽身旁樹木發出的聲響如哀歌色」、「四個方向是四種不同的景」、「天空漠然在上／無任何生命掠過／更無雷鳴把頭探出／渴望雨水的大地生長的是火」），還有散發死亡氣息的人事景（「那在墳墓裡的人什麼也不說」），共同醞釀出陰沉焦灼的氣氛。但是這只是

用作反面的陪襯而已，作者真正的用意是反激起下兩節，而下兩節的重心是在於：「人死雖似煙消雲散／但情感卻從來沒有滅絕」，並且為了凸顯出此二行，作者還從側面來寫（即「酷熱也難以忍受酷熱／離別其實難以離別」和「枯萎的只是皮肉／熄滅的只不過是熱血／時間同樣也有死亡之時／星辰也會如花開花落」），所以此二節形成的是「敲擊敲」的結構。從上面的分析裡我們可以得知：在此四節中，作者以死亡的沉寂來反托死亡所無法滅絕的情感，這是採用了「先反後正」的敘寫方式，而且在「反」與「正」之間，是以「酷熱」來作翻轉，即先用「渴望雨水的大地生長的是火」來極寫酷熱，但是隨即以「酷熱也難以忍受酷熱」作一轉折，開啟另一個敘寫的方向。

在末二節，作者才真正地來鋪寫「生死相聚」（全）。作者先寫道：「匆匆忙忙的人生／來來去去的歲月／我們都走了一段自己的路／只是你的曲折不同於我的曲折」，「我們」統括起死者與生者而言，「你的曲折」指死者，「我的曲折」指生者，曲折或有不同，但是總之都經過了人生路途上的許多曲折，就這點而言，死者與生者並無不同。也正是因為如此，生者與死者才可以「相聚」：「生者和死者相聚／猶如天地相對而坐／沒有言語反倒談得投和／無話則意味著想說得太多」，用「天地相對而坐」來譬喻「生者和死者相聚」是很有意思的，因為天地無言，但是我們都不懷疑天與地的相呼相應，正如人鬼殊途，因此生者與死者畢竟無法共語，

可是因為都有著無法滅絕的情感（回應第三節），所以雖然「沒有言語」、「無話」，可是默默湧動在其中的，卻是那麼一點綿綿不絕的情意。所以此二節是形成了「先因後果」的結構。

此詩格局頗大，從「生死相聚」切入，闡發作者對生與死的透悟，筆法內斂、不露鋒芒，是相當沉穩深摯的作品。

◎馮青 (1950-)

　　馮青，本名馮靖魯，八〇年代開始寫作，詩風冷雋、凝鍊，評者謂讀者在其詩中被告示的是一種冰冷如金屬的文體，不同於逃遁回「白話詩」的階級反動，以趨近零度意象語，規範以靜制動的視野，不論其詩或小說，題材皆觸及政治、社會及兩性議題。

　　作品包括《天河的水聲》（爾雅）、《雪原奔火》（漢光）、《快樂或者不快樂的魚》（尚書）、《藍裙子》（遠流）、《秘密》（林白），曾經擔任出版社企畫、主編，電台主持人等工作，目前任教於社區大學寫作班，曾於一九九五年獲吳濁流詩首獎，小說《藍裙子》入選《聯合報》小說質的排行榜。

水薑花

然後
就在這樣窘窒的水面
看到
月光湧動

兩岸的燈火也濕了
我眉睫的露水盈盈
開了又開的素花

靜靜的在秋色中疲倦

而每次
都是這樣靠著你的肩
訴說　水的寂寞
你將會在冰涼中
逐漸　感覺我

結構分析表

```
  ┌景┬目┬秋色┬水：「然後」四行
  │  │  │    └岸：「兩岸的燈火也濕了」
  │  │  └花：「我眉睫的露水盈盈」
  │  └凡：「開了又開的素花」二行
  └事┬因：「而每次」三行
     └果：「你將會在冰涼中」
```

賞析

　　作者一筆一筆地描著秋天的水薑花，描著描著，紙面上就透出涼涼的水意……。

　　首四句：「然後／就在這樣窸窣的水面／看到／月光湧動」，將時間設定在「夜」，這是考慮到夜的「黑」可以凸顯水薑花的「白」，而一開始就點出了「水」的存在，那是因為水邊溼地是水薑花生長的地方，並且從「窸窣的水面」可

以得知水的波動，所以灑在水面上的月光就湧動起來了，這樣的描寫為全詩添上輕柔浪漫的氛圍。接著，次節的第一句：「兩岸的燈火也濕了」，延續著前一節設定的時間——黑夜，因此兩岸燃著燈火，而且特別帶出「岸」字，是要為水薑花的出現預作安排，同時那個「濕」字帶著水意，承接前一節，開啟下一句。到這裡為止，是描寫「秋色」的部分。

接下來的句子，是「我眉睫的露水盈盈」，水薑花以擬人化主角的身分正式登場，頗有「千呼萬喚始出來」的感覺，而且「露水盈盈」不僅切合黑夜，也令人感覺到花的臉龐上沾著幾點淚珠（因為是在「眉睫」中），更是惹人憐愛了。所以此句是就「花」來描寫。

然後前面寫「秋色」和「花」的部分，都用接下來的二句作個總收：「開了又開的素花／靜靜的在秋色中疲倦」，一幅秋之水薑花的寫生於焉告成，這是寫「景」的部分。

第三節仍然延續著將水薑花擬人化，因此鋪陳出一段「事」。「而每次／都是這樣靠著你的肩／訴說　水的寂寞」，水薑花宛如弱質女子，娉伶可憐，而所謂「水的寂寞」，實則是自己的寂寞；因此「你將會在冰涼中／逐漸　感覺我」，水是冰涼的，寂寞是冰涼的，屬於我的一切都是冰涼的，那麼，我當然也就是冰涼的了。

「景」與「事」的結合，共同帶出了秋之水薑花的寂寞。黑夜裡白色的水薑花，開放在水中的沾著露的水薑花，那寂寞的水薑花，開了又開，疲倦了。

◎舒婷 (1952-)

　　原名龔佩瑜，生於福建泉州，五歲以後一直生活在廈門，初中二年正值「文革」，當了三年多「知青」，八年多工人，一九六九年開始寫作，直到十年後（即一九七七年）才得以公開發表。她曾加盟北島主編的民間刊物《今天》，成為朦朧詩派代表人物之一，《福建文學》曾對她展開長達十一個月的討論。作品被譯為二十多種外國文字，曾多次出國訪問，現任中國作家協會理事，福建省作家協會副主席。

惠安女子

野火在遠方，遠方
在你琥珀色的眼睛裡

以古老部落的銀飾
約束柔軟的腰肢
幸福雖不可預期，但少女的夢
蒲公英一般徐徐落在海面上
啊，浪花無邊無際

天生不愛傾訴苦難
並非苦難已經永遠絕跡

當洞簫和琵琶在晚照中

喚醒普遍的憂傷

你把頭巾一角輕輕咬在嘴裡

這樣優美地站在海天之間

令人忽略了：你的踝足

所踩過的鹹灘和礁石

於是，在封面和插圖中

你成為風景，成為傳奇

結構分析表

```
─┬─目─┬─實─┬─一（眺望）：「野火在遠方，遠方」二行
 │    │    └─二（裝扮）：「以古老部落的銀飾」二行
 │    ├─虛(少女的夢)：「幸福雖不可預期，但少女的夢」三行
 │    └─實（咬頭巾）─┬─泛：「天生不愛傾訴苦難」二行
 │                    └─具：「當洞簫和琵琶在晚照中」三行
 └─凡─┬─因─┬─優美：「這樣優美地站在海天之間」
      │    └─艱苦：「令人忽略了：你的踝足」二行
      └─果：「於是，在封面和插圖中」二行
```

賞析

此詩從惠安女子在海邊佇立的身影開始發想，全幅詩篇環繞著她們優美而艱苦的形象來敘寫，深摯動人。

首先出現的一組形象是「野火在遠方，遠方／在你琥珀色的眼睛裡」，躍動的火光與女子琥珀色的眼睛有著奇妙的對應，而且從最後一節中，我們得知女子正在眺望海天，那麼「野火」所指為何呢？大概是夕陽浸染海天時如火的麗色吧！一個凝定的身影、一對燃燒般的眼神，隱隱間彷彿有著約束與渴望的拉扯，作者可說在一起筆間就緊緊抓住了讀者的心。隨後從女子的裝扮來描寫：「以古老部落的銀飾／約束柔軟的腰肢」，被古老部落銀飾約束的柔軟腰枝是美麗的，但也是不自由的，與前面的兩行詩句連結起來，我們的腦海中就深深烙下了惠安女子優美而艱苦的形象。

　　前四行是就「實處」寫，接著的三行寫「少女的夢」，就是從「虛處」著筆了。「幸福雖不可預期，但少女的夢／蒲公英一般徐徐落在海面上／啊，浪花無邊無際」，少女的夢如蒲公英一般輕柔而舒徐，但是當蒲公英落在海面上（惠安女子終生與海為伍），那就注定了無法生長，更何況「浪花無邊無際」呢？因此「幸福不可預期」也就可以解釋了。所以作者以極輕柔的筆觸，所抒寫的其實是極深重的失落，所環繞的仍是「優美而艱苦」的主旋律。

　　接著仍舊從「實處」著墨。「天生不愛傾訴苦難／並非苦難已經永遠絕跡」，和「當洞簫和琵琶在晚照中／喚醒普遍的憂傷／你把頭巾一角輕輕咬在嘴裡」形成了「先泛後具」的關係。作者先敘寫了苦難的存在，然後以洞簫、琵琶、晚照營造淒涼的況味，再以具體的、咬頭巾的形象來描繪忍耐

苦難的身影,「你把頭巾一角輕輕咬在嘴裡」是非常成功的句子,極為傳神地活現了優美而艱苦的惠安女子。

　　前面這些或實或虛的描寫,都以最後一節來統攝:「這樣優美地站在海天之間／令人忽略了:你的踝足／所踩過的鹹灘和礁石」,此三句不僅點出惠安女子佇立在海邊的礁石上,而且以這樣的形象回應並收束了前面的「優美」與「艱苦」;也因為惠安女子是如此的「艱苦而優美」,所以「在封面和插圖中／你成為風景,成為傳奇」。就整篇詩篇來看,最後一小節是「凡」,統領起前面分述的「目」,形成了「先目後凡」的結構。

　　作者是福建人,當是從小熟悉惠安女子勤勞堅毅而美麗的身影,而且同是身為女性,對於惠安女子的命運自有更深的體悟,因此在深深的敬佩中又有著無限的悲憫,甚至無限的悲憫還重於深深的敬佩,所以在詩篇中,就著力於刻畫她們優美而艱苦的形象,讓「優美」與「艱苦」這兩種原本對立的元素,巧妙地融合無間,使得惠安女子有血有肉,不再只是平板的「風景」與「傳奇」。

◎ 渡也 (1953-)

本名陳啟佑，另有筆名江山之助，台灣嘉義人。中國文化大學文學博士，現任教於彰化師範大學國文系。

一九七一年，渡也高二時即開始寫詩，從事新詩創作三十多年來，視境日形擴大，題材無所不容，長於巧喻，語言俐落透明，常有冷冽、率直又深情的效果。著有多種詩集與詩評集。

火

我偷偷放一把火
從我們初見那夜開始燒
清晨妳對鏡梳妝
我在妳妝鏡裡燒
我是剪不斷理還亂的
火
在妳長髮上燒

黃昏妳翻讀唐詩宋詞
我在妳書中燒
妳閣起眼來抵抗
我在妳夢裡燒

失火了失火了
妳輕輕地喊
我默默地燒

結構分析表

```
┌ 凡:「我偷偷放一把火」二行
│
└ 目 ┬ 清晨 ┬ 泛:「清晨妳對鏡梳妝」二行
     │      └ 具:「我是剪不斷理還亂的」三行
     │
     ├ 黃昏:「黃昏妳翻讀唐詩宋詞」二行
     │
     └ 黑夜 ┬ 因:「妳闔起眼來抵抗」二行
            └ 果:「失火了失火了」三行
```

賞析

「火」是一個很誘人的意象。它的灼熱與光焰,總予人毫無保留的熱烈感受;而且它呈楔型的運動狀態,特別富有動感,所以有人認為它是宇宙四大元素中最活潑的一種。當熱烈的、動態的火,與人之感情中最最奔放的愛情結合起來時,會產生什麼樣的化學作用呢?

作者一起筆即說道:「我偷偷放一把火/從我們初見那夜開始燒」,我們初初見面,但是我已經偷偷地放了一把火。「偷偷」二字是頗有趣的,求愛起始於猜測與追逐,「偷偷」二字正能表示出因為不確定而約制的行為;況且能

夠放火，表示自身是具備著火種的，則「我」心中正燃著蓬蓬勃勃的愛火已不待明說。此二行是總括一筆（凡）的部分；接著則用了十二行的篇幅，針對燃燒的情況來做具體的、條分的描述（目）。

　　在這條分敘寫的部分，作者是依據時間的順序來安排事件的，因此可大別為「清晨－黃昏－黑夜」三「目」。作者首先說：「清晨妳對鏡梳妝／我在妳妝鏡裡燒／我是剪不斷理還亂的／火／在妳長髮上燒」，此五行形成了「先泛寫後具寫」的結構，「對鏡梳妝」，而且又是「長髮」，這個女性化的柔美畫面，因為愛火的燃燒，因此成了求愛的場景之一；接著：「黃昏妳翻讀唐詩宋詞／我在妳書中燒」，時間展延到黃昏，妳讀書，我就在妳書中燒；甚至到了黑夜，「我」仍然緊緊跟隨著你：「妳闔起眼來抵抗／我在妳夢裡燒／失火了失火了／妳輕輕地喊／我默默地燒」，睡眠的狀態，作者將它解釋成「妳闔起眼來抵抗」，有「雙寫」的效果，而且就算如此，我的愛火仍然「在妳夢裡燒」，終於妳無可迴避，於是輕輕地喊道：「失火了失火了」，而我仍然堅持「默默地燒」；這部分的五行詩句，是用「先因後果」的方式組織起來的。

　　從「對鏡梳妝」、「長髮」、「翻讀唐詩宋詞」等描述中，我們眼前宛然出現一個靜好女子的形象，作者的欣賞眷愛也盡在此中；而且又說「妳闔起眼來抵抗」、「輕輕地喊」，更描繪出那份矜持與羞赧，讓女子的形象更為生動。

不過，最堪玩味的是，此詩表面上看是訴說作者的愛意強烈，宛如火焰延燒蔓延，但是仔細想來，卻會發現所描寫的其實是女子心中無可抑制的愛慕，否則怎會行住坐臥都不能寧定，有著「失火」的不安呢？所以到了比較不受壓抑的黑夜「夢中」，那份愛悅終於無可掩抑，終於道出：「失火了失火了」。

「愛」與「羞」的拉鋸戰中，勝負如何已是明明白白；愛像一把火，燃去了所有的矜持。不過，佛洛依德才是最大的贏家，因為「性」（愛的源頭）與「夢」的重要及特殊，全在他老人家的盤算中呢！

◎沈花末 (1953-)

生於雲林。台大中文系畢業，曾任自立晚報副刊主編。在七〇年代中期開始寫詩投稿《聯合報》和《中外文學》等。著有多種詩集、散文集。

十四歲

在髮尚未長好之前
一陣慌亂先擊傷了你

夕陽藏在教堂之後
一組婉約的音樂撥動你十四歲的
纖細神經
你十四歲的臉頰是伏著牆壁
驚顫的蘆葦
風聲循著花草奔來

寒冷的月色
燒亮你的眼神
雪意深深的湧動過來
你十四歲的柔情是一次
溫暖的雪崩

結構分析表

```
┌─ 點:「在髮尚未長好之前」二行
├─ 染 ┬ 先 ┬ 因:「夕陽藏在教堂之後」三行
│     │    └ 果:「你十四歲的臉頰是伏著牆壁」三行
│     └ 後 ┬ 外:「寒冷的月色」二行
│          └ 內:「雪意深深的湧動過來」三行
```

賞析

　　劉紅林說道:「沈花末常常懷著一種『水仙的心情』,將少女的純情、喜悅、羞澀,以及矛盾、迷惘寫入詩中。」(見《中國新詩詩藝品鑑》)此詩堪稱箇中代表。

　　作者一開始就將年紀、事件「點」了出來:「在髮尚未長好之前／一陣慌亂先擊傷了你」。古人常用頭髮暗示年齡,例如李白「妾髮初覆額」(〈長干行〉),這裡「在髮尚未長好之前」,意指尚未成年;而「一陣慌亂先擊傷了你」,描摹的是少女被自己的春情萌動嚇壞了。

　　接著,作者用兩節的篇幅就此來「染」,而且從這兩節分別出現的「夕陽」和「月色」看來,我們知道這兩節之間又形成了時間先後的關係。第二節一開始的三句是:「夕陽藏在教堂之後／一組婉約的音樂撥動你十四歲的／纖細神經」,作者以「夕陽藏在教堂之後」交代時空,並且也是少女情態的模擬,她羞於見人、躲躲閃閃的;而「一組婉約的

音樂」既可能是實寫，也同時描繪少女心中最敏感的那根弦，被輕輕地撥動了。前面這三句都是「因」，帶出了其後的「果」：「你十四歲的臉頰是伏著牆壁／驚顫的蘆葦／風聲循著花草奔來」，少女驚得伏在牆壁顫慄，有如纖細的蘆葦，而「風聲循著花草奔來」則十分含蓄地傳達出青春期少女難以抑制的情欲萌發。

　　詩篇順著時間流逝發展到第三節。「寒冷的月色／燒亮你的眼神」二句，除了點出時間外，「寒冷」與「燒亮」、「月色」與「眼神」有著微妙的相反相生關係——月色寒涼，然而寒涼的月色映照在少女飽孕情意的眸中，彷彿把它「燒亮」了，則少女眼眸的晶澈懾人，盡在此中；所以此二句是就外形來寫少女的眼神。而接著三句則是著眼內心寫少女的熱情：「雪意深深的湧動過來／你十四歲的柔情是一次／溫暖的雪崩」，有趣的是「雪意深深」與「溫暖的雪崩」在此又再次形成了相反相生的關係，「雪意」能「深深的湧動過來」，更有「溫暖的雪崩」，則可見「十四歲的柔情」在體內洶湧，是極具爆發力的。在這一節中，作者刻意將看似矛盾的意象組織起來，盡寫少女被人性與道德兩極拉扯時，那種既欣悅又痛苦的複雜情感。

　　題目為〈十四歲〉，篇中也出現了三次十四歲，十四歲的戀歌可說是純色之歌，鮮嫩得一點雜質都沾染不上（參考《中國新詩詩藝品鑑》，劉紅林賞析）。

◎葉紅 (1953-)

本名黃玉鳳，生於台北。文化大學畢業，現任耕莘青年寫
作副理事長、河童出版社社長，曾獲耕莘文學新詩首獎。著有
詩集《藏明之歌》、《廊下鋪著沉睡的夜》、《瀕臨崩潰的字眼
感覺有風》。

指環

指讓環緊緊圈住
再沒空隙
指問
這是愛的刑罰嗎？
環　笑而不語
指蜷曲
緊緊扣住了環

結構分析表

```
┌─因─┬─因：「指讓環緊緊圈住」二行
│     └─果─┬─問：「指問」二行
│           └─擬答：「環 笑而不語」
└─果：「指蜷曲」二行
```

賞析

　　「指」和「環」相依相附的關係，不就像是戀人嗎？

　　一開始，「指讓環緊緊圈住／再沒空隙」，所以「指」就發問了：「這是愛的刑罰嗎？」「環」沒有回答，只是「笑而不語」。這是默認嗎？這緊緊的圈鎖，真的是「環」對「指」的愛的刑罰嗎？

　　果真如此，那麼「指」也要有所行動了，於是「指蜷曲／緊緊扣住了環」。所以前五行詩句是「因」，此二行是「果」；「指」對「環」緊緊的相扣，是愛的報復呢？還是愛的回報？還是是兩者都有呢？

　　作者極具巧思的，將「環」套入「指」這種象徵愛的盟誓的動作，擬人化之後賦予別具心眼的詮釋，讓人深思、讓人感嘆，唉！愛人啊！

◎梁小斌 (1954-)

生於山東，曾下過鄉，當過工人，並在安徽合肥製藥廠工作。一九七九年開始發表處女詩作，曾獲全國詩歌獎，現為中國作家協會安徽分會的會員。

雪白的牆

媽媽，
我看見了雪白的牆。

早晨，
我上街去買蠟筆，
看見一位工人
費了很大的力氣，
在為長長的圍牆粉刷。
他回頭向我微笑，
他叫我
去告訴所有的小朋友，
以後不要在這牆上亂畫。

媽媽，
我看見了雪白的牆。

這上面曾經那麼骯髒，
寫有很多粗暴的字。
媽媽，你也哭過，
就為那些辱罵的緣故，
爸爸不在了，
永遠地不在了。
比我喝的牛奶還要潔白、
還要潔白的牆，
一直閃現在我的夢中，
它還站在地平線上，
在白天裡閃爍著迷人的光芒。
我愛潔白的牆。

永遠地不會在這牆上亂畫，
不會的，
像媽媽一樣溫和的晴空啊，
你聽到了嗎？

媽媽，
我看見了雪白的牆。

結構分析表

```
┌ 因 ┬ 點：「媽媽」二行
│    └ 染：「早晨」九行
│
└ 果 ┬ 點：「媽媽」二行
     ├ 染 ┬ 實：「這上面曾經那麼骯髒」六行
     │    ├ 虛：「比我喝的牛奶還要潔白」六行
     │    └ 實：「永遠地不會在這牆上亂畫」四行
     └ 點：「媽媽」二行
```

賞析

　　〈雪白的牆〉出現在大陸剛結束驚天動地的大災難——文化大革命之時，說出了許多人的心聲，立刻引起廣大的反響，讓那些曾經被摧殘、窒息的心靈，獲得暫時的解脫（參見張默、蕭蕭《新詩三百首》）。到底這首詩的力量是從何產生的呢？

　　此詩以「雪白的牆」為中心來開展，因此「媽媽／我看見了雪白的牆」總共出現三次（第一、三、六節），每次都起了「點」出地點的效果，接著才據此來「染」；而且作者先就「刷出雪白的牆」來寫（第二節），然後才敘述因此而產生的種種或實或虛的聯想（第四、五節），所以前幅詩句和後幅詩句之間形成了「先因後果」的關係。

　　「雪白的牆」在此詩中是一個關鍵的意象。「牆」在詩

中最初出現時，就是被刷成雪白的：「一位工人／費了很大的力氣／在為長長的圍牆粉刷／他回頭向我微笑／他叫我／去告訴所有的小朋友／以後不要在這牆上亂畫」。可是「牆」並非一直都是雪白的，相反的，「這上面曾經那麼骯髒／寫有很多粗暴的字／媽媽，你也哭過／就為那些辱罵的緣故／爸爸不在了／永遠地不在了」，原來「牆」曾經負載了這麼沉痛的過去。因此作者對「雪白的牆」的喜愛也就可以理解了：「比我喝的牛奶還要潔白／還要潔白的牆／一直閃現在我的夢中／它還站在地平線上／在白天裡閃爍著迷人的光芒／我愛潔白的牆」。並且因此而期望「雪白的牆」永遠存在：「永遠地不會在這牆上亂畫／不會的／像媽媽一樣溫和的晴空啊／你聽到了嗎」，可是從中帶出媽媽的死亡，又是多麼的傷感。

詩中有那麼多的傷痛（爸爸、媽媽的死亡象徵整個大時代的痛苦），可是又用孩童天真的語調、粉刷工人的微笑輕輕地消解了；牆的「骯髒」暗示的是人性的沉淪，牆的「雪白」代表的就是人性的恢復，而且「雪白的牆」一再出現，讓人感覺到對未來充滿了新的期待。所謂「怨而不怒」、所謂「哀而不傷」，這首詩大概是一個最好的註腳吧！

◎匡國泰 （1954-）

湖南隆回人，曾當過水泥工人、農村電影放映員、隆回縣
文化館攝影專幹，現為中國攝影家協會湖南分會會員，中國作
家協會湖南分會會員。一九八九年獲湖南省青年文學獎，一九
九二年獲台灣《藍星詩刊》屆原詩獎首獎。

一天（組詩）

時間：公元一九九一年農曆十月十四日
地點：中國湘西南山地某村
卯時：天亮

乳白的晨曦
擠在齒狀的遠山上
喂，請刷牙

一個孩子從耀眼的門環中走出
扛在肩上的柴扒像一枝巨大的牙刷
好像去參加節日前的大掃除

「杭育、杭育」
搬開童年的一粒眼屎
看見姊姊的牙齒

刷得像東方一樣白

辰時：早餐
　堂屋神龕下
　桌子是一塊四方方的田土
　鄉土風流排開座次

　上席的爺爺是一尊歷史的餘糧
　兩側的父母如秋後草垛
　兒子們在下席挑剔年成

　女兒是一縷未婚的炊煙
　在板凳上坐也坐不穩……

巳時：變幻
　母親在裡屋
　打開箱子翻衣服

　一件藍的
　又一件綠的
　不斷地翻下去

　窗外的山就漸漸有了層次

（隱隱傳來播種冬小麥的歌謠）

午時：悵惘
　　鳥中午休息
　　天空乾乾淨淨，沒有任何墨點
　　如沒有檔案的兒童

未時：老鷹叼雞
　「老鷹叼雞囉！」
　　小村一片驚惶

　　許多腳跳起，又落下來
　（多謝喙下留情
　　沒有把萬有引力叼到天上去）

　「慌什麼？」
　　村前的古樟樹咕噥著脫了襪子
　　把世世代代的根
　　伸到溪澗裡去濯洗

申時：窖紅薯
　　以一坨坨壯碩的沉默
　　父親把手伸進窖裡

填空（　）

完了用一塊塊木板把窖門封起來
板子的順序號碼是：
一二三四五六七……

四顧無人

寂靜的歲月是一個更大的
空

酉時：日落
　　太陽每天衰老一次
　　殘留在山脊的夕照，是退休金麼
　　爺爺蹲在暮靄裡
　　磅礡著一聲不吭
　　似乎不屑於理會
　　那一抹可憐的撫恤

　　懸念比蛛絲更堅韌
　　告別這世界時，爺呵
　　別忘了對落日說一聲：
　　且聽下回分解

戌時：點燈

揹一個從地裡割回來的番薯
一個極度疲軟的夜色
母親在一幀印象派畫深處喊：
娃，點燈

孩子遂將白天
藏在袋角裡捨不得吃掉的
那一粒經霜後的紅棗，摸索出來
亮在群山萬壑的窗口
愈遠愈顯璀璨

亥時：關門

一個少女猶如拒婚
把擠進門的山峰輕輕推出去
說：太晚了

「回來呵！」
柴扉裡傳出招魂般的呼喚
遠山弱小的星星能聽見麼

砰，整個地球都關門了

母體內有更沉重的栓

子時：戴月

　　月亮是廣場的燈

　　月亮照著毛茸茸的夜行者

　　月光從瓦縫射落

　　照徹桌子上的一隻空碗，空碗裡

　　一粒賸餘價值如濛濛山谷裡的

　　一個小小人影兒

　　好像灌木叢裡窸窸窣窣響

　　「口令？！」

　　「回家。」

丑時：嬰啼

　　一根根電線桿在蒼茫月色浮動

　　電桿上貼著一張張紙片：

　　天青地綠，小兒夜哭

　　請君一念，日夜安宿

寅時：雞鳴

　　雞叫頭遍

發現身邊，竟斜斜躺著

地圖上一段著名的山脈

雞叫二遍

夢遊者悄然流落異鄉

（時間穿多少碼的鞋子？）

雞叫三遍

哎呀呀

曙色像綿羊一樣爬上山崗

結構分析表 卯時：天亮

```
┌─ 凡（遠）┬─ 白：「乳白的晨曦」二行
│          └─ 刷牙：「喂，請刷牙」
└─ 目（近）┬─ 先（刷牙）：「一個孩子從耀眼的門環中」
           │                            三行
           └─ 後（白）：「杭育、杭育」四行
```

賞析

　　此詩最妙的地方就在於一遠一近的空間，是用「白」與「刷牙」結合起來的。

　　詩篇一開始，作者寫道：「乳白的晨曦／擠在齒狀的遠山上／喂，請刷牙」，這是用了轉化格當中「物性化」的手

法，將晨曦轉化為白色的牙膏；而遠山如齒，因此喊出一句：「喂，請刷牙」！此處又出現了「人性化」的修辭現象。在此節詩句中，轉化格的運用是很靈活的；而且其中出現的「白」與「刷牙」，在其後的篇幅中都會加以回應。

隨後空間拉近：「一個孩子從耀眼的門環中走出／扛在肩上的柴扒像一枝巨大的牙刷／好像去參加節日前的大掃除」，一個孩子從門中走出，宣示著一個早晨的開始，而孩子扛在肩上的柴扒像「一枝巨大的牙刷」，因此孩子「好像去參加節日前的大掃除」，這些句子一方面寫景、敘事，一方面巧妙地與第一節詩句聯繫起來了。

第三節開始的一句：「『杭育、杭育』」，因為是用括號括起來，所以我們知道這是一句口號，常常用在人們從事體力勞動的時候，作者是以此與第二節「節日前的大掃除」做個聯繫；接著描寫的是孩子的動作：「搬開童年的一粒眼屎」，真是稚氣可掬，而且又極為切合早晨的背景；然後描繪孩子眼中的景象：「看見姊姊的牙齒／刷得像東方一樣白」，此二句可說是神來一筆，不僅引進另一個人物——姊姊，使這個早晨更富生氣，而且還天衣無縫地與第一節「乳白的晨曦」綰合起來，可謂渾然天成。

整首詩篇是以兩軌貫串而成——「白」與「刷牙」，而且以「先凡後目」的層次加以表達，呼應得十分嚴密，這個山間的早晨真是清新亮麗而又富有童趣啊！

早安！大地！

結構分析表 辰時：早餐

```
┌ 凡（四方）：「堂屋神龕下」三行
│ 目 ┬ 上：「上席的爺爺是一尊歷史的餘糧」
└    ├ 兩側：「兩側的父母如秋後草垛」
     └ 下 ┬ 子：「兒子們在下席挑剔年成」
          └ 女：「女兒是一縷未婚的炊煙」二行
```

賞析

　　題目定為〈早餐〉，空間就鎖定在神龕下擺設桌子的大廳，可是作者藉著隱喻的手法，將室外景拉進來，交織成一片。

　　作者先從正中央的大桌寫起：「堂屋神龕下／桌子是一塊四方方的田土／鄉土風流排開座次」，「桌子」是喻體、「一塊四方方的田土」是喻依，因此「鄉土風流排開座次」，以此三行描寫鄉土景色，並統括起其後的篇幅。

　　所以接著就按照席次、輩分依序寫來：「上席的爺爺是一尊歷史的餘糧」依然是一譬喻句，「歷史的」三字且加深了那種年深月久的感覺，很適合爺爺；然後：「兩側的父母如秋後草垛」，「秋後」二字有經霜之感，可見得父母也是經歷過歲月鍛鍊的；其次就子、女來描寫：「兒子們在下席挑剔年成」、「女兒是一縷未婚的炊煙／在板凳上坐也坐不穩⋯⋯」，「挑剔年成」較為躁動，而「一縷未婚的炊煙／

在板凳上坐也坐不穩……」更是妙喻，結合了女兒騷動的體態，與炊煙裊裊的動態。

作者一路寫來，寫了桌子、爺爺、父母、子、女，也寫了四方方的田土、餘糧、秋後草垛、年成、一縷炊煙。作者以眼前景取譬，不僅可以喻人，兼有寫景之效，真是「一舉兩得」，堪稱妙想。

結構分析表 巳時：變幻

```
┌ 視 ┬ 內（層次）：「母親在裡屋」五行
│    └ 外（層次）：「窗外的山就漸漸有了層次」
└ 聽：「隱隱傳來播種冬小麥的歌謠」
```

賞析

作者以一件家常事開場：「母親在裡屋／打開箱子翻衣服／一件藍的／又一件綠／不斷地翻下去」。可是翻呀翻的，卻翻出了一番新貌，因為「窗外的山就漸漸有了層次」。多麼靈活的聯想！從衣服的層次聯想到山的層次，因此將內空間與外空間結合起來，也等於是將「人文」與「自然」做了一個巧妙的結合，因為它們都有著優美的層次啊！

此時：「隱隱傳來播種冬小麥的歌謠」，作者用括號將這個句子括起來，讓這種隱約的歌聲彷彿背景一般，襯得整個景色更是動人了。

什麼是「變幻」呢？這種色彩的層次之美就是從變幻中

產生的呀！

結構分析表　午時：悵惘

```
┌ 因：「鳥中午休息」
└ 果┬ 實（喻體）：「天空乾乾淨淨，沒有任何墨點」
    └ 虛（喻依）：「如沒有檔案的兒童」
```

賞析

　　因為「鳥中午休息」，所以「天空乾乾淨淨，沒有任何墨點」，就如同「沒有檔案的兒童」。正午的乾淨的天空，應該是藍得不得了吧！是不是因為太藍了，所以令人面對這悠悠蒼空時，反而在心中升起了一種悵惘呢？是不是也因為這點悵惘，所以作者聯想到了「沒有檔案的兒童」呢？

　　「鳥中午休息」、「天空乾乾淨淨，沒有任何墨點」，字面上是寫天空沒有鳥，可是其實卻帶出了鳥飛翔過的痕跡。而「沒有檔案的兒童」也是一樣的，讓我們不經意地想起那段「有檔案」的歲月。唉！就算是澄藍的天，畢竟也是含著悵惘的啊！

結構分析表 未時：老鷹叼雞

```
┌ 因（動）┌ 因：「老鷹叼雞囉」二行
│       └ 果 ┬ 實：「許多腳跳起，又落下來」
│            └ 虛：「多謝喙下留情」二行
└ 果（靜）：「慌什麼」四行
```

賞析

　　「老鷹叼雞」在小村掀起一片驚惶，「許多腳跳起，又落下來」的寫法，充滿了新鮮的動態，而且還一舉包括了人與雞的跳動，筆墨經濟、效果突出；除此之外，還從虛處發出妙想：「多謝喙下留情／沒有把萬有引力叼到天上去」，真是引人莞爾。

　　長於溪澗邊的古樟樹則是一個對照，作者將古樟樹擬人化，因此有言語、有動作，然而這是一種「以動寫靜」的手法，並且「世世代代」一語將時間向悠遠的過去拉開，讓古樟樹靜定的神態更是鮮明親切、別具韻味。

　　在這種動、靜的對照下，小村即景宛然在目、沁人心脾。

結構分析表 申時：窖紅薯

```
┌ 反（人、填空）┬ 先：「以一坨坨壯碩的沉默」三行
│              └ 後：「完了用一塊塊木板把窖門」三
│                                              行
│
└ 正（天、空）┬ 空間：「四顧無人」
             └ 時間：「寂靜的歲月是一個更大的」二
                                              行
```

賞析

　　收穫之後的貯藏，應該是農村中最令人感到紮實喜悅的事吧！因此作者將它演繹成「填空」：「以一坨坨壯碩的沉默／父親把手伸進窖裡／填空（　　）」，句末出現的「（　　）」有圖像的效果，令人眼睛一亮。接著：「完了用一塊塊木板把窖門封起來／板子的順序號碼是：／一二三四五六七……」，白描般的敘寫，予人不誇張的厚實感。

　　第三節僅有一行：「四顧無人」，那是一個「空」。第四節也只有二行：「寂靜的歲月是一個更大的／空」。兩節三行的篇幅涵蓋了空間與時間，而且這兩者都是「空」。

　　所以我們可以發現全篇是如此布局的：一、二節著眼於人事界，那是「填空」，三、四節著眼於自然界，那是「空」；而且時空從當下的一點，擴向四方以及恆久的寂靜歲月，既掌握了眼下的「有」，可是更令人感受到綿遠的

「無」，那種溫潤中含著蒼涼的況味，實在是非常深刻的呀！

結構分析表 酉時：日落

```
┌─ 實 ┬─ 天：「太陽每天衰老一次」二行
│     └─ 人：「爺爺蹲在暮靄裡」四行
└─ 虛（天、人）┬─ 因：「懸念比蛛絲更堅韌」
              └─ 果：「告別這世界時，爺呵」三行
```

賞析

　　「日落」與「暮年」有著微妙的相應關係。「太陽每天衰老一次」，每個人不也是都會老去嗎？夕陽照在山脊上，那殘存的溫暖「是退休金麼」？而「爺爺蹲在暮靄裡」，靜默地浸染著夕陽的輝耀，卻是「似乎不屑於理會／那一抹可憐的撫恤」。

　　前一節就「實」處寫，第二節則是著眼於未來，就「虛」處寫。「懸念比蛛絲更堅韌」？蛛絲絕非堅韌的，因而懸念也絕非堅韌的，很快的就會消失在這世界上，所以何須強留再三呢？「告別這世界時，爺呵／別忘了對落日說一聲：／且聽下回分解」，與落日一起告別這世界，但是落日終會再度升起，而人也會轉個形式、再次回到這世界，所以何必失落、傷悲呢？期待「下回分解」吧！

　　「日落」與「暮年」的相應貫穿了全詩，「日落」的循環不息印證了人生的循環不息，於是那種落入虛無的恐懼，

就被輕描淡寫地化解掉了。

　　只有真正活在大自然中的人，才能體味到這種宇宙循環周流的規律，從而溫暖了自己乃至他人的人生。

結構分析表　戌時：點燈

```
┌ 底（天、暗）：「揹一個從地裡割回來的番薯」二行
│
└ 圖（人）┬ 底（內、暗）┬ 先：「母親在一幀印象派畫」
         │              │                        二行
         │              └ 後：「孩子遂將白天」四行
         │
         └ 圖（外、亮）：「愈遠愈顯璀璨」
```

賞析

　　詩題為「點燈」，因此作者就用「暗」為背景，來凸顯出點燈之後的「亮」。

　　所以詩篇的首二句：「揹一個從地裡割回來的番薯╱一個極度疲軟的夜色」，就「從地裡割回來」一語中，我們知道此時應該已是農忙完的昏暮了，而且「番薯」的皮是暗色的，所以可以就此過渡到「夜色」。此二句寫「暗」，乃是背景（底）。

　　接著，空間轉至室內：「母親在一幀印象派畫深處喊：╱娃，點燈」，「印象派畫深處」替此室內空間增添了幽深、優美的感覺，而且引起了其下的點燈之事：「孩子遂將白天╱藏在袋角裡捨不得吃掉的╱那一粒經霜後的紅棗，摸

索出來／亮在群山萬壑的窗口」,「紅棗」轉化為「燈」,真是富有童趣的聯想,而且「群山萬壑」一語暗伏下空間的轉變。到此為止,仍然是在寫「暗」,因此是背景(底)。接著順勢將空間拉至室外,並且越拉越遠,因此那盞燈:「愈遠愈顯璀璨」。此句才是寫「亮」,是真正的焦點(圖)。

「愈遠愈顯璀璨」,那盞燈在一片夜色中,顯得如此光亮。

結構分析表 亥時:關門

```
┌先┬因(關門):「一個少女猶如拒婚」三行
│  └果(呼喚):「回來呵!」三行
└後┬因(關門):「砰,整個地球都關門了」
   └果(呼喚):「母體內有更沉重的栓」
```

賞析

夜色深沉,少女關門。作者寫道:「一個少女猶如拒婚／把擠進門的山峰輕輕推出去／說:太晚了」,把門前的山峰擬人成寸寸近逼,並因此而把少女關門的動作比擬成推拒山峰;藉著這樣的手法,在寫關門時,其實也寫了門外的山景。而且,因為門關了,所以尚未歸來的人兒更教人掛心,第二節詩句因此而展開:「『回來呵!』／柴扉裡傳出招魂般的呼喚／遠山弱小的星星能聽見麼」,呼喚的對象是人,可是作者偏偏寫道:「遠山弱小的星星能聽見麼」,一方面

藉著空間的拉開，顯得這聲呼喚多麼悠遠動心，另方面也是再次引進了自然景——遠天疏星。因此整個說來，第一、二節不僅有著因果關係，而且都聯繫起「人」與「天」，顯得渾厚悠遠。

時間繼續推移：「砰，整個地球都關門了」，呼應第一節的關門，寫整個地球的沉睡；而那聲沒有著落的呼喚，遂使得「母體內有更沉重的栓」，在此又呼應了第二節。所以第三節的第一句偏向「天」、第二句偏向「人」，兩者間還有著因果關係的聯繫。

關門之後，地球睡了，母親醒著，而時間繼續向子時延展……。

結構分析表 子時：戴月

```
┌─視─┬外：「月亮是廣場的燈」二行
│    └內：「月光從瓦縫射落」四行
└─聽（外）：「好像灌木叢裡窸窸窣窣響」三行
```

賞析

月亮是黑夜裡的太陽。

因此從室外看，月亮好像「廣場的燈」，「照著毛茸茸的夜行者」。從室內看，「月光從瓦縫射落／照徹桌子上的一隻空碗，空碗裡／一粒賸餘價值如濛濛山谷裡的／一個小小人影兒」，月光照出了空碗裡的米粒，可是這個米粒如

「濛濛山谷裡的／一個小小人影兒」，這個比喻很巧妙的聯繫起前面的「毛茸茸的夜行者」，而且開展出其後兩節。

所以作者順理成章地將空間再次轉回室外：「好像灌木叢裡窸窸窣窣響／『口令？！』／『回家。』」月光仍然照亮一切，在月光的照耀下，那些窸窣的聲響分外親切：「『口令？！』／『回家。』」月光照徹的地方，那是回家的路啊！這兩句隱隱呼應著前一首〈亥時：關門〉，很乾脆地、絕不含糊地——回家囉！

此詩題為〈戴月〉，既點出了月光，也寫出了戴月而行的人，題目真是定得精省而又精準。

結構分析表　　丑時：嬰啼

```
┌─ 遠觀：「一根根電線桿在蒼茫月色浮動」
└─ 近視：「電桿上貼著一張張紙片」三行
```

賞析

月亮仍然照耀著。因此遠遠看來：「一根根電線桿在蒼茫月色浮動」，「浮動」一詞下得極準，月光薄淺盡在此中，時間隱然流逝也盡在此中；然後再貼近了細細看來：「電桿上貼著一張張紙片：／天青地綠，小兒夜哭／請君一念，日夜安宿」，哦，這該是一位母親貼的吧！母親與月光，怎麼就是分不開呢？

結構分析表 寅時：雞鳴

┌─ 先（內、外）：「雞叫頭遍」三行
├─ 中（內）：「雞叫二遍」三行
└─ 後（外）：「雞叫三遍」三行

賞析

　　有一首兒歌是這麼唱的：「公雞啼，小鳥叫，太陽出來了。」因此作者以「雞叫頭遍」、「雞叫二遍」、「雞叫三遍」帶出時間的流轉，也帶出一天的開始。

　　「雞叫頭遍」時，「發現身邊，竟斜斜躺著／地圖上一段著名的山脈」，作者巧妙地將內空間與外空間結合在一起作描寫，既點出人在寤寐間朦朧的意識，也寫出山的橫躺著的體態。「雞叫二遍」時，「夢遊者悄然流落異鄉／（時間穿多少碼的鞋子？）」，夢被遺棄了，時間感重新被拾起，此處「流落異鄉」與「鞋子」有著巧妙的呼應。「雞叫三遍」時，「哎呀呀／曙色像綿羊一樣爬上山崗」，綿羊是個妙喻，因為它一方面以顏色——白，來狀寫曙色的光亮，再方面以動態——爬，來描摹曙色在山崗上挪移的狀態，三方面放牧綿羊的景象是鄉村中常見的，以此為喻，不僅親切非常，而且也間接地帶出了農村中一天生產活動的開始。

　　最後一首〈雞鳴〉銜接上第一首〈天亮〉，一個周流不息的循環再次開始。這首組詩既以亙古如斯的時間循環帶出

綿延悠遠的時間感，而且在材料的選擇上始終是以天人的相
應來貫串，則此詩渾厚至極、悠遠至極的風格，可說是其來
有自了。

◎王小妮 (1955-)

生於長春。一九八二年畢業於吉林大學中文系,現於深圳市工作。一九七八年以來,在海內外報刊發表詩作數百首,並譯成多種外國文字,入選多種重要詩選。是大陸當代有影響力的女詩人。

許許多多的梨子

植物的聲音
在桌子上光滑地出現
第一次聽到植物的呼救。
像嬰兒
站在燃燒的鮮紅草坪上
它現在蒼白至死

在我家甜橙似的燈罩下
你的手靈巧透明
使用一把敏銳的刀
你不能
這樣削響梨子。
我在身邊突然
觸摸到了活的強暴

果實行動在樹上
隨風自由。
你優雅地轉動著刀
優雅地傷害。
刀影巨形走過
像我們四肢無理的人類

我觀察我的雙手
觀察我日夜喜愛的
別的雙手

但是有許許多多的梨子
樹輕易地
哺育又搖落它們
許許多多梨子的地球
人們見了就叫渴

左側縦書き：王小妮

結構分析表

```
┌─ 敘 ┬─ 果（梨子）┬─ 因：「植物的聲音」五行
│     │            └─ 果：「它現在蒼白至死」
│     └─ 因（手）──┬─ 偏：「在我家甜橙似的燈罩下」十三行
│                  └─ 全：「我觀察我的雙手」三行
└─ 論 ┬─ 因（梨子）：「但是有許許多多的梨子」三行
      └─ 果（手）：「許許多多梨子的地球」二行
```

賞析

　　這首詩表面是探討「梨子」的死亡與「手」的剝削，而且以此雙軌來貫串全詩，可是這只是一個起點，作者所欲探究者其實更多。

　　第一節一開始，作者就寫了梨子的呼救聲，並且用了一個形象化的譬喻：「像嬰兒／站在燃燒的鮮紅草坪上」，嬰兒的軀體是潔白的，就像被削光了皮的梨子，而「燃燒的鮮紅草坪」則傳達了極端危險的感覺，因此作者接著說：「它現在蒼白至死」，這是正面敘寫了梨子的死亡。所以此節全部在寫「梨子」。

　　其後的第二、三、四節，則是針對「手」來寫。作者先描寫「在我家甜橙似的燈罩下」，所發生的削梨子的事件，削梨子驚心動魄，因此作者說「削響梨子」、「活的強暴」、「優雅地傷害」、「刀影巨形走過」（第二、三節），可是這樣

的事情在自己的、以及其他的很多雙手上時時發生，所以作者寫道：「我觀察我的雙手／觀察我日夜喜愛的／別的雙手」（第四節），因此第二、三節和第四節間形成了「先偏（局部）後全（全體）」的關係。

　　而且仔細想來，梨子為什麼會死亡呢？難道不是手帶來的嗎？因此第一節和第二、三、四節之間，又形成了「先果後因」的關係。並且在此敘述的基礎之上，作者延伸出最後一節的論述：「但是有許許多多的梨子／樹輕易地／哺育又搖落它們／許許多多梨子的地球／人們見了就叫渴」，前三行針對「梨子」來寫，回應了第一節，後二行針對「人（手）」來寫，呼應了第二、三、四節；不過與前幅詩句不同處在於，此處的梨子是剛被搖落、尚未被削皮的，此處的人也只是叫渴，但是尚未用手來削梨子，可是這又有什麼不同呢？梨子掉下來，就注定被削皮，只是時間早晚而已，人們叫渴，就必然會削梨子，也只是時間早晚而已，這大概也算是食物鏈中的一個環節吧！不管梨子還是人，都被這鏈子鏈得緊緊的，無法掙脫。這是不是也是一種悲哀呢？大概是吧！作者清醒地省視「梨子」的死亡與「手」的剝削，然後寫下了這首詩。

◎沈志方 (1955-)

　　浙江餘姚人。東海大學中文系畢業，後取得該校中文研究所碩士，曾任《遠太人》月刊總編輯，現於東海大學中文系及僑光商專任教。

　　洛夫對沈氏的評語是：「他詩中的小我不見其輕瑣，大我不見其空疏，讀來總令人體會到處處有作者，但也處處有讀者。」著有詩集《書房夜戲》，論著《漢魏文人樂府研究》。

給時間

當我驚醒
當年輕的夢被午夜驚醒
被及胸的風
與花與雪與月
驚醒

白髮，我聽到你一根
又一根裂膚而出的聲音

結構分析表

```
┌ 因（心覺）┬ 點：「當我驚醒」
│          └ 染：「當年輕的夢被午夜驚醒」四行
└ 果（聽覺）：「白髮，我聽到你一根」二行
```

賞析

　　所謂「時不我予」，是時間留給人最驚心的喟嘆。此詩就是捕捉住這一點，來為時間下個驚嘆號。

　　詩篇一開始從「心覺」入手，先藉著「當我驚醒」一句，「點」出「驚醒」，然就再就此來「染」。所以作者接著寫道：「當年輕的夢被午夜驚醒／被及胸的風／與花與雪與月／驚醒」，這四句中最引人注目的，當屬「年輕的夢」被「午夜」和「及胸的風花雪月」驚醒。夢還年輕？抑或是只有在夢中才能年輕？可是儘管如此，它還是被驚醒了；「被午夜驚醒」敘說的是午夜時分、萬籟俱寂，然而唯我驚醒；至於「被及胸的風／與花與雪與月／驚醒」，顯然寄託了作者對時間的驚心感受，張默說道：「詩人自節令現象中，抽出『風、花、雪、月』，借以形容它的前進的步履，誠然一語雙關，當它悄然隱逝，吾人在不知不覺中一驚，這麼著，一個下午就過去了，……甚至一生一世就這麼無聲無息的過去了。」（見《小詩選讀》）。

　　第二節轉為用「耳」捕捉時間，時間的聲音又是怎麼樣

的呢？「白髮，我聽到你一根／又一根裂膚而出的聲音」，這樣的寫法未免予人「超現實」的奇詭感受，因為髮是從髮根抽長，怎能說是「裂膚而出」呢？而且這種抽長是緩慢無聲的，怎麼可能為人所聽聞呢？可是這種「不可置信」之感正是作者所要的，因為這樣才能淋漓盡致地表達出「白髮」帶給作者的巨大衝擊。

從全篇看來，有第一節的「驚醒」，才有第二節的「聽見」，所以彼此之間是形成「先因後果」的關係；然而不管是「因」還是「果」，所敘寫的都是「時不我予」的驚心感受。而這樣的悵然情緒，在歷史上可說是由來已久，蘇軾在〈念奴嬌──大江東去〉中不也曾喟嘆道：「多情應笑我，早生華髮」嗎？

年光有限而夢想無窮，這其間的巨大衝突，向來是無解的啊！

◎ 苦苓 (1955-)

　　本名王裕仁，生於台灣宜蘭。考入台灣大學圖書館學系，翌年轉入中文系，並與羅智成、楊澤共組現代詩社。二十歲自費出版詩集《李白的夢魘》，後又出版《躺在地上看星的人》。曾為陽光小集詩雜誌社同仁，《明道文藝》月刊主編，及蘭亭書店現代詩叢之主編，現為名電視主持人。

自白書

強光照射下
恐懼也無路可逃
──被捕，承認
不該無中生有

開門出去又進來
嚇得要死的恐懼
躲在牆角暗泣

無人來救他
自己沒有最要緊

結構分析表

```
┌─ 因 ─┬─ 具 ─┬─ 外（光）┬─ 因：「強光照射下」二行
│      │      │          └─ 果：「一一被捕，承認」二行
│      │      └─ 內（暗）┬─ 因：「開門出去又進來」
│      │                 └─ 果：「嚇得要死的恐懼」二行
│      └─ 泛：「無人來救他」
└─ 果：「自己沒有最要緊」
```

賞析

　　孤絕，帶來揪心的恐懼，這就是自白書的內容。

　　此詩是用「先因後果」結構組織起來的，而前面的「因」佔了全詩絕大部分的篇幅，這部分又構成了「先具後泛」的結構，泛寫的部份只有一句：「無人來救他」，我們可以先覷定這一句，會比較容易掌握詩篇的意脈。從前面的詩句中我們可以得知：所謂的「他」是指被擬人化的「恐懼」，「恐懼」在等待救援，那本身就是一個哀哀無告的處境；可是要命的是，居然沒有人伸出援手。啊！恐懼像潮水般捲來……。

　　因此第一、二節就是具體鋪寫「恐懼」孤絕的處境，而且採用的是擬人化的手法，「恐懼」變成了主語，只此一點，就予人特異的感受。在詩篇中，作者分別以「外」、「內」空間造出兩個場景，率先登場的是「外」場景：「強

光照射下／恐懼也無路可逃／一一被捕，承認／不該無中生有」，作者借取了警匪片中常有的片段，營造出肅殺恐怖的氣氛，「恐懼」不僅被捕，而且還要承認自己是憑空捏造的，「恐懼」快要被一筆勾消了，因此更加恐懼。然後藉著「開門出去又進來」一句，將空間轉至室內，此時，「恐懼」在做什麼呢？「嚇得要死的恐懼／躲在牆角暗泣」，這個房間可以泛指一般的房間，可是更令人聯想到禁閉的囚房，「恐懼」被棄置在牆角偷偷哭泣。不管是「外」與「內」，或是「光」與「暗」，「恐懼」都被打擊、被忽視，因而更是造成了極端強烈的恐懼。

　　可是能夠怎麼樣呢？毫無反抗能力的「恐懼」，只好「自己沒有最要緊」。前面大篇幅敘寫的逼迫、冷漠，造成了這樣的結果：極端絕望下，「恐懼」只好全盤否定自己。啊，那不是人生中最大的恐懼與悲哀嗎？

　　作者採用旁觀者的角度來記錄「恐懼」的自白書，第三者的冷靜與犀利，讓所有的一切無可迴避，「恐懼」被攤在大家面前，瞧！這就是大家造成的恐懼……。

◎ 顧城 (1956-1993)

　　生於北京。一九六九年隨父下放山東農場，一九七四年回到北京，做過翻糖工、搬運工、木工、漆工、編輯等多種工作。一九七七年發表第一首詩，一九七九年成為民間文學刊物《今天》同仁，與北島、舒婷同為朦朧詩派主要代表人物。一九八七年出國講學，一九八八年赴紐西蘭任奧克蘭大學亞洲語言及文學系研究員，後辭職赴威克西島隱居，專事創作。一九九三年砍殺妻子後自盡，震驚世界。

　　被譽為「童話詩人」的顧城，作品想像豐富、線條明淨，語言清澈而充滿溫情，逕自放射著一股說不出的魅力。與北島、舒婷合著有詩集多種。

弧線

　　鳥兒在疾風中
　　迅速轉向

　　少年去撿拾
　　一枚分幣

　　葡萄藤因幻想
　　而延伸的觸鬚

海浪因退縮

而聳起的背脊

- 並列一：「鳥兒在疾風中」二行
- 並列二：「少年去撿拾」二行
- 並列三：「葡萄藤因幻想」二行
- 並列四：「海浪因退縮」二行

賞析

　　此詩運用了「並列法」。所謂「並列法」就是說各個結構單元之間，彼此的地位都是相等的，並未形成正反、賓主、因果、淺深……等關係，而它們之所以能被組織起來，那是因為有主旨在統攝，因此可以說是「萬流歸宗」、「形散而神不散」。針對此詩而言，主旨就是對萬象之美的讚嘆，為了傳達這個主旨，所以捕捉、描摹了四個美麗的「弧線」，這四個弧線意象，看似漫無組織地羅列在詩中，實則是在作者的精心設計下，構成一個渾然的整體。

　　可以想見作者在寫作此詩時，必然自覺或不自覺地運用了「相似聯想」。因為這四個意象，儘管有天上、地下、動物、植物……等等的不同，但是都具有同一個特點：都形成了弧線；而且作者為了強調出這一點，在題目的部分就點

明：〈弧線〉。所以作者是從「弧線」開始發想，浮想聯翩，因而跨越了事物屬性的種種不同，搜尋到最最美麗的四個弧線，充分地表現出作者面對這晴好的天地，心中所湧動的讚美之情。

　　「弧線」是圓潤的、也是美麗的，作者選取它來作為表現的重點，本身就是獨到之處；更何況藉由「相似聯想」，突破物與物、事與事之間的「隔」，發現彼此的相似、相通處，這種因溝通而產生的自由美感，真是太吸引人了，怎能不讓人神往呢？

◎ 筱曉 (1957-)

本名劉妗珠，台灣嘉義人。現於高雄從事教職。著有《印象詩集》、《你收到我傳真的玫瑰嗎？》（散文）、《牽著你的手》（詩）。

〈蹲在水龍頭下的婦人──獻給母親〉

當告別的腳步聲響起
彎腰的母親
你的白髮
低低的
在水底靜默

你憂愁的眼神
拒絕
送我遠去
而那拴不緊的水龍頭
水聲總是一滴
一滴
滴落我心底

我轉身

離去
蹲在水龍頭下的婦人
我彎腰的母親呵
卻成為
一路的街景

結構分析表

```
┌ 先（告別）┬ 果：「當告別的腳步聲響起」五行
│           ├ 因：「你憂愁的眼神」三行
│           └ 果：「而那拴不緊的水龍頭」四行
└ 後（離去）┬ 因：「我轉身」二行
            └ 果：「蹲在水龍頭下的婦人」四行
```

賞析

　　此詩純用白描，語言質樸，結構上也是採用最平易近人的順敘法（由「告別」寫到「離去」），然而自有動人之處。

　　「當告別的腳步聲響起／彎腰的母親／你的白髮／低低的／在水底靜默」，白髮的、靜默的母親蹲在水龍頭下，只是聽著那告別的腳步。為什麼呢？原來「你憂愁的眼神／拒絕／送我遠去」。所以「那拴不緊的水龍頭／水聲總是一滴／一滴／滴落我心底」，告別的我，卻無法告別那一滴一滴的水聲。第一、二節詩句彼此之間形成了「果因果」的結構。

第三節中，作者終於「轉身／離去」，因此「蹲在水龍頭下的婦人／我彎腰的母親呵／卻成為／一路的街景」，為什麼會成為「一路的街景」呢？既可說是作者從一路上所有母親的身上，記取母親的形象，也可說是街上所有的母親，都是如此的不捨兒女。「自己離去」和「母親成為街景」，其間自有因果關係。

　　白髮的母親、彎腰的母親、蹲在水龍頭下的母親，這種形象是如何的撞擊人心啊！母親的辛苦、母親的憂愁、母親的不捨，讓人在心底靜靜的哭泣。「蹲在水龍頭下的婦人」，那是我的母親，也是天下的母親；這首詩，是獻給我的母親，也是獻給天下的母親。

◎零雨 (1959-)

台灣台北縣人。台灣大學中文系畢業，美國威斯康辛大學東亞文學碩士，哈佛大學訪問學者。曾任《國文天地》副總編輯、《現代詩》季刊主編，現任教職。

白靈說：「她耽溺於哲學和思考。她渴望冰冷住火、結凍住陽光。她耽溺於『箱子』、『籠子』、『圍城』等物象的特殊質地……讀零雨正是讀人生隱微難見、深谷錯綜的內在世界。」著有詩集《城的連作》、《消失在地圖上的名字》、《特技家族》、《木冬詠歌集》。

你感到幸福嗎

遠遠地，有一口箱子
朝我滾來。我要
在它到來之前滾開

（你感到幸福嗎）

在閃開那一剎那
躲了箱子
也避開幸福

再給我一口箱子吧

結構分析表

```
 ┌─實─┬─先：「遠遠地，有一口箱子」三行
 │    ├─插敘：「（你感到幸福嗎）」
 │    └─後：「在閃開那一剎那」三行
 └─虛：「再給我一口箱子吧」
```

賞析

你感到幸福嗎？想要幸福，就要學會不躲開箱子。

此詩前幅依照時間的先後，敘寫箱子滾來，我躲開箱子、也躲開幸福的過程；其中用插敘的方式，插入一個問句：「你感到幸福嗎」？箱子與幸福的共生關係就是從這個問句開始的。然而箱子與幸福有什麼關係？箱子是密閉的、不可知的，當它以滾動的姿態掩至面前，自然的我們會產生逃避的念頭，於是「我要／在它到來之前滾開」；可是這像不像命運給予我們的選擇？躲開，一切沒事；不躲開，就準備承受撞擊，然後可以打開箱子。可是，如果箱子裡裝著幸福呢？

所以最後一句的時間延伸向未來：「再給我一口箱子吧」。只有迎向挑戰，才可能贏得禮物，有時候，這個禮物就是幸福。

全詩以「先實後虛」佈局，既針對現況作檢討，也規劃對未來的期待。是的，幸福是可以期待的。

◎ 崔健 (1961-)

生於北京，朝鮮族。為著名的搖滾歌手。

一無所有

我曾經問個不休

你何時跟我走

可你卻總是笑我

一無所有

我要給你我的追求

還有我的自由

可你卻總是笑我

一無所有

噢，你何時跟我走

腳下這地在走

身邊那水在流

可你卻總是笑我

一無所有

為何你總是笑個沒夠

為何我總要追求

難道在你面前我永遠

是一無所有

噢，你何時跟我走

告訴你我等了很久

告訴你我最後的要求

我要抓起你的雙手

你這就跟我走

這時你的手在顫抖

這時你的淚在流

莫非你是正在告訴我

你愛我一無所有

噢，你這就跟我走

結構分析表

```
┌ 實 ┬ 淺：「我曾經問個不休」九行
│    └ 深：「腳下這地在走」九行
└ 虛：「告訴你我等了很久」九行
```

賞析

　　詩篇的語言非常淺白、語氣非常坦率，但是其中自有吸引人之處。

　　第一節敘寫自己一無所有，因此對女孩的追求總是落

空，但是作者無法放棄，因此一再詢問：「你何時跟我
走」。第二節則承接上節再加以發展，只是追求愈加渴切，
但是那個問題「你何時跟我走」還是落空了，因此失落也愈
加深重。所以第一節與第二節之間有著由淺入深的關係。

　　前面兩節都是就實際情況來敘寫，可是第三節就轉變
了，主要是因為「我要抓起你的雙手」中的那個「要」字，
從此詞可見內容純係設想，而且這個「要」字雖然在此節第
三行才出現，但是應該是從第一行就貫下來的，所以第三節
可說是全在「虛」處盤旋。因此閱讀的趣味就在此產生了，
原本以為作者的詢問終於有了肯定的回應，但是仔細一想不
過是鏡花水月，所謂「你的手在顫抖」、「你的淚在流」只
是作者一廂情願的設想，原來作者畢竟是「一無所有」啊！
一方面是渴望的情感如此強烈，一方面是情節轉變得如此劇
烈，在在讓讀者對「一無所有」的作者起了深深的共鳴。

　　另外值得一提的是，本詩的節奏感非常鮮明，除了詩句
長短安排有致外，很重要的因素是此詩大多數的句子都押
「ㄡ」韻，韻腳為休、走、有、求、由、流、夠、久、手、
抖等字，而且走、有、求、流一再出現，讓此詩的音韻呼應
不絕。

　　作者因為「一無所有」而導致愛情的失落，而且愛情的
失落讓作者更是「一無所有」，作者所欲抒發的，大概就是
那種「一無所有」的憤怒與無奈吧！

◎ 陸憶敏（1962-）

江蘇南通人，一九八四年畢業於上海師範大學中文系，畢業後擔任教師、編輯，南京他們詩派代表詩人之一。詩作曾選入多種選集。

一點晚間音樂（外一首）

一點晚間音樂在遠處

輕揚而來，女性之歌

那神祕的歌聲歌唱一些樹

那悠閒的歌聲歌唱流水

歌唱她們屋後散去的炊煙和

　　裙邊貍貓一樣的孩子

那成熟的無花果一樣豐潤

　　的歌聲歌唱愛情

歌唱她們的微笑，她們

　　柔軟堅韌的生命

一點晚間音樂輕揚而來

進入你的睡眠

結構分析表

```
┌─ 先（因）┬─ 凡：「一點晚間音樂在遠處」二行
│          └─ 目 ─ 神秘：「那神祕的歌聲歌唱一些樹」
│                   悠閒：「那悠閒的歌聲歌唱流水」三行
│                   豐潤：「那成熟的無花果一樣豐潤」四行
└─ 後（果）：「一點晚間音樂輕揚而來」二行
```

賞析

此詩題為〈一點晚間音樂〉，題目中就已經表明了所要描述的對象是音樂，因此自然是掌握住聽覺所得來發揮，而且因為時間設定在「晚間」，平常佔了極重要地位的視覺在夜晚無用武之地，所以晚間音樂的悅耳悠揚、入耳動心，在這首詩裡得到了非常大的表現空間。

不過這個「晚間音樂」，並非知名歌唱家、音樂家所演唱演奏的樂曲，而是再平凡不過的街坊婦女所隨口哼唱的家常小調，然而這種熟悉的聲口，在晚間清揚而來時，是多麼讓人喜愛呀！因此作者在首二行就說了：「一點晚間音樂在遠處／輕揚而來，女性之歌」（此為「凡」）；隨後作者分述了這種音樂予人的感受，及其歌唱的內容：首先是「那神祕的歌聲歌唱一些樹」，其次是「那悠閒的歌聲歌唱流水／歌唱她們屋後散去的炊煙和／裙邊狸貓一樣的孩子」，又次是「那成熟的無花果一樣豐潤／的歌聲歌唱愛情／歌唱她們的

微笑，她們／柔軟堅韌的生命」（此為「目」）。其中所敘說的歌唱內容：「一些樹」、「流水」、「她們屋後散去的炊煙」、「裙邊貍貓一樣的孩子」、「愛情」、「她們的微笑」、「她們柔軟堅韌的生命」，都是多麼家常而又恆久的事物啊！而且「神秘」、「悠閒」、「豐潤」，這三者間且還有著由淺入深的關聯，以及益發美好的感覺。

因此時間順接而下，前幅所描述的美好歌聲，造成了後來如此的結果：「一點晚間音樂輕揚而來／進入你的睡眠」，主人翁安詳地睡著了，在這晚間音樂中。所以全詩是依照時間的先後依序寫來，其間且形成了因果的關係。

非常開朗溫潤的一首詩。作者以平常語寫家常事，音韻柔緩清揚，這首詩本身就優美得如同歌唱。

◎陳斐雯 (1963-)

台中市人。文化大學中文系文藝創作組畢業。曾任《人間雜誌》記者、自立報系編輯、《中時晚報》副刊編輯，現任《中國時報》副刊編輯。

李瑞騰認為：「她的作品中的美，不是傳統女性的典婉秀美，而是一種任性，有點刁蠻，有時也夾雜著一些叛逆的味道。」著有詩集《陳斐雯詩集》、《貓蚤札》。

覺

原來

喜悅與疼痛

都是說不出話來的

小精靈，在無聲的歎息上

裸身一現

隨即又

重新盛裝

結構分析表

```
┌ 果：「原來……小精靈」
└ 因 ┬ 先：「在無聲的歎息上／裸身一現」
     └ 後：「隨即又」二行
```

賞析

　　心頭細微的波動，讓我們「覺」著了，但是它像貓的足跡，靈敏悄然而難於捕捉。可是作者素手一伸，手到「覺」來。

　　作者是以「先果後因」的手法來組織全詩的。首先，「原來」二字點出作者恍然的心情，可是讓作者恍然的是什麼呢？哦！作者瞭解了：「喜悅與疼痛／都是說不出話來的／小精靈」，這是一個隱喻，作者以「說不出話來的／小精靈」，來譬喻「喜悅與疼痛」。可是為何如此呢？作者又說了：「在無聲的歎息上／裸身一現／隨即又／重新盛裝」，前兩句和後兩句之間有著時間先後的關係，而且「裸身一現」和「重新盛裝」又造成了有趣的對照，作者彷彿以此說明：不管是喜悅或疼痛，都只能藉著無聲的嘆息悄然流露，可是矜持的我們，馬上又為袒露的感覺「著裝」，所以喜悅與疼痛，都只能收藏在包裝之下了。

　　瞭解這樣的因果關係後，我們才能真正欣賞那個譬喻：「喜悅與疼痛／都是說不出話來的／小精靈」，小精靈身姿靈敏，彈跳於我們最敏感的神經之上，然而我們無法表達、羞於面對這樣的感受，因此它是「說不出話」的。

　　生命存在，「覺」才存在；生命活潑，「覺」才活潑。果真如此，我們又何必羞／懼於面對「覺」呢？

◎朱文 (1967-)

　　生於閩南泉州，在蘇北長大。一九八九年畢業於南工，現在南京一家電力公司工作。大學期間開始寫詩，一九九一年與詩人韓東創辦刊物《詩選》，共印三期。除發表詩歌外，另有小說、理論文字發表。

1970年的一家

　　父親是多麼有力。肩上馱著弟弟
　　背上背著我，雙手抱著生病的姊姊
　　十里長的灌溉河堤，只有父親
　　在走。灰色的天空被撕開一條口子
　　遠在閩南的母親，像光線落下
　　照在父親的前額

　　逆著河流的方向。我感到
　　父親走得越快，水流得越急

結構分析表

```
┌─ 視覺 ┬─ 事 ┬─ 泛：「父親是多麼有力」
│       │     └─ 具：「肩上……父親在走」
│       └─ 景：「灰色……父親的前額」
└─ 心覺 ┬─ 因：「逆著河流的方向」
        └─ 果：「我感到……越急」
```

賞析

　　題目為〈1970年的一家〉，因此作者以父親為中心，在詩篇中帶出了一家人。

　　詩篇從敘事開始，作者先泛寫父親是有力的，然後以具體的事件來描述：「肩上馱著弟弟／背上背著我，雙手抱著生病的姊姊／十里長的灌溉河堤，只有父親／在走」，此時父親、弟弟、我、姊姊都出現了，可是母親呢？作者藉著寫景，巧妙地帶出了母親：「灰色的天空被撕開一條口子／遠在閩南的母親，像光線落下／照在父親的前額」，遠方溫柔的母親呀，她像光線，照亮了父親。

　　啊！因為父親「逆著河流的方向」，所以「我感到／父親走得越快，水流得越急」，伏在父親背上，感覺到父親越走越快，往下望，水流得越來越急，這個印象深深地刻在作者的心版上。此節抒寫心中感覺，情感已隱伏在其中。

　　一九七〇年，對作者的家庭來說，大概是不安的一年

吧，因此整首詩以灰色為背景，可是卻有雲縫中漏出的光
線，溫暖了全詩。所以一九七〇年的一家，以父親為中心，
是緊密地結合在一起的。

◎唐捐 (1968-)

本名劉正忠，南投人。高雄師大國文系、高雄師大國文研究所碩士班、台灣大學中文研究所博士班畢業。現於東吳大學中文系任教。著有詩集《意氣草》。

橘子和手

手剝開橘子，才知道橘子
也有指頭。橘子剝開手
才知道終日緊握的手其實
只在包裝自己的溫柔

橘子的酸澀還沒通知舌頭
手的羞澀，又何必向橘子
透露。只是摸索摸索
向溫暖潮濕的處所

橘子的腦中藏有堅定的念頭
非喉頭所能消受，手的執著
又豈是果肉所能逃脫

用手的激情餵飽橘子
用橘子的沉默洗手

結構分析表

```
┌─ 因 ┬─ 先：「手剝開橘子，才知道橘子」四行
│     ├─ 中：「橘子的酸澀還沒通知舌頭」四行
│     └─ 後：「橘子的腦中藏有堅定的念頭」三行
└─ 果：「用手的激情餵飽橘子」二行
```

賞析

「剝橘子」這件事，需要橘子和手的密切合作。當手把橘瓣分開，手的感覺是：「手剝開橘子，才知道橘子／也有指頭」，橘子的感覺則是：「橘子剝開手／才知道終日緊握的手其實／只在包裝自己的溫柔」，彼此之間似乎都有一種「恍然大悟」的感受。

「剝橘子」繼續進行著。「橘子的酸澀還沒通知舌頭」，顯然橘子並未被送入嘴中，橘子頗為矜持，剝橘子的最後目的尚未達成；因此「手的羞澀，又何必向橘子／透露。只是摸索摸索／向溫暖潮濕的處所」，手仍然在剝著橘子，更深更深。

第三節依然在「剝橘子」。「橘子的腦中藏有堅定的念頭／非喉頭所能消受」，橘子矜持如故；但是「手的執著／又豈是果肉所能逃脫」，剝橘子的動作並未稍止。

「剝橘子」之事發展到第四節：「用手的激情餵飽橘子」，而且最後「用橘子的沉默洗手」。橘子終於剝完了嗎？

此詩可視作以「先因後果」的方式來組織，而且在「因」的部分是依照時間的先後來敘述。張默、蕭蕭主編的《新詩三百首》中言及：「不妨將此詩視為性愛詩，依據佛洛依德的泛性觀，手具有攻擊傾向，剝開的橘子具有女性意象。」果真如此，則「橘子的酸澀」與「手的羞澀」，會化作「激情」與「沉默」，都是可以為讀者所領略的了。

◎陳大爲 (1969-)

生於馬來西亞霹靂州怡保市。台大中文系、東吳大學中文研究所碩士班、台灣師大國文研究所博士班畢業。曾任教於南亞技術學院，現任教於台北大學中文系。著有詩集《治洪前書》、《再鴻門》、《盡是魅影的城國》，主編《馬華當代詩選》、《馬華文學讀本Ⅰ：赤道形聲》、《天下散文選》。

再鴻門

1. 閱讀：在鴻門

　　來，坐下來，翻開你期待的精裝
　　展讀這件古老的大事，在烈酒的時辰
　　在遺憾叢生的心理位置。

　　如你所願的：金屬與流體的夜宴
　　音樂埋伏在戈的側面，像鷹又像犬
　　偉大事件的構圖不留縫隙
　　氣氛裡潛泳著多尾緊張的成語
　　你不自覺走進司馬遷的設定：
　　成為范增的心情，替他處心替他積慮；

　　情節僵硬地發展，英雄想把自己飲乾

你在范增的動作裡動作
形同火車在軌上無謂掙扎
劍舞完，你立刻翻頁並吃掉頁碼！
也來不及暗算或直接狙殺
你的憤恨膨脹，足以獨立成另一章。

來，再讀一遍鴻門這夜宴
坐進張良的角色，操心弱勢主子
會有不同的成語令你冷汗不止。

2. 記史：再鴻門
是一頭麒麟，被時間鏤空的歷史
是一頭封鎖在竹簡內部的麒麟
「沉睡，但未死去。」
司馬遷研磨著思維與洞悉
在盤算，如何喚醒並釋放牠的蹄。

敘述的大軍朝著鴻門句句推進
「這是本紀的轉折必須處理……」
「但有關的細節和對話你不曾聆聽！」
「歷史也是一則手寫的故事、
一串舊文字，任我詮釋任我組織。」

陳大為

寫實一頭謠傳的麟獸
寫實百年前英雄的舉止與念頭
再鴻門——他撒豆成兵運筆如神
　　　　亮了燭，溫了酒，活了人
　　　　樊噲是樊噲，范增是范增
歷史的骷髏都還原了血肉——在鴻門！

劍拔弩張的文言文，點睛的版本
麒麟在他嚴謹的虛構裡再生。

3. 構詩：不再鴻門
本紀是強悍的胎教定型了大腦
情節已在你閱歷裡硬化
可能結石在膽，可能開始潰爛盲腸
八百行的敘事無非替蛇添足
不如從兩翼顛覆內外夾攻！

但我只有六十行狹長的版圖
住不下大人物，演不出大衝突
我的鴻門是一匹受困的獸
在籠裡把龐大濃縮，往暗處點火：

不必有霸王和漢王的夜宴

不去捏造對白，不去描繪舞劍

我要在你的預料之外書寫

寫你的閱讀，司馬遷的意圖

寫我對再鴻門的異議與策略

同時襯上一層薄薄的音樂……

結構分析表 （全詩）

```
┌ 目 ┬ 反 ┬ 果（你的閱讀）：第一部分
│    │    └ 因（司馬遷的意圖）：第二部分
│    └ 正（我的異議與策略）：「本紀是強悍的……預料
│                                        之外書寫」
└ 凡：「寫你的閱讀，司馬遷的意圖」三行
```

賞析

　　此詩分作三大部分：「在鴻門」、「再鴻門」、「不再鴻門」，全部都用篇末三行統整起來；也就是說：「在鴻門」寫的是「你的閱讀」，「再鴻門」寫的是「司馬遷的意圖」，而「不再鴻門」敘寫的則是「我對再鴻門的異議與策略」。而且因為第一、二部分有著「先果後因」的關係，所以兩者聯合起來，與第三部分產生了對照的作用，並且又以第三部分為主，因此可以分別用「反」、「正」來指稱。整個說來，全篇形成了「先目後凡」的結構，「目」可以大別為二：「反」與「正」。

以下，我們將依次來作更為詳盡的分析。

結構分析表 1. 閱讀：在鴻門

```
┌ 實 ┬ 因 ┬ 泛：「來，坐下來，翻開你期待的精裝」三行
│    │    └ 具：「如你所願的：金屬與流體的夜宴」四行
│    └ 果 ┬ 泛：「你不自覺走進司馬遷的設定」二行
│         └ 具：「情節僵硬地發展，英雄想把自己飲乾」
│                                              六行
└ 虛：「來，再讀一遍鴻門這夜宴」三行
```

賞析

　　此處書寫「你的閱讀」，因此一起筆即透露邀請之意：「來，坐下來，翻開你期待的精裝／展讀這件古老的大事，在烈酒的時辰／在遺憾叢生的心理位置。」「烈酒」與「遺憾」，已經定好閱讀的基調。但是如此只是「泛寫」而已，接著再加數筆，「具寫」閱讀時的情態：「如你所願的：金屬與流體的夜宴／音樂埋伏在戈的側面，像鷹又像犬／偉大事件的構圖不留縫隙／氣氛裡潛泳著多尾緊張的成語」，「金屬」指劍、「流體」指酒，兩者共同構組了鴻門之宴，難怪音樂埋伏如鷹犬，危急事件正蓄勢而待發。

　　然而如此的閱讀，只是「不自覺走進司馬遷的設定」，進而成為「范增的心情」，所以詳細情形如下：「情節僵硬地發展，英雄想把自己飲乾／你在范增的動作裡動作／形同

火車在軌上無謂掙扎／劍舞完，你立刻翻頁並吃掉頁碼！／也來不及暗算或直接狙殺／你的憤恨膨脹，足以獨立成另一章。」模仿范增的動作、產生范增的憤恨，這一切早在閱讀之前，即已被設定完成，閱讀只是實踐、讓它成真。這部分的詩句也同樣形成了「先泛寫、後具寫」的關係。

　　到此為止，都是針對實際發生之事來敘寫，因此是「實」；而且先有「閱讀」，然後才會「走進司馬遷的設定」，所以這部分又形成了「先因後果」的關係；接著，時間則向未來延伸，成為假設，因此是「虛」：「來，再讀一遍鴻門這夜宴／坐進張良的角色，操心弱勢主子／會有不同的成語令你冷汗不止。」所謂「坐進張良的角色」，那是司馬遷的另一種設定，從這一點來說，范增與張良並無不同。

　　因此，作者所欲質疑者已昭然若揭：什麼是「我的閱讀」？跟隨著司馬遷的書寫，其實並沒有所謂獨立、自由的我的閱讀。

結構分析表 2.記史：在鴻門

```
┌因┌泛：「是一頭麒麟，被時間鏤空的歷史」五行
│　└具：「敘述的大軍朝著鴻門句句推進」五行
└果┌因：「寫實一頭謠傳的麟獸」六行
　　└果：「劍拔弩張的文言文，點睛的版本」二行
```

陳大為

賞析

　　此處書寫「司馬遷的意圖」。鴻門宴是「一頭封鎖在竹簡內部的麒麟」，司馬遷認為牠「沉睡，但未死去」，所以「研磨著思維與洞悉／在盤算，如何喚醒並釋放牠的蹄」，這是泛泛地敘寫司馬遷意欲對鴻門作出詮釋；接著則具體地描寫詮釋的過程：「敘述的大軍朝著鴻門句句推進」，並用對話演繹出其中的種種思慮與企圖：「『這是本紀的轉折必須處理……』／『但有關的細節和對話你不曾聆聽！』／『歷史也是一則手寫的故事、／一串舊文字，任我詮釋任我組織。』」其中「歷史也是一則手寫的故事」道出了書寫者的意志如何左右了歷史。

　　在如此的書寫之下，「麒麟（鴻門）」誕生了：「寫實一頭謠傳的麟獸／寫實百年前英雄的舉止與念頭」，「寫實」一語在此是頗具諷刺意味的，在這般「寫實」的書寫之下，於是「再鴻門」：「他撒豆成兵運筆如神／亮了燭，溫了酒，活了人／樊噲是樊噲，范增是范增」，於是讓「歷史的骷髏都還原了血肉──在鴻門！」此數句鋪寫對歷史的重構，最後用二行詩句道出書寫的結果：「劍拔弩張的文言文，點睛的版本／麒麟在他嚴謹的虛構裡再生。」「嚴謹的虛構」一語有著矛盾，而這正是作者所欲凸顯的地方。

　　第二部分的四節詩句，形成的是一個「先因後果」的結構：因為司馬遷的詮釋，所以鴻門再生。

366
世紀新詩選讀

結構分析表 3. 構詩：不再鴻門

```
┌─反（異議）┬─因：「本紀是強悍的胎教定型了大腦」三行
│          └─果：「八百行的敘事無非替蛇添足」
└─正（策略）┬─因：「不如從兩翼顛覆內外夾攻」
           └─果┬─反：「但我只有六十行狹長」二行
              └─正┬─泛：「我的鴻門是一批受困」二行
                 └─具：「不必有霸王和漢王」三行
```

賞析

　　此處書寫「我對再鴻門的異議與策略」，作者採取的敘寫手段是「先反後正」，「反」者即「異議」、「正」者即「策略」。

　　「本紀是強悍的胎教定型了大腦／情節已在你閱歷裡硬化／可能結石在膽，可能開始潰爛盲腸」，連著三行詩句將書寫的歷史譬擬作一具人體，而這人體被「定型了大腦」，而且「硬化」，甚至「結石在膽」、「潰爛盲腸」，這種強烈的否定與批判完全傳達作者對再鴻門的異議。所以導致這樣的結論：「八百行的敘事無非替蛇添足」。因此篇首四行是以「先因後果」的組織方式，交代了「異議」的內容。

　　自「不如從兩翼顛覆內外夾攻」一行開始，是作者對再鴻門的策略，並以此聯繫起前、後兩節。「但我只有六十行狹長的版圖／住不下大人物，演不出大衝突」，「六十行」

是指一般文學獎對新詩類所制定的篇幅上限，與前面「八百行的敘事」顯然是一個無奈的對照，作者受困於此，遂感嘆無法塑造「大人物」與「大衝突」，這是從「反面」來敘寫策略難以施展。但其後數行即轉往「正面」，所謂「窮則變、變則通」，因此儘管「我的鴻門是一匹受困的獸」，但是我仍能「在籠裡把龐大濃縮，往暗處點火」，此二行只是「泛寫」而已，其下三行才是敘寫作者具體的作為（具寫）：「不必有霸王和漢王的夜宴／不去捏造對白，不去描繪舞劍」，司馬遷鋪陳夜宴、捏造對白、描繪舞劍，因而造成「再鴻門」的結果，但此種結果非我所求，因此我的策略就是揚棄這些策略，所以「我要在你的預料之外書寫」，就此回扣到此節標目：「不再鴻門」。回顧整個書寫「策略」的部分，是用「先因後果」的方式組織起來的。

此詩分成三大部分：「在鴻門」寫的是「你的閱讀」，「再鴻門」寫的是「司馬遷的意圖」，而「不再鴻門」敘寫的則是「我對再鴻門的異議與策略」，最後用「寫你的閱讀，司馬遷的意圖／寫我對再鴻門的異議與策略／同時襯上一層薄薄的音樂……」三行詩句總收。陳慧樺評論此詩時曾言道：詩名中點出的「再」已清楚突顯了詩人「再」詮釋、「再」閱讀鴻門宴這齣歷史劇的位置。詩人把詩分為三段，第一段寫「在鴻門」時，即經由閱讀「你不自覺走進司馬遷的設定」（指「大敘述」以及「立場」），第二段寫「再鴻

門」，亦即寫司馬遷的虛構與詮釋──「歷史也是一則手寫的故事、／一串舊文字，任我詮釋任我組織」，第三段寫「不再鴻門」，亦即詩人「從兩翼顛覆內外夾攻」。他不僅把吾人閱讀及史遷虛構再現鴻門宴的過程暴露出來，也同時寫出了他顛覆典範文本的意圖來，這可看作是後現代創作的一次精采演義（參見《再鴻門》序）。因此「在鴻門」（你的閱讀）、「再鴻門」（司馬遷的意圖）都是「反面」，作者藉此凸顯出「正面」──「不再鴻門」（我對再鴻門的異議與策略），企圖證明擁有這樣的自覺，真正的閱讀才有可能達成。

常見章法簡介

　　目前所發現的章法約四十種，如今昔法、久暫法、遠近法、內外法、左右法、高低法、大小法、視角變換法、時空交錯法、狀態變換法、知覺轉法、本末法、淺深法、因果法、眾寡法、並列法、情景法、論敘法、泛具法、空間的虛實法、時間的虛實法、假設與事實法、虛構與真實法、凡目法、詳略法、賓主法、正反法、立破法、抑揚法、問答法、平側法、縱收法、張弛法、插敘法、補敘法、偏全法、點染法、天人法、圖底法、敲擊法等（詳見陳滿銘〈論幾種特殊的章法〉，及拙著《篇章結構類型論》）。此處所簡介的章法，是本書賞析詩篇時較常用到的十八種章法，每種章法之下均介紹其「定義」和「美感與特色」，期望能加強讀者對章法的瞭解，並進而更能領會如何運用章法分析來欣賞詩篇。

一、今昔法

　　定義：將時間中的「今」（現在）與「昔」（過去），依篇章需求作適當安排的章法。

　　美感與特色：「由昔而今」的順敘方式，是最為常見的敘述方式，也是最符合事物本身的發展規律的，而合乎規

律的東西就是美的，就是真的。至於「由今而昔」地逆敘，是將美感情緒波動最急促、最密集的部份先呈現出來，非常醒目。而「今昔今」的結構方式，會將激烈的美感情緒再次重現，形成呼應，有餘韻不覺的感受，是僅次於順敘結構外，最為常見的結構方式。還有其他「今昔迭用」的結構，「今」與「昔」之間會形成一再的、強烈的呼應，美感也因此而產生。

二、久暫法

定義：將文學作品中的長、短時間作適當安排的章法。

美感與特色：久、暫的時間安排，是配合情感的波動，所形成的長時與瞬時的對照。當文學作品呈現「由暫而久」的時間設計，則「暫」會更強調出「久」，而時間的悠久本身即會產生美感，而且最有利於歷史感的帶出。至於「由久而暫」的設計方式，則是強調出「暫」，選取情意量最為豐富的一剎那，來作特寫的呈現。

三、左右法

定義：將空間在左、右之間移動，而造成的橫向變化紀錄下來的章法

美感與特色：向左、右延展的空間，最能傳達出「均衡」的美感，而且特別容易造成遼闊的空間感，也因此而產

生安定靜穆的感受。此外，這種空間很容易凸顯出在左、右造成均衡的物（或人），這也是特色之一。

四、高低法

定義：記載文學作品中空間高、低變化的章法。

美感與特色：在「由低而高」的空間中，方向是往上的，因此給人一種輕鬆、自由的感受；而且當它創造出一個高偉的空間時，容易使審美主體由靜觀而融合，終於達致崇高的情境。至於「由高而低」的置景法，則方向是往下的，因此沉重、密集、束縛，可是力量也因此而非常驚人。而「高低迭用」的空間，則可靈活的收納上上下下的景物，以烘托出作者的主觀情感。

五、時空交錯法

定義：在文學作品中，分別關顧了時間的流逝，以及空間的呈現，使兩者之間相輔相成，以求篇章內容完整、美感多元。

美感與特色：人處在四維時空中，都有空間知覺與時間知覺，體現在作品中，會形成空間時間的混和美；這種美，美再同時掌握流動的時間與廣延的空間，因而更凸顯出人處在宇宙的一點中，種種作為、感受的意義，營造出一個專屬於作者個人的「小宇宙」。

六、狀態變化法

定義：將外在世界中，萬事萬物某一狀態本身的變化，呈現在文章中的章法。

美感與特色：由於人對某一對象的某種特徵的注意越集中，在大腦皮層的相應部位就越能引起優勢興奮中心，這就是「有意注意優勢」，藉助於此，人們可以達到非常有效的觀察。創作者對觀察的結果感覺到美，便會用文字準確地傳達出來，於是出現對狀態變化的刻畫；但這與其說是對事物形態的模擬，還不如說是對美感情緒波動的模擬。

七、知覺轉換法

定義：在篇章中描摹不只一種的知覺，藉此展現創作者對大千世界多面認識的章法。

美感與特色：人的任何一種知覺活動，都離不開感覺；因此人的感覺器官接收客觀世界的訊息，經過審美心理的運作後，就產生了種種的知覺美。在這之中，視覺和聽覺出現的次數最頻繁，與美的關係也最密切，因此這兩種知覺特稱為「美的知覺」；不過，各種知覺之間，都是彼此輔助的；而且最終都會匯歸為「心覺」，再心覺中獲得內在統一，這才是目的與極致。

八、因果法

定義 :「因為……所以……」的構句方式是十分常見的;相反地,由「所以」至「因為」的情形也有;甚至「因為」與「所以」多次交互出現的情況也屢見不鮮。因此,這樣的思維方式,其應用範圍擴大到篇章時,那就形成因果法了。

美感與特色 :因果邏輯的應用十分廣泛,所以因果法在文學作品中也就相當的常見。其中最常出現的型態是「由因及果」,這樣可以因順推而產生規律美,也可以全面地弄清楚事情的前因後果。而「由果溯因」的結構,因為「果」最後才出現,很能夠挑起讀者的「期待欲」。而其他的變化類型,除了變化的美感外,也藉助「因」與「果」的多次呈現,來更深入內容。

九、論敘法

定義 :將抽象的道理與具體的事件結合起來,使之相輔相成的一種章法。

美感與特色 :作者依據其特殊的需要,去揀擇適合的事件來表達主觀的情意,然後體現在篇章,因此「敘」與「論」必然是可以相適應的;而且從具體的事物中提煉出抽象的理論,揭示了客觀真理,這個過程本身即會產生美感。

十、泛具法

定義：泛泛的敘寫和具體的敘寫結合在同一篇章中，就會形成泛具法。

美感與特色：在這種情形下，「抽象」和「具象」一方面會分別形成抽象美和具象美，一方面也會因為互相適應而達成調和的美感。

十一、空間的虛實法

定義：將眼前所見的實空間，以及設想得來的虛空間揉雜於篇中，使空間處理靈活而有彈性的章法。

美感與特色：在想像力的奔放縱馳下，虛、實空間轉換自如，是最能展現空間變化之美的；而且「實」與「虛」之間的相生相濟，為文學作品增添了靈活調和的美感。

十二、時間的虛實法

定義：即是將「實」時間（昔、今）與「虛」時間（未來）揉雜於篇章中，以求敘事（寫景）、抒情（議論）的最好效果的章法。

美感與特色：時間的虛實法能掌握過去、現在、未來，是其他章法所沒有的優勢。而且「實」與「虛」之間互相聯繫、滲透、轉化，而生生不窮，也就是由局部性的交流所產生的靈動美，趨向整體統一的和諧美。

十三、賓主法

定義：運用輔助材料（賓），來凸顯主要材料（主），從而有力地傳達出主旨的一種章法。

美感與特色：根據「相似」聯想，去尋找輔助的「賓」，以烘托出「主」，因而產生調和之美；而且有主有從，都是為了托出主旨而服務，這就會形成繁多的統一，因此而產生和諧美。

十四、正反法

定義：將極度不同的兩種（或兩種以上）的材料並列起來，作成強烈的對比，藉反面的材料襯托出正面的意思，以增強主旨的說服力與感染力。

美感與特色：正反法是在「對比」的原理上產生的，對比因為具有極大的差異性，因而有鮮明、醒目、活躍、振奮的強烈感受。而且有「相對立的形態」出現在篇章中，反而能使主體_正_的特點更凸出、姿態更優美。除此之外，還可以增強主旨的感染力，這又再一次證明了「繁多的統一」這一美學至理。

十五、問答法

定義：就是藉著「問」與「答」來組織篇章，不過「連問不答」也有組織的效果，而且「對話」也應包括在問

答法中。

美感與特色：語言具有「刺激」與「反應」的雙重屬性，前者會形成「問」，後者會形成「答」，而且一般的對話也會形成「刺激—反應」的關係，因此可以將兩個不同的部分連結起來。並且「問」有懸疑的效果，「答」則會帶來撥雲見日的輕鬆感。至於「連問不答」則因意脈的流貫而連結為一個整體，而且因為一直沒有回答，於是造成了懸宕的特別效果。

十六、縱收法

定義：即是將「縱離主軸」、「拍回主軸」的手段交錯為用的一種章法。

美感與特色：「縱」就是放開，「收」就是拉回。當美感情緒四處流溢時，其表現出來的形態就是「縱」，但這其實是為了收束美感情緒，使之集中到一點上，也就是「收」。放開、收束的交互作用，可以藉著因落差而產生的力量，來推深作品中的情意，增強美感。

十七、圖底法

定義：在篇章中出現的材料，有一些是焦點所在的「圖」，有一些是充當背景的「底」，兩兩配合起來，就形成圖底法。

美感與特色：「底」相對於「圖」而言，能起著烘托

的作用，「圖」相對於「底」而言，卻有著聚焦的功能，因此一烘托、一聚焦，篇章就會顯得豐富有層次，而且焦點凸出。

十八、敲擊法

定義：「敲」專指側寫，「擊」專指正寫，所以敲擊法就是側寫、正寫兼用的章法。

美感與特色：側寫、正寫兼用時，會造成「旁敲正擊」的效果，所以一方面具有側寫帶來的橫宕、流溢的美感，一方面又具有正寫所造成的痛快淋漓的感受，所以是一種非常具有美感的章法。

參考書目

一、專書

修辭學	黃慶萱	三民書局	1975.1 初版 1994.10 增訂七版
小詩三百首(一)	羅青	爾雅出版社有限公司	1979.5 初版 1990.8 九印
小詩三百首(二)	羅青	爾雅出版社有限公司	1979.5 初版 1984.10 七版
中國新詩賞析	林明德 李豐楙 呂正惠 何寄澎 劉龍勳	長安出版社	1981.4 初版
小詩選讀	張默	爾雅出版社	1987.5 初版 1994.9 四印
新詩鑑賞辭典		上海辭書出版社	1991.11 初版 1999.1 九刷
不盡長江滾滾來 ——中國新詩選注	陳義芝	幼獅文化事業股份有限公司	1993.6 初版 1999.3 二版
鮮紅的歌唱—— 大陸當代女詩人 小集	沈奇	爾雅出版社	1994.5 初版
新詩三百首 （上、下）	張默 蕭蕭	九歌出版社有限公司	1995.9 初版 1996.5 二版
詩的技巧	謝文利 曹長青	洪葉文化事業有限公司	1996.7 初版
新詩50問	向明	爾雅出版社有限公司	1997.2 初版
可愛小詩選	向明 白靈	爾雅出版社有限公司	1997.2 初版 1998.11 三印

語法初階	上海師範大學中文系漢語教研室	書林出版有限公司	1997.3 一版 1999.5 二刷
詩歌修辭學	古遠清 孫光萱	五南圖書出版有限公司	1997.6 初版
中國百年詩歌選	謝冕	山東文藝出版社	1997.12 第一版第一刷
國文教學論叢續編	陳滿銘	萬卷樓圖書有限公司	1998.3 初版
新詩二十家	白靈	九歌出版社有限公司	1998.3 初版
文法ABC	楊如雪	萬卷樓圖書有限公司	1998.9 初版
文章章法論	仇小屏	萬卷樓圖書有限公司	1998.11 初版
中學生現代詩手冊	蕭蕭	翰林出版事業股份有限公司	1999.9 初版 2000.9 修訂二版
中國新詩詩藝品鑑	周金聲	湖北教育出版社	1999.10 初版
篇章結構類型論	仇小屏	萬卷樓圖書有限公司	2000.2 初版
世界情詩名作100首	陳黎、張芬齡	九歌出版社有限公司	2000.8 初版
台灣現代詩圖象技巧研究	丁旭輝	春暉出版社	2000.12 初版
章法學新裁	陳滿銘	萬卷樓圖書有限公司	2001.1 初版
中文實用修辭學教程	胡性初	三聯書店（香港）有限公司	2001.3 第一版第一刷
中國新詩： 1916-2000	張新穎	復旦大學出版社	2001.7 初版
台灣文學	林文寶 林素玟 林淑貞 周慶華 張堂錡 陳信元	萬卷樓圖書有限公司	2001.8 初版
現代文學鑑賞與教學	陳惠齡	萬卷樓圖書有限公司	2001.9 初版
2001中國最佳詩歌	宗仁發	遼寧人民出版社	2002.1 第一版第1刷

2001年中國詩歌精選	中國作家協會創研部	長江文藝出版社	2002.2初版
章法學論粹	陳滿銘	萬卷樓圖書有限公司	2002.7初版
放歌星輝下——中學生新詩閱讀指引	仇小屏	三民書局股份有限公司	2002.8初版
新詩讀本	蕭蕭 白靈	二魚文化有限公司	2002.8初版
詩從何處來：新詩習作教學指引	仇小屏	萬卷樓圖書有限公司	2002.9初版
保險箱裡的星星——新世紀青年十家	林德俊	爾雅出版社	2003初版

二、期刊論文

新詩形式設計的美學——對偶篇	陳啟佑	國立彰化師範大學國文系集刊	1996.6 第一期	頁1-36
山水詩	黃梁	國文天地	1996.10 第十二卷五期	頁90-92
滿臉梨花詞	黃梁	國文天地	1996.12 第十二卷七期	頁64-65
現代詩與基本設計教學的應用研究	吳鼎武‧瓦歷斯	台灣詩學季刊	2001.3 第三十四期	頁113-127
標點符號v.s文學作品的「張力效應」	杜淑貞	國文天地	2001.10 第十七卷五期	頁64-67
標點符號在現代詩中的圖象與情意暗示	丁旭輝	國文天地	2001.11 第十七卷六期	頁69-74

國家圖書館出版品預行編目資料

世紀新詩選讀 ／仇小屏編著. --初版. --臺
北市：萬卷樓, 民 92

　　面；　　公分.

ISBN 957－739－443－4 (平裝)

831.86　　　　　　　92007484

世紀新詩選讀

編　　　著：仇小屏
發 行 人：楊愛民
出 版 者：萬卷樓圖書股份有限公司
　　　　　　臺北市羅斯福路二段 41 號 6 樓之 3
　　　　　　電話(02)23216565・23952992
　　　　　　傳真(02)23944113
　　　　　　劃撥帳號 15624015
出版登記證：新聞局局版臺業字第 5655 號
網　　　址：http://www.wanjuan.com.tw
E －mail　：wanjuan@tpts5.seed.net.tw
經 銷 代 理：紅螞蟻圖書有限公司
　　　　　　臺北市內湖區舊宗路二段 121 巷 28 號 4F
　　　　　　電話(02)27953656(代表號)　傳真(02)27954100
E －mail　：red0511@ms51.hinet.net
承 印 廠 商：晟齊實業有限公司
定　　　價：360 元
出 版 日 期：2003 年 8 月初版
　　　　　　2004 年 3 月初版二刷